「桃太郎侍」を書いた男

山手樹一郎と同時代メディア

影山亮

目次◉「桃太郎侍」を書いた男 山手樹一郎と同時代メディア

【凡例】

○勃興当初は「大衆文芸」の呼び名が優勢であったが、本書ではその差異については問題とせず、引用以外では「大衆文学」に統一する。

○引用文における漢字の表記は、原則として新字体に改め、ルビは適宜省略した。引用文中の（…）は省略を示す。

○単行本・新聞・雑誌・映画・シリーズもののタイトルは『　』、個別の作品及び記事は「　」で示し、書誌事項を（　）で示した。ただし、引用文献中に含まれる約物などは、原則として原文の表記に揃えた。

○引用文献及び参考文献の書誌事項において、新聞・雑誌・紀要の出版社名は省略した。

○読者から雑誌への投稿を扱った資料引用では、投稿者の名前は伏せている。

○表紙を含めた山手樹一郎に関する画像は、ご遺族・山手樹一郎記念会よりご提供いただいた。

○図2・13・14は国立国会図書館、図5・9は公益財団法人三康文化研究所附属三康図書館、図15・17・18は伊丹十三記念館、図16・34は公益財団法人日本近代文学館、図30・31・32は株式会社芸文社、図44・帯文は株式会社エル・エージェンシー、図51は株式会社デイリースポーツ、図52は読売新聞社より提供、あるいは掲載の許諾を得た。

○特に明記のない資料は稿者所蔵の資料である。

はじめに

山手樹一郎という作家

山手樹一郎という作家を知っているだろうか？　おそらく文学の専門家などには馴染みがない一方で、大衆文学、特に時代小説を愛好している読者にはお馴染みだろう。あるいは、高橋英樹の主演で一世を風靡したテレビドラマ時代劇『桃太郎侍』の原作者だと言えば、合点がいく人がいるかもしれない。

山手は昭和一〇年代から本格的に執筆活動を始め、戦時下の「桃太郎侍」で注目を浴びると、戦後には「夢介千両みやげ」や『遠山の金さん』シリーズなどで、大衆読者の喝采を博した。亡くなる直前まで続いた創作活動では、現在判明している段階で六〇〇作以上の小説を残している。その人気ぶりは凄まじいもので、作品の映画化は六一度、(1)その他にもテレビやラジオドラマ化など、あらゆるメディアを横断して広く浸透した。さらに、『読書世論調査』（毎日新聞社）内の「あなたの好む著者、執筆者は誰ですか」や、「好きな著者とその作品」に昭和二七年度から四二年度まで度々ランクインしている。加えて「全集」と冠してある程度の巻数で構成されたものは、昭和三五年に講談社から全四〇巻、昭和五〇年に桃園書房から全一五巻、昭和五二年に春陽堂書店から長編全八四巻、短編全一二巻を出版している。その結果、昭和三〇年代には高額所得者の作家部門において、吉川英治や川口松太郎らと共に常連として名を連ね、昭和三四年度には一位に輝く。

研究の現状

しかし、現在では山手の名前や、その文学的営為が忘れ去られつつあることも事実だ。その要因の一端には研究の遅れが挙げられる。今日では読者にとっても作者にとっても、いわゆる純文学領域と大衆文学領域の垣根は、ほぼ意味を失っている。しかし、明治期から戦後の高度成長期に至る文学状況においては、両者を全く別の領域と区別する思考が一般的であり、大衆文学領域はアカデミックな研究の対象とみなされない傾向が強かった。山手に関する研究も、尾崎秀樹や武蔵野次郎ら評論家主導の解説等がなされる、あるいはその焼き直しがされるのみで、実証的かつ文学状況をトータルに見渡す視野に立った研究については、基盤となる情報集積のレベルからその構築が遅れていたと言える。確かに尾崎による時代小説ジャンルを通史的に捉えて主人公像を分類する論(2)や、武蔵野による種本の指摘(3)など、示唆に富む蓄積は存在する。しかし、彼らが監修なり解説なりを務めた作品集類では、ほとんどの作品の書誌情報を明記しておらず、作品も凡そ網羅しているとは言い難い。その一方で『大衆文学大系』第二七巻（昭和四八年七月、講談社）に収録されている八木昇「山手樹一郎年譜」は、決して網羅しているわけではないものの、初出年月や初出紙誌などが明記されている作品も散見され、その他の作品集に付された年譜と比較して格段に詳細な情報を提供してくれている。また、近年では藤井淑禎『高度成長期に愛された本たち』（平成二一年一二月、岩波書店）が『読書世論調査』から見た同時代読者の受容ぶりや、昭和三〇年代の貸本に関する資料に基づきながら、同業界における山手の人気をして「貸本界の帝王」と論じていることも明記しておく。

そもそも時代小説ジャンル全般を見渡してみると、特定の作家に関する研究は進んでいる。例えば吉川の「宮本武蔵」に関する研究では、古くは桑原武夫『「宮本武蔵」と日本人』（昭和三九年一月、講談社）による読者受容の観点から論じたものや、近年では石井鶴三の挿絵に着目した松本和也[4]の論考が代表的だ。また、自身は同ジャンルと同一視されることを拒んでいた中里介山に関する研究も盛んで、紅野謙介による「大菩薩峠」の出版刊行や演劇化をめぐる論考[5]、あるいは中里介山文庫の書誌的研究の整理[6]など、様々な分野からの解釈を見せている。さらに牧野悠による昭和三〇年代の〈剣豪小説〉に関する一連の論考[7]や、中間小説領域における時代小説の研究[8]は新たな知見を開闢していると言える。しかし、その他の代表的作家は依然として議論の対象になっておらず、純文学領域はもちろんのこと、同じ大衆文学領域に属する探偵小説ジャンルと比較しても、ジャンル全体をめぐる視座に立った研究はいまだ発展途上だ。

本書の狙い

そこで、本書では作品の掲載媒体や、年月日等を詳細に明らかにした稿者による「新・山手樹一郎著作年譜」を基に、〈時代ユーモア小説〉というジャンルを確立するに至った、山手の文学的営為の全体像を実証的、かつ多角的に論じた。具体的には山手の実人生に沿いながら、同時代のメディアとの相関関係に注目すると共に、大衆文学領域の動向・出版状況・読者・人間関係にも視野を広げることで、そのダイナミズムを捉えていく。このような実証的な手法で明らかになる事実は、文学研究に寄与するだけでなく、エンターテイメントと芸術がシームレスに接続する今日の文化的コンテンツを理解する研究モデルの提供とも考えている。

（1）冨田美香『千恵プロ時代』（平成九年七月、フィルムアート社）、『東宝七〇年映画・演劇・テレビ・ビデオ作品リスト』（平成一四年一二月、東宝）、『キネマ旬報ベスト・テン八五回全史一九二四→二〇一一』（平成二四年五月、キネマ旬報社）、『新樹』（平成一四年二月）による。

（2）尾崎秀樹『大衆文学五十年』（昭和四四年一〇月、講談社）

（3）武蔵野次郎「山手樹一郎氏の位置―随想風に―」（『山手樹一郎全集』第一九巻付録、昭和三六年一〇月、講談社）

（4）松本和也「昭和一〇年代における吉川英治『宮本武蔵』論序説―同時代評価と石井鶴三挿絵」（『信州大学附属図書館研究』平成二八年一月）など。

（5）「中里介山『大菩薩峠』とその演劇化をめぐって―一九二〇、三〇年代における『文学場』の変容」（『国語と国文学』平成二五年一二月）や、「『大菩薩峠』と岡千代彦の『自由活版所』―印刷工とアナキズムのネットワーク」（『昭和文学研究』平成三〇年三月）など。

（6）紅野謙介「中里介山文庫の書誌的研究」（基盤研究C13610517 平成一三～一五年度）

（7）「柴田錬三郎『武蔵・弁慶・狂四郎』論―典拠のコラージュ―」（『千葉大学人文社会科学研究』平成一九年九月）や、「五味康祐『喪神』から坂口安吾『女剣士』へ―剣豪小説黎明期の典拠と方法―」（『日本近代文学』平成二〇年八月）など。

（8）小嶋洋輔・高橋孝次・西田一豊・牧野悠『中間小説とは何だったのか』（令和六年五月、文学通信

第一章

田端の文学青年／青麦畑の編集者

一　井口長次

黒磯・田端

本書の狙いは前述した通り、山手樹一郎の文学的営為と同時代メディアとの相関関係を明らかにすることだ。よって山手が作家として活動し、メディアとの関係を持ち始めてからを主な射程としている。しかし、本章ではその前段階として、山手が専業作家になるまでの期間、特に誕生から青年期、また雑誌編集者としての活躍ぶりを追っていこう。

井口長次。後に「山手樹一郎」の筆名で大衆読者の喝采を博す男は、明治二二年二月一一日、栃木県は黒磯で、日本鉄道に勤務していた井口淨次と、その妻ヨシの長男として産声を上げた。いま手元にある山手直筆の年譜原稿を見ると、

明治二二年（一八八九）当歳
二月十一日、栃木県黒磯に生れたるも、間もなく父井口淨次東京田端機関庫に転居したる為、四月五日に出生の届となる

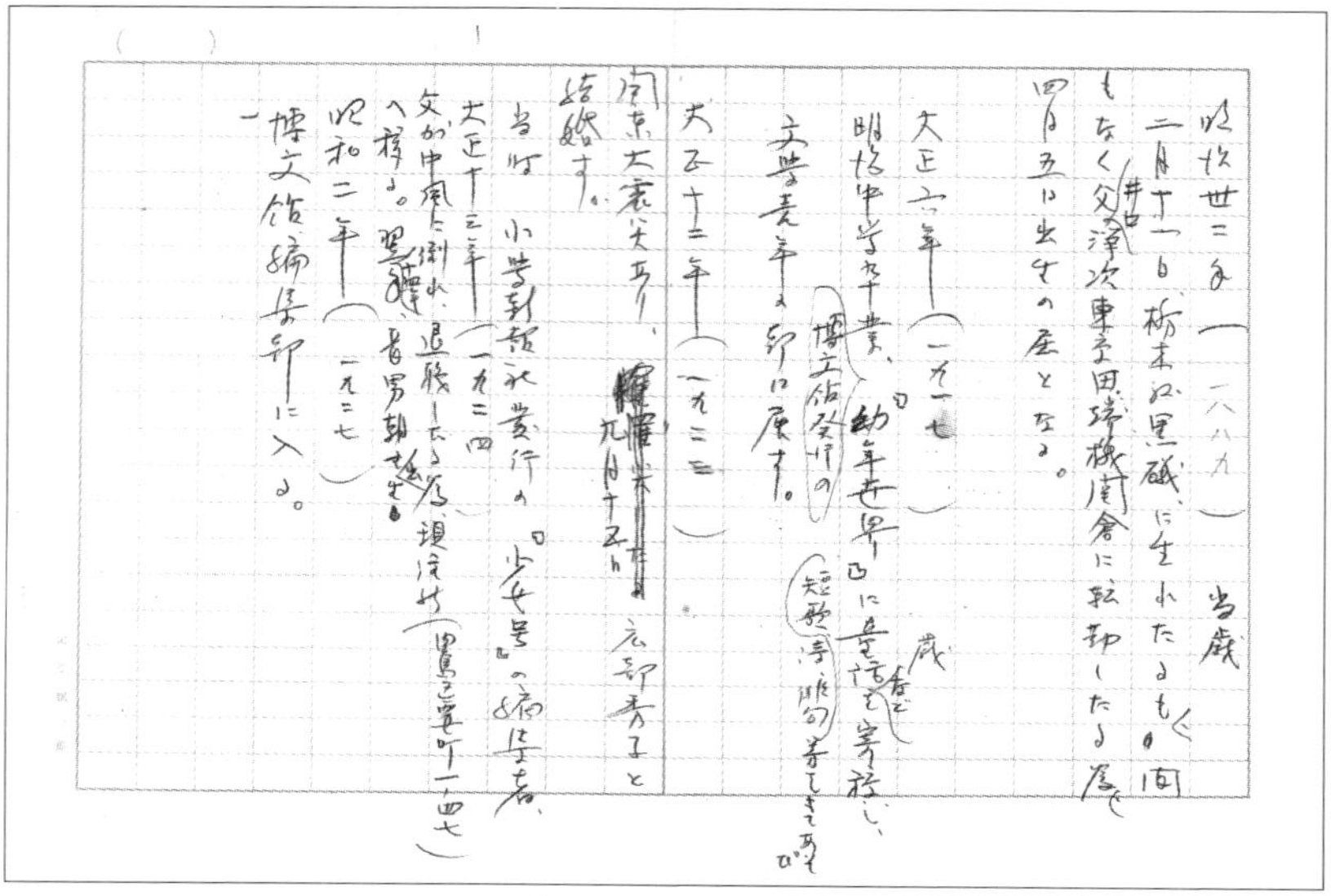

図1　「山手樹一郎略年譜」原稿

とある。この直筆年譜は稿者が蔵している資料だが、『時代傑作小説』（昭和三五年九月）に掲載された略年譜だ（**図1**）。本年譜は雑誌掲載以降、様々な評論家たちによって引用されてきたが、所々誤りがある。その誤りが修正されずに引き継がれていったために、後に詳しく記すが、山手の代表作である「桃太郎侍」の連載期間でさえ間違って伝わっていた。こういった現状は大衆文学の研究が途上であることを象徴しているだろう。本書では適宜、修正を加えながら直筆年譜を引用してみたい。明治三二年は西暦で一八九九年なので早速の誤りはご愛敬だが、ご遺族によると、父の浄次は明治九年七月五日の生まれ、母のヨシは明治一五年七月二八日の生まれだ。その長男である長次の出生地は「栃木県那須郡黒磯町不詳番地」となっている。この点について山手の弟子にあたる上野一雄は、「おそらくこれは黒磯町の鉄道官舎であろう」(1)と述べている。『日本鉄道史』上編（大正一〇年一〇月、鉄道省）によれば、父の浄次が勤めていた日本鉄道は明治一四年に設立した国内初の民営鉄道会社で、現在の東北本線や高崎線、常磐線などにあたる路線を建設・運営していた。同社の停車場のひとつであった黒磯駅は、明治一九年一二月一日に機関庫や保線区と共に開業する[2]。しかし、明治期の黒磯駅に関する資料は数少なく、那須塩原市那須野が原博物館に大正初期と思われるプラットホームの写真が残っている程度だ。その後、長次が生まれてすぐに「東京田端機関庫に転居」となったため、「東京府北豊島郡日暮里町大字日暮里千捨三番地」の鉄道官舎へ移っている。山手自身、

> 私は大正十三年まで田端の道灌山の東がわ、音無川にそった鉄道官舎に住んでいたので、子供のころ道灌山はいい遊び場所であった[3]

と述べているが、明治四四年の地図を見ると該当する番地が存在する（**図2**）。「田端停車場」や線路からも近いため、同地に鉄道官舎があったと推測して問題はないだろう。当時の道灌山には大名の別邸にあたる下屋敷が残っており、現在でも付近を歩くと、「秋田藩主佐竹右京太夫の広大な抱屋敷であった。約二万坪（約六万六千平方メートル）に及ぶ…」と、荒川区教育委員会による説明板が設置されている。「番人らしい人の影さえ見た記憶がない」[4]なかで、木苺を取って遊んでいた長次少年だが、

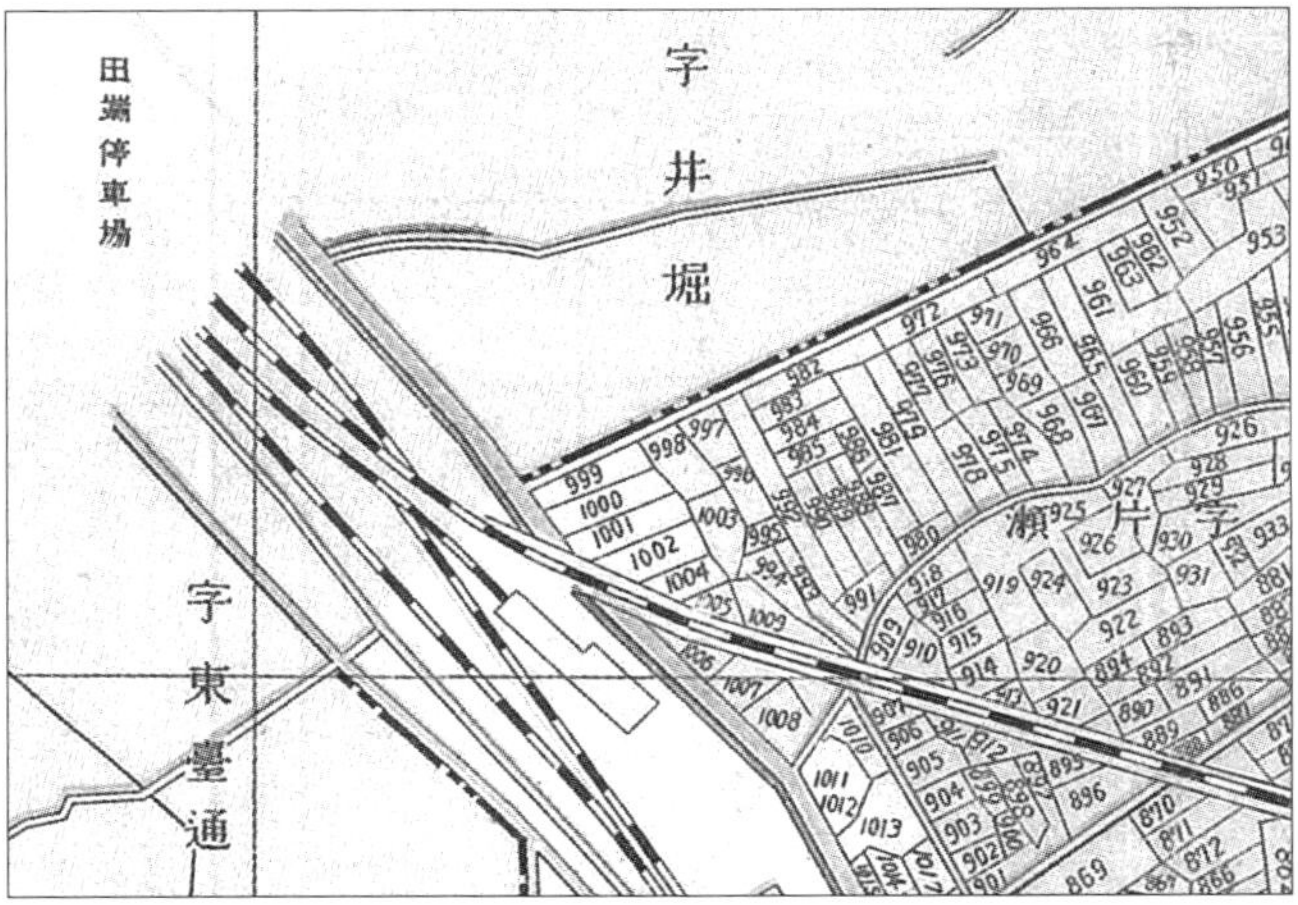

図2 『北豊島郡日暮里村・三河島村・尾久村全図　番地界入』
（明治44年11月、東京逓信管理局、国立国会図書館蔵）

私は下屋敷を使う時は、よくこの佐竹の下屋敷を思い出して、あれを見ておいて本当によかったと、いまだにありがたく思っている(5)

と、同地が後の執筆活動に大きな影響を与えたと回想している。

二　旧制明治中学校と少女雑誌

旧制明治中学校

大正六年（一九一七）
明治中学校卒業、博文館発行の『幼年世界』に童話などを寄稿し、詩、俳句、短歌等をもてあそび文学青年の部に属す

長次が入学した明治中学校は、明治四五年四月、当時の神田区駿河台南甲賀町にあった明治大学の敷地内に開校した。同校の沿革によれば、大正六年に「第一回卒業式」が行われている。[6] また旧制中学校の修養年限が五年間だったことから、長次は旧制明治中学校の第一期生ということになる。『山手樹一郎長編時代小説全集』には「わが師を語る」という山手の弟子たちのエッセイが収録されているが、多勢尚一郎は、

母校の明治中学校は今年で創立六十六周年を迎えるが、校友会名簿をひらくと、大正六年第一回卒業生のイの一番に、井口長次、作家山手樹一郎と先生の名前が載っている[7]

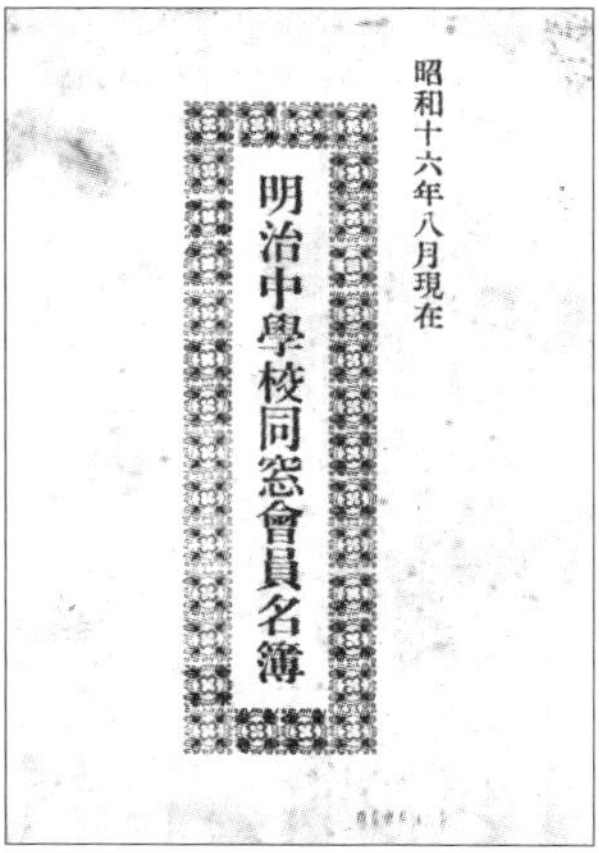
昭和十六年八月現在

明治中學校同窓會員名簿

図3　『明治中学校同窓会員名簿』

と書いている。稿者は同エッセイで引用されている校友会名簿よりも、さらに古い資料を入手した。『明治中学校同窓会員名簿』（昭和一七年一月、明治中学校同窓会）と題されたもので、昭和一六年八月当時の卒業生が一覧になっている資料だ（**図3**）。「第一回卒業（大正六年）」のページを見ると、「井口長次　大衆作家（ペンネイム山手樹一郎）」と確かに載っている。これで長次が旧制明治中学校の第一期生だと確定できた。多勢のエッセイには、当時国語の教員を務めていた歴史学者の中村孝也に直接聞いたエピソードとして、長次は遠足の作文を書かせても「風景描写が的確」で、「紀行文の上手な生徒」だったことが記されている。長次は田端の鉄道官舎から駿河台まで往復三時間をかけて通学しており、父にねだって官舎の近くに三坪ほどの勉強部屋を建ててもらったという。勉学の一方で五年生の時、『朝日新聞』で連載中だった夏目漱石『明暗』を熱心に読み、作家への夢を抱く[8]。卒業後は早稲田大学文学部への進学を希望していたが、「大学に行きたかったが、家族が多い家の長男だからね」[9]と自身で述べているように、就職の道を選んだ。

「鸚鵡の声」

直筆年譜にもあるように、長次と活字メディアとの関わりは、第一期生として旧制明治中学校を卒業した大正六年頃と言えよう（**図4**）。その嚆

図4　旧制明治中学校卒業時の写真
（山手樹一郎記念会提供）

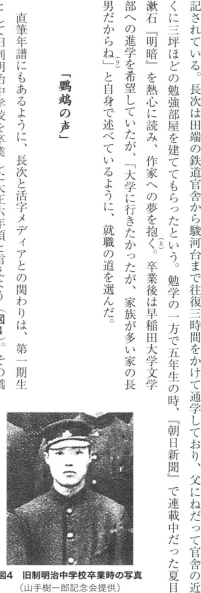

矢が『幼年世界』（博文館）への作品掲載だ。同誌の七巻一一号（大正六年一〇月）には「井口ちようじ」の名で、「鸚鵡の声」という作品が掲載されている（図5）。本作は二段組五ページの短編で、太郎が阿母さんの病気を治すために、飼っている鸚鵡の声を頼りに光の玉を取りに行くという内容だ。稿者の調査によれば、商業的に流通していた雑誌に掲載されたという点で、「鸚鵡の声」が最も古い山手作品であると判断できる。

幼年世界

鸚鵡の聲

井口ちようじ

太郎の阿母さんは、もう長く病氣で床に就臥てゐました。太郎は、毎日鸚鵡を相手に阿母さんの看病をしてゐましたが、或日阿母さんが眠つてゐる時、鸚鵡に餌を遣りながら、

「何うしたら阿母さんの病氣は直るのかしら」

と獨言をいひました。すると鸚鵡は、

「沼の水を呑ませて、光りの玉で胸を撫でろ」

と叫びました。太郎は驚いて鸚鵡を瞶めてゐると、

「森を越えて山越えて、ずつと東に沼がある沼の女神の冠に、光りの玉は點つてゐる」と歌ひます、太郎は不思議に思つて聞いてゐますと鸚鵡は何度も同じことを繰返して歌ふのでした。

そこで太郎は急に行つてみたくなつて、阿母さんの眠つてゐるのを幸に、外へ出ようとすると、

「美味いお酒を持つて行け。」

と鸚鵡はいひます、太郎はいはれるまゝにお酒を持つて家を出ました。

間もなく森に入りましたが、どん〱と行きますと、うん〱と何んだか呻吟る聲がしました。

太郎は恐々ながら近づいてみると大きな猩が路の眞中に横になつて

図5　「鸚鵡の声」
（公益財団法人三康文化研究所附属三康図書館提供）

小学新報社と『少女号』

旧制明治中学校を卒業後、長次は中西屋に就職する。中西屋とは現在の丸善が経営していた古本屋だ。明治二年に早矢仕有的が横浜で丸善商社を開業。貿易会社として様々な事業を行っていたが、明治一三年頃から洋書の在庫が著しく増加し、経理上の重要な問題となる。そこで洋書販売の規模を縮小すると共に、かねてより顧客から希望のあった書籍の買い取りをスタートさせた。古物商としての業務になるため古本屋を買収し、「広く中土（日本）西洋の書籍を売買する」(10)という意味合いで、明治一四年に神田で開店したのが中西屋である。

長次が中西屋に入社した正確な年は不明だが、入社間もなく子会社である小学新報社へ転社し、『少女号』な

どの少女向け雑誌の編集に従事する。同社は、少年少女向けの雑誌を刊行するために中西屋が創設した出版社だった。同社には社史などが存在せず、また『少女号』は現存資料が少ない雑誌で、国立国会図書館には所蔵がない。主な機関では公益財団法人日本近代文学館に九冊、神奈川近代文学館に一三冊、大阪府立国際児童文学館に二〇冊、全国最多を誇るさいたま文学館でさえ三一冊の所蔵数だ。この中で大阪府立国際児童文学館に所蔵されている二年二号（大正六年二月）が最も古い号なのだが、逆算すれば同誌は大正五年に創刊されたと見ていいだろう。また奥付には、「東京中渋谷三百九番地」と本社の住所が明記されている。五年九号（大正九年九月）までは同住所だが、二ヶ月後の五年一一号（大正九年一一月）には「東京・神田・駿河台南甲賀町九番地」に移転している。残念なことに五年一〇号（大正九年一〇号）を所蔵している機関が無いため、大正九年の一〇〜一一月の間に移転していると推定できるだろう。同誌の編集は、鹿島鳴秋と清水かつらの二人を中心に行われた。鹿島は、弘田龍太郎の作曲で人口に膾炙する「浜千鳥」の作者だ。一方の清水は、こちらも弘田の作曲で広く親しまれた「靴が鳴る」や「叱られて」の作者。ちなみにこの二作品は『少女号』に掲載された作品だ。二人は現在の表参道近くに開館した竹貫少年図書館で交流を深めていた。数年後、中西屋の出版部門の責任者だった巌谷小波の推薦を受けて『少女号』の編集長に就任した鹿島が、清水に声をかけて二人による編集、そして自作掲載が始まった。[11] その一方で、長次は旧制明治中学校を卒業した大正六年以降に中西屋を経て、小学新報社に入社したのだから、同誌には途中参加だったと推測できる（直筆年譜にも記載がない）。現存する同誌を調査すると、四年一一号（大正八年一一月）に「井口長二」の筆名で「図面の行方」という作品が掲載されている。さらに同号の「編輯室より」には、

> かうして編輯室にゐながら、無邪気な心をとほして日本中の様子を知らせて下さるので、毎朝なにより先に通信をみるのがたのしみです。（…）私もこれから、見たり聞いたりした事をお話しませう。編輯室にも随

分おもしろいことがありますよ。次号からないしよでお知らせしますから、鹿島先生や清水先生に黙つてゐて下さい。きつと

と書いている。同号の「図面の行方」は連載の二回目であることを併せれば、遅くとも大正八年一〇月から同誌の編集に携わり、作品を掲載していたと考えられる。以降、毎号ではないものの、長次は童話を掲載していく。編集者との兼任であるものの、作家としての矜持なのか、自身が編集している雑誌に作品を掲載する時は「次」を「二」に変えた「井口長二」という筆名を使うようになる。

大正一五年四月から同社は『少女文芸』を創刊する。同誌の創刊号に目をやると、三木露風・小川未明・久米正雄・野口雨情らが詩や感想を掲載し、読者投稿の選者も務めている（図6）。田中卓也は『少女号』の特徴として、「少女読者に教養を習得させようとした」こと、鈴木三重吉による『赤い鳥』（大正七年七月創刊）よりも「先駆的

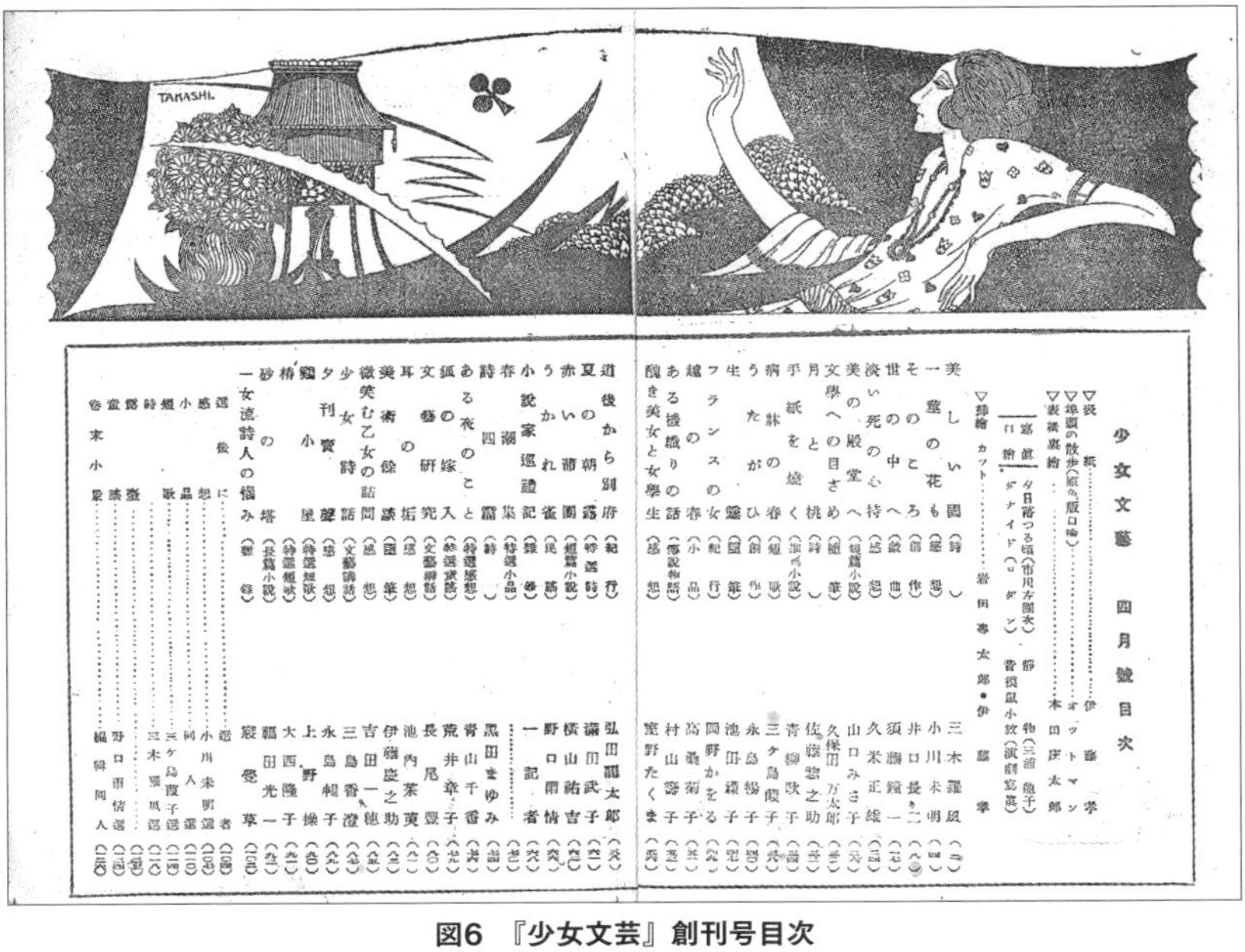
少女文藝　四月號目次
▽表紙……伊藤孝
▽卓頭の散歩（原色版口繪）……オットマン
▽表紙裏繪……本田庄太郎
寫眞口繪　夕日落つる頃（市川左團次）・靜物（三浦龍子）・ダナイド（ロダン）・背摂鼠小紋（演劇寫眞）
▽挿繪カット……岩田専太郎・伊藤孝
美しい國（詩）　三木露風
一塵の花も（感想）　小川未明
そのころ（創作）　井口長二
世の中へ（戯曲）　須藤鐘一
淡い死の心持（感想）　久米正雄
美の殿堂へ（短篇小説）　山口みさ子
文學への目ざめ（隨筆）　久保田万太郎
月と桃（詩）　佐藤惣之助
手紙を燒く（短篇小説）　青柳咲子
病牀の春（短歌）　三ケ島葭子
うたがひ（創作）　永島暢子
生の靈（隨筆）　池田鐐子
フランスの女（紀行）　岡野かをる
雛の春（小品）　高桑菊子
ある機織りの話（傳説物語）　村山露子
醜き美女と女學生（感想）　窪野たくま
道後から別府（紀行）　弘田龍太郎
夏の朝露（特選詩）
赤い薔薇（短篇小説）
うかれ雀（民謠）　野口雨情
小説家巡禮記（雜錄）　一記者
春潮集（特選小品）
詩四篇（詩）　黒田まゆみ
ある夜のこと（特選感想）　青山千香
狐の嫁入（特選童話）　荒井章子
文藝の研究（文藝講話）　長尾豊
耳の垢（感想）　池内茱萸
美術の餘談（隨筆）　伊藤慶之助
微笑む乙女の話（感想）　吉田一穂
少女詩話（文藝講話）　三島香澄
砂の塔（長篇小説）　福田光一
一女流詩人の惱み（雜錄）
選後に　選者
感想　小川未明選
小品　同人選
短歌　三ケ島葭子選
詩　三木露風選
童謠　野口雨情選
卷末小景　編輯同人

図6　『少女文芸』創刊号目次

な意味をもつ」こと、投書の内容から「進学や受験、勉学に勤しむ少女等が読者」の中心だったことの三点を挙げている。[12]田中の指摘するように小学新報社、あるいは同誌が発刊していた『少女号』や『少女文芸』は、大正期の児童文学を牽引した『赤い鳥』に比べて先駆的な存在でありながら、その出版史から見落とされてきた重要な雑誌だろう。遠藤早泉は大正一〇年、東京市に通う尋常小学校四〜六年生を対象に「どんな雑誌を読んでいるか」というアンケートを行っている。小規模な調査だが、翌年五月に刊行された『現今少年読物の研究と批判』(開発社)に、その結果が掲載されている。一一三一票・六六種の雑誌が選ばれ、上位一二の雑誌の得票数が男女別にまとめられているのだが、女子では一位『譚海』(一一九票)を先頭に、『少女号』は六位で三二票と、一〇位の『赤い鳥』一九票を上回っている。しかしその一方で、『赤い鳥』の成功を受けて『金の舟』(大正八年一一月創刊)や『童話』(大正九年七月創刊)など、児童文学雑誌の出版ラッシュに『少女号』は淘汰されていった。「社長兼編集長一人、社員二人という寒々した状態」で「四月か五月か月給が不払い」[13]だったことからも、決して売れ行きが好調だったとは言えないだろう。ちなみに田中は同論文で、『少女号』は一三年三号(昭和三年三月)が「最終号」と述べているが、あくまで現存している巻号が同号までであり、当該号を見ると次号予告がなされているし、「ではまた来月お目にかゝりませう」[14]と編集後記に記されていることを明記しておく。

岩田専太郎・川口松太郎

この頃に長次は同世代の知友を得る。同齢で昭和一〇年に第一回直木賞を受賞する川口松太郎と、二歳年下で後に挿絵画家としてタッグを組む岩田専太郎である。岩田は大正八年に『講談雑誌』(博文館)の挿絵画家を務めていた時期を振り返り、川口（松太郎）や、山手（樹一郎）と、友だちになったのはそのころのことだ。二人とも、後に産経出版局の社長になった前田重信の友人だったからである。私は前田の家に同居していた。前田もそのころは、文学志望の青年だった[15]

と記している。また、「山手も、そのころは、やたらにトルストイの名を持ち出す癖があった」[16]とも書いており、二〇歳前後の長次の文学的ルーツに、一九世紀のロシア文学を代表する文豪を挙げている。「人生についてだの、芸術についてだの、生半可な議論をたたかわしていた」[17]若き芸術家たちの交流は、彼らが売れっ子になってからも続いた。

三　結婚と郊外への転居

結婚

大正十二年（一九二三）

関東大震災あり、九月十五日広部秀子と結婚す。当時小学新報社発行の『少女号』の編集者

引き続き小学新報社の『少女号』の編集に携わっていた大正一二年九月一五日、長次は以前より付き合いのあった三歳年下の広部秀（戸籍上は「秀」、周囲は「秀子」と呼称）と結婚する。秀は茨城県那珂郡野口村大字野口一九七番地に生まれたが、育ったのは東京市神田区淡路町で、勤務先は同町の薬種問屋風雲堂だった。もともとは短歌雑誌会の友人同士で、初めて会ったのは長次が二〇歳、秀が一七歳の頃というから、まさに小学新報社に勤務している時分ということになる。(18)両者の生活活動圏が同じ神田区なのだから、近隣で短歌のコミュニティがあったのだろう。手紙でのやり取りがほとんどだったそうだが、結婚の契機は関東大震災だった。朋友の岩田がその時のことを詳細に記している。

山手の家は火をまぬかれていた。（…）「今戸あたりは、火の回りが早かったらしい、新関がまだ顔を見せないのが心配だ！一緒に見に行こう……」と、翌日の朝になって、山手がいった。（…）「新関も心配なのだが、ほかに一軒よりたいところがあるのだ。すまないが、君だけひと足先に今戸へ行ってくれないか、俺もあとからすぐ行くから……」（…）私に別れて、山手が捜しに行ったのは、彼の恋人の安否だったのが、あとになって分かった。親友の生死も気にかかるが、それよりも、もっと気にかかる人のあったことを、そのころの私たちは、山手のために祝福した[19]

震災後すぐに秀の家へ赴いたものの、まだ親への挨拶も済ませていなかったこともあり、秀は数日後に埼玉県へ疎開する。その後、長次が疎開先まで迎えに来て、そのまま嫁入りとなったという。大正一二年九月一五日のことだが、届け出は翌一三年一一月一三日だった（**図7**）。

図7　大正14年頃の長次と秀
（山手樹一郎記念会提供）

父の退職

大正十三年（一九二四）
父が中風に倒れ、退職したる為、現住所（豊島区要町一—四七）へ移る。翌十四年、長男朝生出生

大正一二年一二月、父の浄次が中風、いわゆる脳卒中などの脳血管障害による後遺症で鉄道員を退職することになる。それに伴って、鉄道官舎から退去せざるを得なくなった。親戚一同で探した結果、翌一三年五月に麦畑の広がる、当時の住所で東京府北豊島郡長崎村字北荒井、後の豊島区要町一―四七（現在の豊島区要町一―三三―三）の土地を父の退職金も併せて一二〇〇円で購入して、家を建てることに決めた。

新興の地域

令和四年一〇月一日をもって区制九〇周年を迎えた豊島区は、新宿や渋谷と並ぶ副都心として発展している。しかし、その誕生は関東大震災後に帝都復興や、大東京が声高に叫ばれた後で、長次が転居した大正末期はもちろん、区として成立した後も麦畑の広がる新興の地域だった。

『豊島区史』（平成四年三月、東京都豊島区）によれば、かつて農村地帯であった現在の豊島区域は明治元年六月に新政府の武蔵野県知事の管轄下に置かれ、明治四年に長崎村を除いた町村が東京府に編入された。明治一八年に今の赤羽線・山手線となっている赤羽―品川間が開業した際も池袋に駅は設けられず、明治三六年に田端への支線を分岐させるにあたり、当初は目白での分岐が想定されていたが、地形の都合や住民の反対運動などの影響から池袋に駅が設けられた。手元にある『池袋名鑑』（昭和四五年二月、池袋東西名店会事務局）は『月刊いけぶくろ』という雑誌に掲載されていた、池袋にゆかりのある芸術家たちの随筆を集めて一冊としたものだ。その中で童画家の武井武雄は、

大正も中期七年に私は池袋に一八〇坪程度の土地を借りてアトリエを建てて貰った。（…）池袋駅なんてもの

は廃駅といってもいい位みすぼらしいもので、お隣の大塚目白などのにぎやかな街に比べるとまるで田舎駅だった（…）都心のデパートで買物しても池袋だというともう届けてはくれなかった。他府県の扱いである[20]

と回想している。一方で、長次は次のような言葉で転居のいきさつを語っている。

私が長崎村（今の要町）へ移ったころは、あたりはまだ広々とした麦畑で、というよりそういう麦畑の中へ地所を借りて小やかな住居を建てたのだから、庭へ出てみても目につく家は点々として、ほんの五六軒しかなかった[21]

私は家内といっしょに、弟に案内されてその土地を見に行くことにした。なるほど、駅から男の足で十五分ほどかかるのだから、少し遠いには遠い。しかもその土地は麦畑になっていて、ここに家を建てると、麦畑の真ん中に住むことになる。三月の末のことで、この時ほど青麦畑の色が目にしみたことはない[22]

昭和一六年版の『豊島区史』（昭和一六年二月、豊島区役所）には、「麦畑であつた池袋駅西口付近」という記述もある。また『失われた耕地―豊島の農業―』（昭和六二年一二月、豊島区立郷土資料館）によれば、近代に入っても「長崎村の大根、茄子、胡瓜」、「巣鴨町の小かぶ」、「巣鴨村の筍」、「高田村のかぼちゃとなす苗」などは特に有名だった。『東京都統計年鑑』（東京都庁）は、昭和二四年からの調査なので戦前の農地率は分からない。しかし、戦前からかなり減少しているであろう昭和二四年でもなお、豊島区の農地率（田＋畑）は七四・三七％を示している。同時期の渋谷区は一五・六四％、新宿区においては〇％である。

結果として「池袋の奥の麦畑の真ん中」[23]に建てた家が長次の終の棲家となるが、この新興の地域には他の若い芸術家たちも居を構えはじめる。大正末期から昭和戦前期にかけては貸住居付きアトリエ群が点在したが、それらは小熊秀雄によって「池袋モンパルナス」と名付けられた。昭和九年には、かの江戸川乱歩が「汽車と電車と自動車の騒音」[24]から逃れるように豊島区へ転居してくるのだが、彼もまたこう語っている。

池袋は実にさびしかった。今とは全くちがう非常に狭い常盤通りが唯一の中心地帯で、商家が軒を並べ、新開地の繁華街という感じだったが、そのほかの一帯は、点々として住宅が建っているばかり、町らしい町もなく、立教大学の周辺などは、ずっと原っぱで、まだ畑があったように覚えている[25]

新興の文学

ここで、大衆文学領域の成立について簡単に確認しておこう。尾崎秀樹[26]や真鍋元之[27]による先行研究の蓄積にも詳しいが、大衆文学領域の歴史を捉えるとき、その始点が明治一〇年代にまで遡ることは広く共有されている認識だ。それは三遊亭円朝・若林玵蔵・酒井昇造『怪談牡丹燈籠』(明治一七年七～一二月、東京稗史出版社)によって話芸が活字化したこと、明治一六年に板垣退助が外遊先のフランスから持ち帰ったヨーロッパの読物が逐次翻訳されたことに起因している。その後いくつかのエポックメーキング、すなわち関東大震災と、その影響によるメディアの再編成、また片上伸が震災から約三ヶ月後に、

雑誌編集者の方からの必要では一般的に人気があつて売れるやうなものを必要とすること（…）読者の側か

らの必要はなるべく肩の張らない楽な面白い読み物に対する要求(28)

と述べているような読者と出版ジャーナリズムの共鳴、初等教育の普及による読者層の飛躍的増大、文学の流通拡大、それに伴う円本全集の刊行と商業的成功、あるいは大正一四〜五年に白井喬二の呼びかけで結成された「二十一日会」の誕生と第一次『大衆文芸』の刊行など、様々な事象が複合的に絡み合い、大衆文学という領域が成立した。昭和二年五月から七年三月にかけて、平凡社から『現代大衆文学全集』が正続含めて全六〇巻で刊行され、これらのダイナミズムは大衆読者の可視化に至る。いわば関東大震災をきっかけとして発生・定着した大衆文学は、大正末期から昭和初期にかけて新興の文学だったと言える。それぞれの事情で新興の地域に集まった長次たち。まさに新興の地域において、新興の文学が生み出されようとする時代だった。

子供たちの誕生

大正一四年五月六日、長次と秀の間に長子である朝生が誕生する。長次の兄弟は既に次男が夭逝したため、両親、弟妹三人、妻と息子の七人を抱えて、大黒柱として一家を支えていくことになった。先取りして言えば、昭和三年三月二五日に長女の潤子、昭和五年九月二五日に次女の次子、昭和九年五月八日に次男の樹生、昭和一二年三月五日に三女の明子、昭和一五年三月一三日に四女の治子、昭和一七年二月二三日に五女の幸子が誕生する。このうち長男の朝生はシベリア抑留から帰還後、作家として昭和三一年に「風雲独眼竜」でデビューし、昭和三六年には「狼火と旗と」で第四五回直木賞候補となる。次男の樹生は学問の道を志し、国文学者の池田彌三郎に師事、古代国文学や芸能史を専門とし、昭和五二年に慶應義塾大学教授に就任する。長女の潤子は歌人として歌集『西日』（昭和三二年三月、桃源社）を刊行。さらに潤子の娘で、長次の孫にあたる井坂洋子は、詩人として伊藤比呂美らとともに女性詩をリードし、昭和五八年に『GIGI』で第三三回H氏賞を受賞。その後も数々の賞を受賞しながら活躍している。井口一族の書くことの才能は、長次から脈々と継承されていると言えよう（**図8**）。

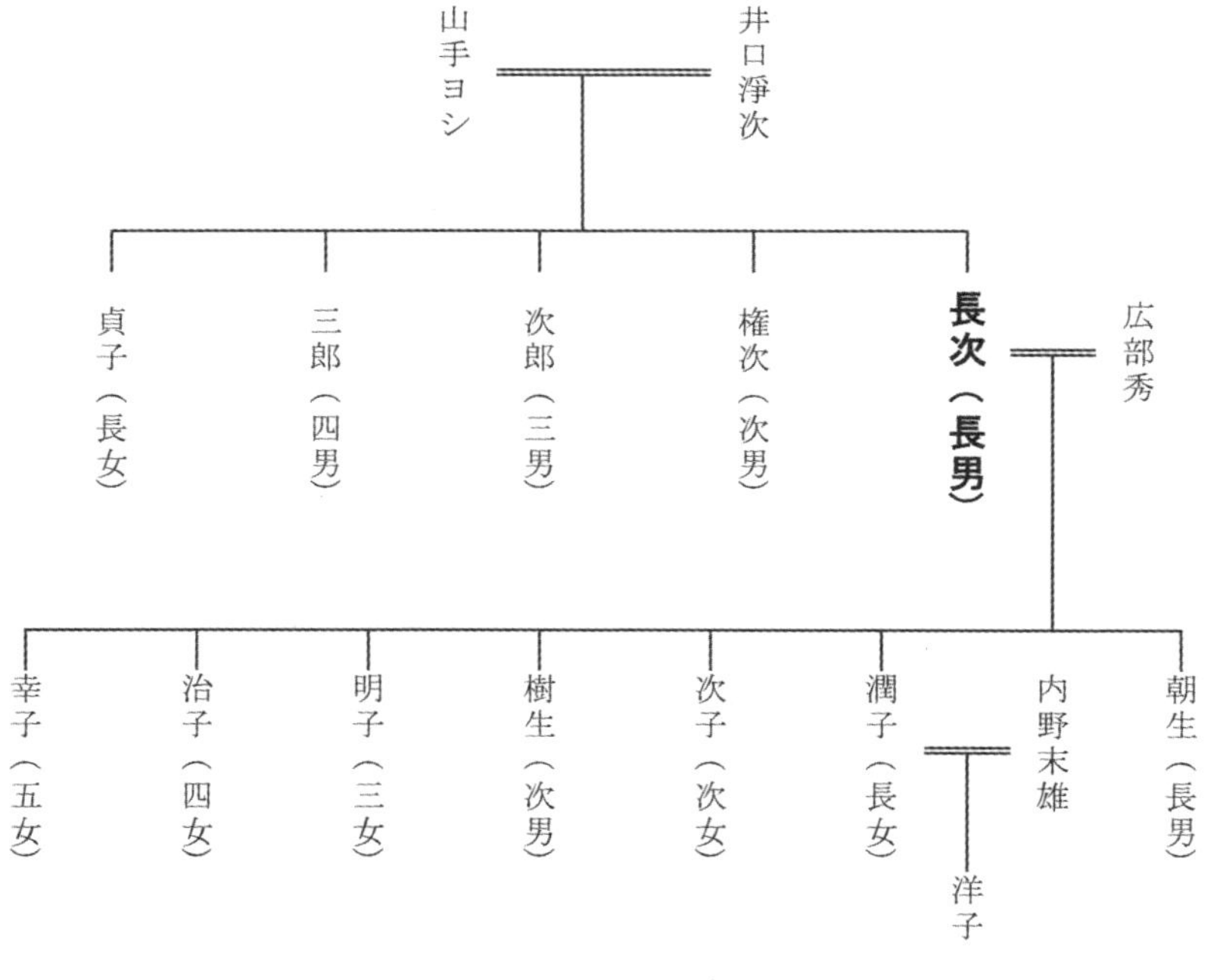

図8　稿者作成の簡易的な家系図

四　〈山手樹一郎〉の誕生

博文館への転社

昭和二年（一九二七）
博文館編集部に入る

一家の大黒柱として家計を支えなければならないことも多分に影響しただろうが、長次は小学新報社から、大手出版社の博文館の編集部へ移籍した。月給は六五円。一年遅れて入社した高森栄次は四〇円だったというから、前社での編集経験を買われての入社だったのだろう。同社は明治二〇年、大橋佐平が東京府本郷区弓町に創業した出版社。創業直後に発行した『日本大家論集』や、日清戦争期の『日清戦争実記』で事業を軌道に乗せ、二代目館主の新太郎が製作・印刷・取次販売・広告などの出版全般を統合的に掌握した事業システムを構築したことによって「雑誌王国」と称されていた。しかし大正末期から昭和期に入る頃は、関東大震災の影響が尾を引くと共に、自社の売捌店制度への固執が輪をかけ、長次が入社した昭和二年は創業四〇年を迎えながらも、明治二八年一月の創刊以来の看板雑誌『太陽』が廃刊するなど、かつての勢いは翳りを見せていた。それを象徴するかのように、日本橋の本社は震災の被害を受けて以来、小石川植物園近くにあった「和風二階建の古めかしい」[29]仮社屋で営業を続けていた。夕方になると電力の使用を危惧して、暗くならないうちに退社を促され、無料食堂も廃止された時期だった。

名編集長

長次が任されたのは『少女世界』や『少年少女譚海』の編集だった。それと共に「大剣聖荒木又右衛門」（昭和三年七月）[30]や、「眞田大助の孝心母を救う」（昭和五年五月）などの作品を同誌に掲載していた。やはり作品の掲載、あるいは編集の際は「井口長二」の名を使用していた。さらに他の自社雑誌への作品掲載も続けており、昭和四年一月に創刊した『朝日』の同年一二月号には、本名をもじった「口井蝶耳」の筆名で「松さんの禁酒」という短編を掲載している。そして小学新報社時代に培った編集技術が功を奏したのか、昭和七年八月から『少年少女譚海』と『幼年画報』の編集兼発行人に就任する（**図9**）。前者では当時まだ無名に近かった村上元三や、山岡荘八などの若手を積極的に登用した。

なにしろ一篇一七枚の中に、ヤマ場を三か所ぐらい作れ、と編集長の井口長二氏から注文をつけられるのだから、われわれは『譚海』で短篇小説を書くコツを教えられた、と言っていい。（…）二階の応接

図9　長二が編集兼発行人を務めていた時期の『少年少女譚海』
（昭和7年8月、公益財団法人三康文化研究所附属三康図書館提供）

間で井口氏が原稿を読んで、ここんとこを、こう直せ、と注文をつけられる。しかし帰りには階下の会計に、ちゃんと原稿料の伝票をおろしてくれた[31]

私たち「譚海」の常連は、いつまでも山手氏の情誼に甘えていられないのを知っていたから、三十四円の定収を土台にして、やがてそれぞれの道を開拓して行った。いうなれば「譚海」は私たちにとって、作家として巣立つ前の道場だったし、山手氏は道場主だった[32]

「その井口って編集長がさ、小説に対するカンがすばらしいんだ。原稿を持って行くと、その場で眼を通して、ダメを出すんだよ。ここの処を、こうした方がいいんじゃないかとか、ここは削っちゃった方が却って面白いんじゃないか、と言うんだよ。納得できないこともあるけど、仕方ないからウンウンとうなずいて、家へ帰って、言われた通りに直してみると、なるほど倍もおもしろくなるんだ。小説作法の神さまみたいだよあの編集長は」。こういう話を何回も聞かされてたので、譚海の編集長井口長二はたいへんに小説のわかる人だ、というイメージが、まだ逢わぬ前に私の頭に出来上がっていた[33]

このような回想類は枚挙に暇がない。また原稿料は原稿用紙一枚で二円と、『令女界』（実文館）や『少女画報』（東京社）が一枚一円五〇銭[34]だったのと比較すれば、金銭面でも好待遇だったようだ。長次はまさに「道場主」として戦後の大衆文学領域、特に時代小説ジャンルを牽引する作家たちに、セリフや筋立てといった創作技

図10　勤務中の一コマ
（山手樹一郎記念会提供）

法を伝授していった（図10）。

『少年少女譚海』

長次が昭和七年八月から編集兼発行人を務めた『少年少女譚海』は、大正九年一月に創刊された雑誌で、判型がB6判と、A5判が主流だった児童雑誌に比べて一回り小さかった。同誌の編集主任だった新井弘城は、

> 他社のA5判雑誌との競争をさけて、独自の途がゆけると思った。（…）B6判で目先がかわったこと、他誌にとりあげない題材であったこと、内容がどれも面白かったこと、定価が安かったこと、一千名入賞の懸賞をつけたことなどから、初号から好評で、五万部をすったものが、売り切れとなり、ほとんど返品がなく、毎号部数をましていった[35]

と、戦略的に他誌との差別化を図ったと述べている。創刊時の価格は二〇銭、ページ数が増加した昭和一二年前後は四〇銭に値上するが、七〇銭の『少女の友』（実業之日本社）や五四銭の『少女倶楽部』（大日本雄弁会講談社）と比較しても、低価格であったことは特徴的だろう。一方で中川裕美は、同時期の『少女倶楽部』や『少年倶楽部』（大日本雄弁会講談社）の売り上げと比較しながら、販売部数のデータが不明であるものの、「これらにははるかに及ばなかったのではないかと考えられる」[36]と言及している。そして、

『譚海』の特徴の第一は、この時期に「少年少女」の住み分けを行わない雑誌作りを目指したこと（…）第

二の特徴は、誌面のほとんどが創作読物だけで構成されていたこと[37]と、創刊された時点でライバル社の後塵を拝していたことから、差異を打ち出したと論じている。しかしこれらの特色は、戦時下へと向かう過程で後景化する。昭和一二年一〇月二一日から長次より同誌の編集兼発行人を引き継いだ高森は、戦時下における同誌への圧力を当時の日記に残している。

昭和十三年十月二十五日　戦局いよいよ緊迫、陸軍省新聞班を情報部と改称するとのお達しあり、内務省でもどうやら子供雑誌に対する指導を始めるとのこと新聞に出る

昭和十四年七月十三日　社長の承認を得て『少年少女・譚海』の『少年少女』を削って単に『譚海』と改称すると届けを出す。少年少女雑誌編集者の会を脱会する。『譚海』ついにおとなの雑誌となる。内務省は何とも云わず受領。何となく気味わるい

昭和十五年八月二十四日　大橋社長より突如『譚海』の方向転換を申し渡される。科学的雑誌に変更せよとのこと。けだし用紙配給に有利たらんとするか。何おか云わんや[38]

『少年少女譚海』→『譚海』→『科学と国防 譚海』とタイトルを変えながら、徐々に創刊以来の特色が後景に退いていき、昭和一九年三月、同誌はくろがね会が刊行していた『海軍報道』と統合され、廃刊を迎えた。

〈山手樹一郎〉の誕生

長次が山本周五郎と出会ったのもこの時期だ。大正一五年四月に「須磨寺附近」で注目されたものの、依然として窮していた周五郎は『少年少女譚海』へ頻繁に作品を掲載している。

僕は丁度、結婚相手が出来て、家を持たねばならないし……いや、恋人が出来た時だつたかな……ともかく金の必要があるから、書かしてくれと言うと、彼はじやア俺の言う通りに書くかと念をおすので、よし何でも言う通りにすると約束した。（…）たしか五十枚ぐらいのもので、彼の言う通りに三度書き直して持つていつた(39)

周五郎の作品は編集者である長次の手腕も相まって、『少年少女譚海』へ次々に掲載されていく。ここで高森は重要な回想を記している。

山本周五郎は当時まことに健筆であつた。たいてい同じ月の雑誌に二つは小説を書いていた。一冊に二つ載せるときは、一つは山本周五郎、一つは俵屋宗八。この俵屋宗八は山本周五郎自身の作つた二つめのペンネームであつたが、時には三つも持込むときがあつて、そんなとき井口さんはせん方なく、もう一つペンネームを考えざるを得なかつた。そこで生まれた名前が山手樹一郎であつた(40)

併せて長次自身の回想も見てみよう。

> 或る時なにかの都合で三つ載ることになり、もう一つペンネームが必要になった。たしか現代物だつたと思うが、ぼくはそれに山手樹一郎という筆名をつけた。山手はぼくの母方の姓で、山本の山がおなじだから、山手線一郎としやれようと思つたが、それではあまりふざけすぎると考え、樹一郎にした[41]

以上の証言から分かるように、「山手樹一郎」は当初、健筆家だった周五郎が同一巻号に複数の作品を掲載するために長次が用意した筆名だった。つまり、両者の言葉に従うならば『少年少女譚海』の目次に「山本周五郎」・「俵屋宗八」・「山手樹一郎」の名前が揃っている場合の山手は、長次ではなく周五郎ということだ。しかし、中川による同誌の目次調査はもちろん、公益財団法人三康文化研究所附属三康図書館や、大阪府立国際児童文学館に所蔵されている同誌を調査したが、三者の名前が同一巻号に掲載されている事例はなかった。唯一その可能性を示しているのは、一四巻八号（昭和八年八月）だ。同号は「山本周五郎」と「山手樹一郎」の名前が並んでおり、さらに山手名の作品は「空撃三勇士」と題した現代物であり、長次の証言にも合致する。いずれにせよ、長次と周五郎の絆から「山手樹一郎」という筆名が誕生したことは確かだ。しかし、この筆名を長次本人が使用する契機がもうすぐそこに来ていた。昭和八年一一月、〈山手樹一郎〉の誕生である。

（１）　上野一雄『聞き書き山手樹一郎』（昭和六〇年六月、大陸書房）
（２）　『停車場変遷大事典』（平成一〇年一〇月、ＪＴＢ）

（3）山手樹一郎「あのことこのこと（二）」（『山手樹一郎全集』第一三巻付録、昭和三五年一〇月、講談社）
（4）注3に同じ。
（5）注3に同じ。
（6）「学校沿革」https://www.meiji.ac.jp/ko_chu/about/history.html（令和四年七月七日参照）
（7）多勢尚一郎「希望の星座」（『山手樹一郎長編時代小説全集』第二六巻、昭和五三年四月、春陽堂書店）
（8）山手樹一郎「いつも楽しく……」（『あなたの朝日新聞』昭和三八年六月、朝日新聞社）
（9）注1に同じ。
（10）『丸善百年史』上巻（昭和五五年九月、丸善）
（11）上笙一郎・別府明雄編『靴が鳴る 清水かつら童謡集』（平成二〇年三月、ネット武蔵野）
（12）田中卓也「（東京）新報社発刊雑誌に関する研究―『少女号』を中心に―」（『教育学研究紀要』平成二八年）
（13）山手樹一郎「あのことこのこと（九）」（『山手樹一郎全集』第二〇巻付録、昭和三六年五月、講談社）
（14）横山祐吉「編輯室」（『少女号』昭和三年三月）
（15）『私の履歴書』第三一集（昭和四二年一一月、日本経済新聞社）
（16）注15に同じ。
（17）注15に同じ。
（18）「さむらい人生―対談・山手樹一郎の世界①」（『山手樹一郎短編時代小説全集』第一巻、昭和五五年五月、春陽堂書店）
（19）岩田専太郎『わが半生の記』（昭和四七年九月、家の光協会）
（20）武井武雄「池袋昔話」（『月刊いけぶくろ』昭和四二年七月）
（21）山手樹一郎「あのことこのこと（六）」（『山手樹一郎全集』第五巻付録、昭和三六年二月、講談社）
（22）山手樹一郎「目にしみた麦畑」（『月刊いけぶくろ』昭和四三年一月）

(23) 山手樹一郎「あのこととこのこと（五）」（『山手樹一郎全集』第二四巻付録、昭和三六年一月、講談社）
(24) 江戸川乱歩「池袋三丁目に移転」（『探偵小説四十年』昭和三六年七月、桃源社）
(25) 江戸川乱歩「池袋二十四年」（『立教』昭和三一年一〇月）
(26) 尾崎秀樹『大衆文学』（昭和三九年四月、紀伊国屋書店）や『大衆文学五十年』（昭和四四年一〇月、講談社）
(27) 真鍋元之編『増補 大衆文学事典』（昭和四八年一〇月、青蛙房）
(28) 片上伸「震災が停滞文壇の解体を速めた形（下）」（『読売新聞』大正一二年一二月一九日）
(29) 高森栄次「『少女世界』のころ」（『大衆文芸』昭和五三年七月）
(30) 稿者による一連の研究以前は、山手の最初の著作は、井口長二の筆名で掲載された本作だとされてきた。
(31) 村上元三「山手氏のこと」（『大衆文芸』昭和五三年七月）
(32) 大林清「山手氏と『譚海』」（『大衆文芸』昭和五三年七月）
(33) 鹿島孝二「和泉屋で」（『大衆文芸』昭和五三年七月）
(34) 大林清「山手氏との出あい」（『季刊・劇と新小説』昭和五三年五月）
(35) 新井弘城「『少年少女譚海』創刊のころ」（『児童文学への招待』昭和四〇年七月、南北社）
(36) 中川裕美『「少年少女譚海」目次・解題・索引』（平成二二年四月、金沢文圃閣）
(37) 注36に同じ。
(38) 高森栄次「わが『譚海』メモ抄」（『本の本』昭和五一年四月）
(39) 山本周五郎「畏友山手樹一郎へ」（『時代傑作小説』昭和三五年九月）
(40) 高森栄次「博文館のころ」（『大衆文芸』昭和四四年六月）
(41) 山手樹一郎「後記 めくら蛇の記」（『山手樹一郎短篇小説全集』第一巻、昭和三〇年五月、和同出版）

第二章

時代ユーモア小説／〈明朗〉モチーフ

一　「一年余日」

『サンデー毎日』第一三回大衆文芸

昭和八年（一九三三）

「一年余日」サンデー毎日秋の大衆小説懸賞募集に応募して佳作となる。この時からペンネーム山手樹一郎を用う

編集者として数々の作家へ創作技法を伝授していた井口長次だが、自身も本格的に作品執筆へ突入する。それはこれまで自身が編集に携わっていた、あるいは博文館が刊行している雑誌への作品執筆や掲載ではなく、「鸚鵡の声」（『幼年世界』）以来となる他誌への投稿だった。第一章で確認したように、大衆文学という領域が文学メディアに定着するのは、関東大震災後の大正末期から昭和初期のことだ。その一方で、直木三十五賞が設立されるのは昭和一〇年で、それ以前の大衆文学の登竜門は『サンデー毎日』（毎日新聞社）が設立した大衆文芸という賞だった。同賞は大正一五年に設立、一般から原稿を募集し、大阪毎日新聞社編集局が選者となって当選作と佳作を同誌に掲載するというもの。当初は甲種が原稿一〇〇枚で賞金五〇〇円、乙種が原稿五〇枚で賞金三〇〇円

だったが、第六回から原稿の枚数と賞金が統一された（回によって枚数や金額は変化）。また第四回からは上半期と下半期に分けて、年度内に二回実施されている。

〈山手樹一郎〉のデビュー

長次は山本周五郎へ自誌掲載へのアドバイスだけでなく、ペンネームまで与えていたが、一方で自身が執筆した作品原稿を周五郎に見せて助言を求めていた。周五郎も編集長と作家の関係ではなく、作家の先輩と後輩として助言するのはもちろん、種本などの参考書も提供した。初めて書いた原稿一二〇枚程は「散々に駄目を出されてがっかりしてしまった」[1]ようだが、昭和八年七月三一日が締め切りの『サンデー毎日』第一三回大衆文芸に応募を決意する。その時の募集要項を見ると、

我が大衆文壇唯一の権威ある、新人推薦機関たる本誌の大衆文芸募集は、回を重ねること既に十二回、（…）時代もの、現代もの、その他取材構想は随意ですが、主として興味本位であること、なほ翻訳翻案ものを排し、厳正なる創作であることを要します[2]

とある。

長次は「時代もの」を選択した。島津薩摩守が参勤交代の途中、平戸港で休息を取っていた際に酒に酔った勢いで、当地を治める松浦肥前守の居城である平戸城を「小さい城ぢゃ喃。（…）一握りにして投げ潰せさうな城ではないか」と戯れたことが物語の始まり。翌年、再び島津薩摩守が当地へ近づいてきた時、松浦肥前守は合戦

の用意を命じる。薩摩守の船団が平戸港へ近づくが、弓鉄砲を揃えて騎馬を固めている隊を遠望して驚き、使者を遣わせる。肥前守は事情を薩摩の使者に伝えるが、返事の使者が来ない。そこで本作の主人公である小館守之助が単身で薩摩藩の船へ乗り込み、薩摩守に「名目が立つて目出度く無事和解がなりますれば、これに越した事はございますまい」と、「今日以後平戸領御通行の節に限り御船の銹道具を伏せて通る」ことを直訴し、見事に争いを回避するという筋書きだ。本作にも周五郎が助言を寄せ、「非常にすっきりして、キュートな作品」(3)に仕上がった。さらに「『一年余日』がいいよ」(4)と、題名までつけてくれたという。他社の雑誌に作品を掲載するのに本名は避けなければということで、長次はかつて周五郎に提供したペンネームを返却してもらう。すなわち〈山手樹一郎〉だ。本作は周五郎のアドバイスの甲斐もあってか、応募総数三五二七作の中で入選の五作は逃したものの、選外佳作一三作中の一作に辛うじて入った（**図11**）。選者の千葉亀雄は、

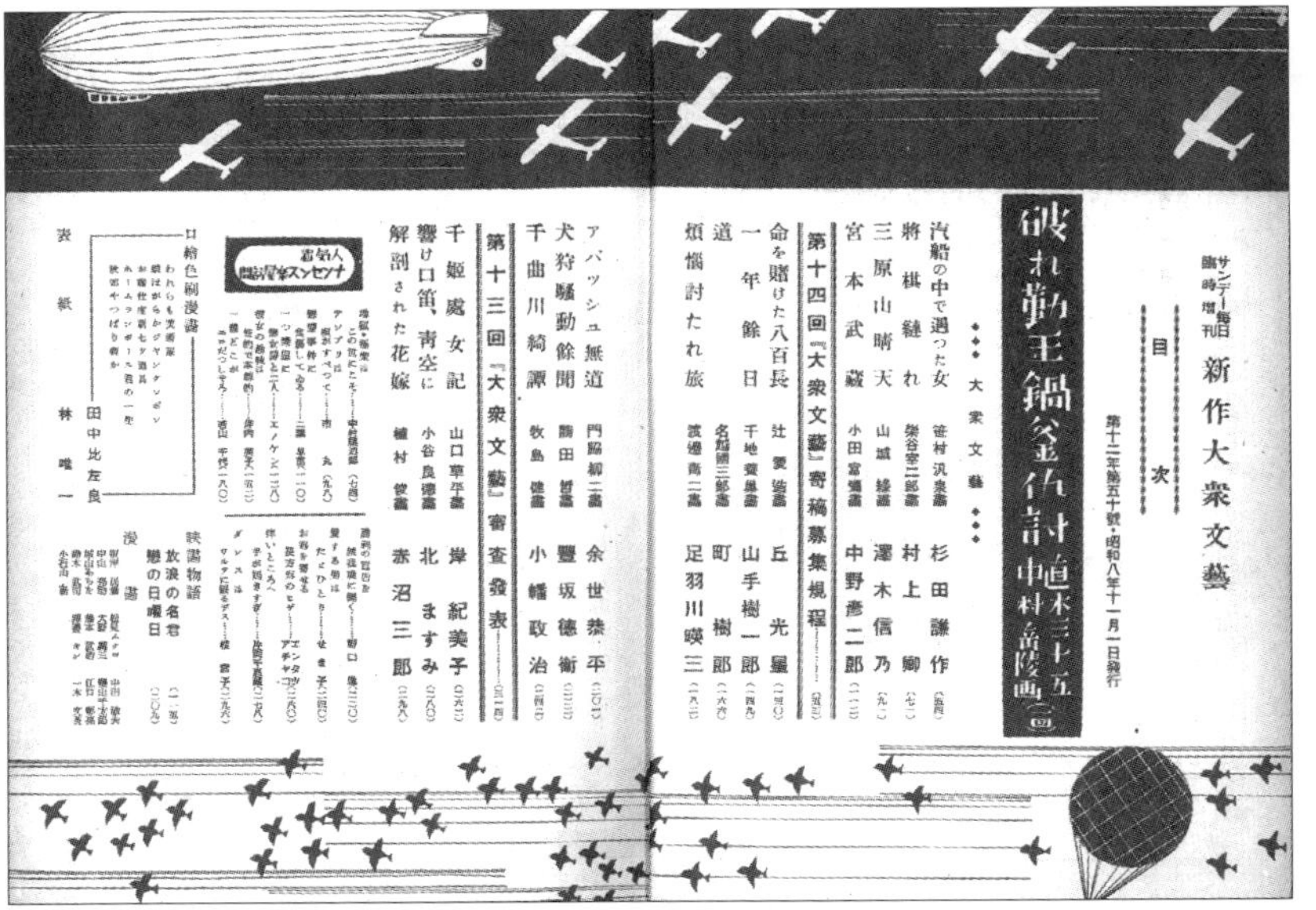

図11　『サンデー毎日』臨時増刊号（昭和8年11月）目次

山手君の「一年余日」これも今度多かつた「事実小説」の中での随一の佳作といへる。「事実」の方が、とてもテキパキと面白く纏まつてゐるため、作者の想像力のやり場の狭いらしかつたのが残念、それだけ、無駄のない、記実のしつかりした点を、正直、私は高く買はうと思ふ(5)

と選評を寄せた。肥前守と薩摩守との史実を基にしているためか、その「事実」の纏まり故に、作者の「想像力」による創作があまり見えない点を指摘されている。一方、自身は「あのにおいはやはり山本周五郎流ですね。(…)ぴぃーんと一本張りつめちゃうんだな」(6)と後に回想し、多分に周五郎の影響を受けた作品だと述べている。周五郎との共作とも言えるような本作だったが、長次自身が〈山手樹一郎〉のペンネームを使用した、文壇デビュー作となった。さらに本作は初めての映画化となるのだが、詳しくは本章第五節で言及する。

二　「飛燕一殺剣」・「うぐいす侍」

同人誌『大衆文芸』

ここまで引用して来た直筆年譜は以降も継続して書かれているが、この辺りから記憶違いと誤記が多くなってくるので本節からは引用を止める。また文壇デビューを果たしたので、ここからは山手と呼称しよう。

山手は「一年余日」で文壇デビューを果たした昭和八年に、大林清や梶野千万騎らと『大衆文学』を創刊している。同誌は関係者の回想には頻繁に登場するものの、同人誌であったが故に資料が残っておらず、現物を確認できていない。同誌について真鍋元之は、大衆文学という領域を名実ともに出版メディアと結びつける動きを見せていた白井喬二が創刊した第一次『大衆文芸』の後を継ぐ、「大衆同人誌の第二陣」[7]と評している。山手は「生きていける男」と「外道第一歩」を、また井口朝二の筆名で「矢一筋」という作品を掲載したらしいが、「一年余日」での文壇デビューも併せれば、山手における大衆文学領域との関わり合いは同時期から始まったとして問題はないだろう。『大衆文学』の費用は同人費で賄われたようだが、大林によれば「それを払った記憶がない。いくらだったかも憶えていない」[8]ので、博文館勤めの固定給があった山手が負担していたと推測している。また同誌には桜井甲子雄も参加しており、彼の義兄で、山手とは旧知の仲、そして既に吉川英治「鳴門秘帖」（大正一五年八月一一日～昭和二年一〇月一四日）の挿絵で評判になっていた岩田専太郎が後援者だったそうだ。しかし、同誌は「七号か八号で廃刊」(9)となってしまう。

「飛燕一殺剣」・「うぐいす侍」

「一年余日」での文壇デビュー後も、山手は博文館で編集業に従事しながら、自社雑誌への作品掲載を続けていた。昭和七年四月一〇日に小石川の仮社屋から日本橋本町の新社屋へと移転した博文館では、一切の自社雑誌への執筆禁止が言い渡された。こういった理由から山手は引き続き〈山手樹一郎〉のペンネームを使用する。自社では「辛鼠小僧」（『新青年』昭和一一年七月）や、「刺青一刀流」（『少年少女譚海』昭和一一年九月）などの短編を掲載。また「一年余日」の選外佳作の影響からか、「十五夜勝負」（『婦人画報』昭和一〇年九月）や、「恋討手」（『サンデー毎日』昭和一二年一一月）など、他誌への作品掲載も見られた。タイトルからも分かるように、昭和八年頃からは少年少女向け雑誌に掲載していたような童話テイストの作品から、本格的な時代小説に方向転換を見せている。また「飛燕一殺剣」（『少年少女譚海』昭和一一年三～五月）や「うぐいす侍」（『サンデー毎日』昭和一二年四月）のように、後年から見れば重要な作品の発表もこの時期だ。

前者は三ヶ月の短期連載だが、登場人物や構成などが後に山手の代表作となる「桃太郎侍」の基になっている作品で、「桃太郎侍」という名前も登場する。山手は武蔵野次郎との対談において「桃太郎侍」は「ほかの題で一ぺん書いていることがあるんです」(10)と発言しているが、この「ほかの題」が稿者の調査によって「飛燕一殺剣」だと判明した（**図12**）。

後者の「うぐいす侍」の主人公は、藪うぐいすを獲って仕立てることを道楽にしている亀山藩の軽輩青木又六。

普段はのっそりとしている男だが、他国浪人から受けた暴言には抜刀する切れ者で、彼が機転を利かせて領内百姓の困窮を救う短編。本作は「一年余日」の選外佳作からの縁なのか、『サンデー毎日』への掲載だ。ちなみに別冊を除けば、戦前では同誌に「一年余日」と「うぐいす侍」を含めて七作を執筆している。また本作は、山手が志向していた〈時代ユーモア小説〉の変遷を追う上で重要な作品なのだが、詳しくは本章第三節で「桃太郎侍」と共に論じたい。ちなみに本作もまた長年にわたって初出の情報が不明、あるいは「昭和九年『サンデー毎日』の懸賞に応募入選となる」[11]とされてきた。しかし、実際に昭和九年に発行された『サンデー毎日』には掲載されていない。そこで他年の『サンデー毎日』を見ると、昭和一二年四月の『サンデー毎日』に掲載されていることが、稿者の調査で判明した。

図12　「飛燕一殺剣」
（昭和11年3月、山手樹一郎記念会提供）

父の死と退社

昭和一二年一〇月二八日、中風を患ってから一三年間病床にあった父の浄次が鬼籍に入った。

ずっと床につくようになった晩年は、ほとんど顔さえ見ない日が多かった。いいわけにはならないが、食って行くということのほうが、私には大変だったのだ。父も私の無事な声が襖越しに聞こえさえすれば、それで安心していたようである[12]

麦畑へ転居した時から山手が一家を支えていたが、この父の死で名実ともに大黒柱となった。一方で「一年余日」の発表から、昭和一二年一〇月二一日に『少年少女譚海』の編集兼発行人を辞して出版部へ異動するまでに現在判明しているだけでも二〇作を自社及び、他社の雑誌に発表している。作家活動も軌道に乗り、その後も自社雑誌はもちろん、「元禄片恋い娘」(『日の出』昭和一三年四月)、「一樹の陰」(『婦女界』昭和一四年二月)、「道行き忠義」(『冨士』昭和一四年七月)など他社からの依頼も続いた。博文館の当時の社長が「よその雑誌に山手樹一郎という作家が仲々の傑作を書いている(…)頼んで見たらどうかね」[13]と、編集部に進言したという笑い話も残っている。大黒柱として家族を養っていかねばならず、また一方で作家としての依頼も増加してきた昭和一四年九月、山手は一二年間務めていた博文館を退社し、専業作家としての道を歩み始める。四〇歳を迎えた秋のことだった。

三　「桃太郎侍」

専業作家

専業作家の道を歩み始めた山手だが、一〇人近い家族を養っていくうえで、失った固定給を原稿料で稼ぐのは至難の業だった。

月にどうしても二百円はかかる。月給はたしか百二十五円だったから、それまでも不足分は原稿料で稼いでいたことになる。原稿料は一枚二円のころだったから、一本立ちになると毎月百枚は書かなくてはならない。つまり短篇小説にして三本は書かなくてはならないので、中年者の私としてはこれがなかなか大変だった(14)

既に四〇歳を迎えていた山手は、体力面においても不安を抱えていただろう。山手は昭和一四年九月に退社してから一一月までに五作を発表している。その内の三作が博文館系の雑誌、二作が他社の雑誌で、古巣からの依頼が主だった。しかしチャンスはすぐに舞い込んだ。知人の池内祥三が持ってきた岡山県の『合同新聞』（現在の『山陽新聞』）への新聞連載の依頼だった。

これは助かったと思い、ほっとしたが、池内君は新人のことで、どのくらい売れるものやら、売れないものやら、こっちも冒険をするのだから、一回三円で我まんしろという。すると、一月九十円ということになる[15]

編集者としては業界に名が知れていたが、作家としては未だ「新人」であったこともあり、原稿料の当ては外れたものの依頼をありがたく受諾する。そして岡山県での連載ということで、自身初の新聞連載作品を「桃太郎侍」と銘打った。池内は「少し子供っぽくないか」[16]と難色を示したが、結局はそのまま採用され、昭和一四年一一月二日から翌一五年六月三〇日まで連載される。ちなみに同作の初出年月も誤り続けられてきた。その責任の一端は作者である山手にもあり、対談などで「はじめての新聞小説で、岡山の合同でしたかな、あれは十五年ですね」[17]と発言していることから、昭和一五年が初出年だと認知されてきた。一方で昭和三四年一月に出版された『少年の虹』（東都書房）の著者略歴では、「昭和十四年、処女長編〝桃太郎侍〟の執筆を機として」と書かれている。その後、佐々木浩が山陽新聞社編集局資料部に問い合わせ、初出は昭和一四年一一月二日から翌一五年六月三〇日までと訂正している。[18]しかし、それ以降の年譜や再録本においても昭和一五年となっているのが散見される。稿者も国立国会図書館で『合同新聞』を調査したところ、佐々木の訂正通り、昭和一四年一一月二日から翌年の六月三〇日までと確認できた。

「ゼンダ城の虜」

自身初の新聞連載であると共に、初の長期連載となった「桃太郎侍」には山手の試行錯誤が垣間見える。讃州丸亀藩の若殿の双子の弟でありながら、「忌み腹」を理由に他家で育てられた末に浪人へ身をやつしている右田新二郎。彼は浅草蔵前通りで侍に捕まっていた小鈴を救うが、その際に「姓は鬼退治」、「桃から生まれた桃太郎」と名乗る。義賊の伊之助に誘われて長屋に居候しながら町内の人々の力になるが、ある日、伊賀半九郎の手下に襲われていた神島伊織の娘の百合を救う。そして讃州丸亀藩のお家騒動や、跡継ぎで双子の兄にあたる新之助が毒を盛られて床に臥していることを知る。そこで新二郎は瓜二つの顔であることを利用して、新之助を装い、丸亀城へ登城するというあらすじだ。

本作は本章第二節で指摘したように、『少年少女譚海』に昭和一一年三～五月にかけて連載した「飛燕一殺剣」を長編化したものだ。さらに武蔵野との対談において

武蔵野　あれはやはり「ゼンダ城の虜」がもとになっているのですか?
山手　そう、もとです。
武蔵野　非常にうまく翻案できている。
山手　ちょっと気がつかないです、あれね。双児にしたから気がつかないんでね(19)

と語っているように、イギリスの作家アンソニー・ホープ「ゼンダ城の虜」（一八九四年）の翻案だ。「ゼンダ城の虜」について概説しよう。ルドルフ・ラッセンディル男爵は架空の国、ルリタニア王国の国王ルドルフ五世と顔が瓜二つであることを知る。それは一五〇年以上遡ると血縁関係であることに起因しているが、二人は意気投合。しかし、陰謀に巻き込まれた国王は毒を盛られて昏睡、即位式まで男爵が国王のふりをして敵を倒していくという冒険あり、ラブロマンスありの世界的に有名な作品である。日本では宮田峯一による訳本が大正一四年四月に健文社から刊行されているし、人口に膾炙したという点では、改造社による『世界大衆文学全集』の第二二

巻（昭和四月二月）にも収録されている。山手のオリジナルは、双子の登場人物を江戸時代独特の文化である「忌み腹」を利用して実の兄弟にしたこと、さらにお家騒動と、江戸から丸亀藩まで向かうという道中物を組み合わせた点だろう。

山岡荘八からのアドバイスとパターン化

「桃太郎侍」で苦労したことは、後でずいぶん役に立った。東海道から讃州丸亀へ行く道中記も、その時はじめておぼえたもので、あれから二十年私は小説の上で、東海道を五十回ぐらいも上り下りしているだろうから、よく使ったところはたいてい暗記しているほどである[20]

と後年に回想しているように、初めての長編かつ、本格的な道中物ということもあり、山手は本作執筆に際して調査に時間をかけた。また、博文館時代は編集者と作家の関係だった山岡荘八から貴重なアドバイスをもらう。

もう一つ打ちあけ話をすると、「桃太郎侍」を書いて毎日苦しんでいる時、山岡壮八がいいことを教えてくれた。新聞小説のコツは半分ほど回が進んだら、一度主人公を生死不明にして消すことだというのである[21]

このアドバイスを受けた山手は、実際に右田新次郎（桃太郎侍）を宇都谷峠で谷底へ突き落としている。これは「桃太郎侍」で結実したパターンなのだ。すなわち〈実は高貴な身分だが浪人に身をやつしている力強く優しい主人公と、彼を取り巻く姫君とお侠な年増女や義賊、相対する敵役が繰り広げる道中物〉という作品形式や、〈主人公が宇都峠で生死不明になる〉という展開であり、以降の山手作品において十八番《おはこ》としてパターン化していく。

読者からの反響

本作の連載前日である昭和一四年一一月一日には「次の夕刊小説」と題して、連載予告が掲載されている。「題名からして既に奇」、「山手氏は最近読物小説陣に花々しく打つて出たもの」（図13・14）と宣伝されているが、連載当初はさして見向きもされなかった。しかし次第に注目を浴びたようで、長谷川伸は、

新聞の配達さんがその日の分を先ず以って読んでいて配達するので、「新聞屋さんどうなった？」と新聞を受取るお得意さんに言葉せわしく聞かれると、配達さんが、「いよいよやッ付けそうです」と答える、と客の方は喜んで、「しめた……」と新聞をひらき、『桃太郎侍』の立ち読みをはじめた[22]

と、岡山の人間から聞いた当時の人気ぶりを物語るエピソードを紹介している。また連載最終

次の夕刊小説
明日から連載
桃《もゝ》太《た》郎《らう》侍《さむらひ》
山手樹一郎作
矢島健三畫
山手樹一郎氏
目下掲載中の「富士の臨」は好評裡に本日をもって完結と成りますので、これに引續いて山手樹一郎氏作「桃太郎侍」を掲載することとなりました。題名からして既に奇、しかも本篇の主人公は「親もなければ縁者もない、名乗らうにも姓がない、從つて名無しぢやが、強ひて名を呼びたければ、桃から生れた「桃太郎」はどうぢや」と破顔一笑に附する謎の[illegible]奇怪な、それでゐて度胸が太く、剣技拔群而も眉目秀麗の快男兒。眞に端倪すべからざる謎の浪人"桃太郎侍"の行動は、次ぎ／＼に回を追うて繰り展げられる小説の面白さにつれて自づとその正體は判明せられるでありませう。作者山手氏は最近讀物小説陣に花々しく打つて出たもので、今回始めて新聞長篇小説陣にこの雄篇を提げて登場した全くの野心作であります。挿畫の矢島健三畫伯もまた挿畫界に精進しつゝある新進である。何卒引續き御愛讀下さい。

図13　「次の夕刊小説」（国立国会図書館蔵）

桃《もも》太《た》郎《ろう》侍《ざむらひ》（1）

山手樹一郎作
矢島健三画

仮《か》りの宿《やど》（一）

（おや!!）

[illegible]の伊之助は目を瞠つた。昏れやすい秋の西日がまだ冷んやりと片側に明るい[illegible]通りを、[illegible]流しに町駄穿き、申しから[illegible]若い浪人者が[illegible]の方へ歩いてゐる。

（たしかに八九十[illegible]、ひよつとしたら[illegible]かな？）

伊之助は[illegible]——この男一度覗くと、身の軽いところから[illegible]さん[illegible]と通る[illegible]だ。なんとなくその浪人の懐中の金氣にひかれて、[illegible]あたりからふらくと附けて来たのだが、今しがたその[illegible]町から出た女が、ふと間に挟つて、[illegible]れるさもなく追ひ越すでも

てゐるのが、浪人の[illegible]にぴんと来るのだ。

（女掏摸だな）

急に彼の[illegible]心が燃え上つた。初めは別に[illegible]を[illegible]してまで[illegible]の金に手を掛けようとは思つてゐなかつた。[illegible]、浪人者の後姿に[illegible]るたしなみがうかがはれて、半分諦めかけてゐたのだ。が、[illegible]があらはれたとなると、しかも、それが女[illegible]と[illegible]つて引つ込めない。[illegible]人の意地が立たないのだ。

（負けるんぢやねえぞ、[illegible]!!）

伊之助は背中の[illegible]物を振り上げて、何気なささうにあたりを見まはした。人通りの絶えない[illegible]通り

[illegible]心に燃えて、到底[illegible]のないとなる
しかし、[illegible]ないからと云つて、ただ相手の仕事の邪魔をしようのさ[illegible]、何の手柄にも自慢にもならぬばかりでなく、[illegible]人仲間の面汚しだ。

（どうしてくれよう!!）

女の[illegible]つぽい後姿をそれとなく見張りながら、猿の伊之助だんじ焦つて来た。

さすがに女もちよつとも相手に[illegible]する隙がないか、まだ手出しする気配も見せず取り澄まして、伊達の素足に[illegible]下駄、時折り[illegible]にまつはる秋風にちらりと紅い[illegible]を散しながら、——やがて[illegible]

図14　「桃太郎侍」連載初回（国立国会図書館蔵）

回には、「小生過去かゝる面白き小説に接したることはありません。山手先生に感謝いたします」、「桃太郎侍はいつも楽しんで読んでをりました（…）堅実なそれでゐて上品で美しい小説でした」という読者からの声も掲載されており、好評の一端を窺い知ることができよう。

四　〈明朗〉モチーフの変遷

ニヒル剣士と明朗タイプ

大衆文学研究の先達である尾崎秀樹は、同領域を通史的、また局所的に捉えた示唆に富む論考を数多く残している。なかでも時代小説ジャンルにおいて現在でも影響を及ぼしているのが、主人公の分類と系譜づけ、すなわち「ニヒル剣士」と「明朗タイプ」の区分だ。

> 日本のチャンバラ小説は、『大菩薩峠』いらい《ママ》、ニヒル剣士の伝統を、亜流化しながら継承することになるが、堀田隼人、森尾重四郎、新納鶴千代、平手造酒、丹下左膳など、いずれも、その系譜に立つ虚構の英雄であろう[23]

中里介山「大菩薩峠」（『都新聞』・『大阪毎日新聞』・『東京日日新聞』・『読売新聞』等、大正二年～昭和一六年）は冒頭で老巡礼を惨殺し、その後幾度となく辻斬りを繰り返しながら、

「それが拙者の仕事ぢや、今までの仕事もそれ、これからの仕事もそれ、人を斬ってみるよりほかにおれの仕事はない、人を殺すよりほかに楽しみもない、生甲斐もないのだ」[24]

と述べる机竜之助を中心に物語が駆動する。尾崎はこの机竜之助を開祖として大佛次郎・土師清二・郡司次郎正・村松梢風・林不忘らが紡ぎ出した主人公群を「ニヒル剣士」とカテゴライズした。同タイプには求道的な吉川の「宮本武蔵」も含まれる。しかしこのタイプは、柴田錬三郎「眠狂四郎無頼控」の登場を以て、その性格に質の変化が生じると続けて、以下のように言及している。

眠狂四郎の剣は、武士の魂ではなく、一種の凶器なのだ。西部劇のガンさばきよろしく、ニヒル剣士たちは白刃をふるって活躍する。クソを突こうが、大根を切ろうが、いっこうにさしつかえない。一刀三拝式の武士のたましい観は一蹴され、剣は一個の凶器と化す[25]

昭和三〇年代の眠狂四郎の登場により、戦前の同タイプに見られた仏教的意識や求道的な面が後景化し、敵を斬る描写と、そのリアリティの担保に重心が置かれる。しかし、あくまで尾崎はこれらの主人公群を同じ「ニヒル剣士」としてカテゴライズしているのだ。一方で、

机竜之助から眠狂四郎に至るニヒル剣士型のチャンバラ英雄に対比されるのは、明朗型の熊木公太郎や阿地川盤嶽であろう。この明朗タイプの創始者は白井喬二だ。(…)白井喬二の明朗タイプのヒーロー像を継承発展させたのは、山手樹一郎であった[26]

と、「ニヒル剣士」に対して、白井を創始者とし山手が継承発展させた主人公像を「明朗タイプ」とカテゴライズする。そして同タイプの特徴を、「申しあわせたように剣術否定」で、「ニヒル剣士」のように「むやみやたらと人を斬るような無軌道ぶりはみせない」と指摘。[27] 尾崎は二種の系統分けによって、若干の異相を孕みながらも戦前・戦後の時代小説ジャンルを通史的に論じている。またこの分類から尾崎が、両タイプによる剣の扱い方の差異を重視していること、さらに後者に着目するならば〈明朗〉を構成する要素を「剣術否定」としていることが分かるだろう。確かに白井作品ではチャンバラの代替として独楽争いや、築城勝負などが描かれている。では山手自身はどのようなテーマや、狙いをもって作品を執筆したのだろうか。

〈時代ユーモア小説〉

雑誌の編集者だった私がまず目をつけたのは、当時ユーモア小説の味を持った時代小説がほとんど見あたらないことだった。私は時代ユーモア小説を書いて、自分の地盤にしようと考えたのである[28]

山手は専業作家として独立を決めた際に、〈時代ユーモア小説〉なるものを志向していた。ユーモア小説といえば、昭和初年代に流行した作品形式を思い浮かべるかもしれない。川辺久仁はユーモア小説の生成と消長について、明治三八年～昭和三五年の諸雑誌に掲載された作品のうち「ユーモア小説、滑稽小説、諧謔小説、明朗小説、諷刺小説、ナンセンス小説、軽快小説、喜劇」と角書きされたものの統計をまとめている。そして、

最も高い数値を示したのは、一九三九（昭和十四）年の一五三件である。この前後の年も二位、三位で、昭

和十三年が一四一件、昭和十五年が一三三件である(29)

として、戦時下、あるいはそれに向かう過程において、ユーモア小説が娯楽や慰安として歓迎されていたと論じている。しかしその一方で、

近頃は、「明朗なユウモア」といふことがしきりに求められだした。(…)明朗性はユウモアの本質でもなければ、それを描き出すことがユウモア作家の使命でもないのである(30)

只、楽しさ嬉しさを単純に表現しただけの文学が諧謔では断じてないと思ふ。私はさういふ意味で、いはゆる「明朗小説」といふものと諧謔小説とは違つた別種のものと見てゐる(31)

というように、同時代の書き手にとっては「ユウモア」と「明朗」という言説にはズレがあり、微妙なジャンルの棲み分けがなされていた。また、川辺はユーモア小説と入れ替わって多くなるのが明朗小説だとし、「戦時下の文化全般で戦意を維持するための標語」(32)として機能していたと論じている。

他方で、山手作品に対しては「山手調の浪人ものには明るいムードがそこはかとなく漂ってくるのが、その大きな特徴である」(『朝日新聞』昭和三八年七月七日)と批評がされ、映画化に際しては「明るく健康な娯楽時代劇」(『読売新聞』昭和三一年八月六日)と宣伝された。逝去した際の記事でも「山手さんの小説の主人公は、常に明朗」(『朝日新聞』昭和五三年三月一七日)、「主人公は清潔で強くて明朗で」(『毎日新聞』昭和五三年三月一七日)と紹介され、逝去の二週間後に掲載された尾崎による記事では、「明朗時代小説の担い手」と大々的に山手

作品と〈明朗〉が結び付けて論じられている。さらに、秋月こお「粂太郎、奔る」という作品が批評される際に「山手樹一郎を思わせる明朗時代小説」（『朝日新聞』平成一三年三月一二日）と例示されるなど、存命中・没後を問わず、山手樹一郎といえば〈明朗〉というイメージが共有されていることに異論はないであろう。つまり山手が志向した〈時代ユーモア小説〉とは、いわゆる昭和初年代に流行したユーモア小説とは異なり、〈明朗〉という言説に回収されるようなモチーフを多分に蔵していると考えられる。では、山手作品における〈明朗〉モチーフとはどう定義づけることができるのか。

〈明朗〉モチーフの変遷

山手作品における〈明朗〉モチーフは、字義通りの明るく朗らかな性格の主人公を描いていることもあるが、時代小説ジャンル内で見るならば、尾崎も指摘しているようにチャンバラシーンを描きながらも敵を斬らないという特徴に基づいている。そして、山手自身もその点には自明的であった。

武蔵野　それまでの日本の時代物に出てくる主人公というは、暗いムードのが多いんですよね。これは不思議で、やはり日本人の性格といいますか、同じ剣が強くても。

山手　そうそう。そして、剣に強いというのは、「大菩薩峠」の机竜之助がいますからね。それで、比較的健康なのは「宮本武蔵」ですわね。だいたい、チャンバラで人を殺すというのは、異常性格ですからね。ですから、どうしたって、ニヒルにもっていくか、そうでないと、書きにくいんでしょうね。

（…）

武蔵野　だから、人を切るなんていうのは、もってのほかで、ほんとうは、あれはまあ映画とか、そうゆんで簡単に切っちゃうけれども、刀を抜くというのは、たいへんなことだったと思うんですよね。

山手　たいへんなことですよ。そして、普通の神経じゃ抜けませんよ。（…）人を切ってあだ討ちものなんかありますけれどもね、けっしてズバッなんて切っていませんからね。異常神経ですね。今日のいわゆる殺人と同じですね。性格破綻者だと思いますね。だから僕は、剣豪物というのは、あまり好きじゃない(33)

山手は武蔵野との対談において「大菩薩峠」の机竜之助を名指しして、何の心理的葛藤もなく敵を斬ることを「異常性格」、「性格破綻者」と断じている。その一方で、宮本武蔵を「比較的健康」と譲歩的な態度で言及しているのは、求道的な面、あるいは同作が戦後に単行本化される際に「無刀」を強調した「まえがき」を付したことで、読者のイメージが変容したことに起因しているのかもしれない。

では山手作品の系譜から敵を斬らない＝〈明朗〉モチーフを追ってみる。山手は自作の変遷について次のように述べている。

『一年余日』は五十枚ほどのものだが、堅すぎて、自分が意図したほどのユーモア味は出せなかった。次の『うぐいす侍』は二十三枚ほどのものだが、これはある程度その味が出てきたと思った。しかし、私はここで大きな失敗を一つしている。それは青木又六という主人公に、食いかせぎに村へ入りこんで百姓一揆を煽動している口先だけの浪人者を、切らせていることである。人を切るという気持にユーモア味などあるはずはない(34)

いざやってみるとこれは案外難しい仕事で、精々「うぐいす侍」「一年余日」の程度にしか書けなかった。そして、それがやっと自分流に板についてきたなと思えるようになったのは、「夢介千両みやげ」を書きはじめたころからで、その間いつのまにか十年あまりの歳月が流れていた(35)

本章第一節で言及したように、「一年余日」は敵を斬らないだけでなく、藩同士の争いを諌めるという筋であるためにチャンバラシーンが描かれていない。また本章第二節で触れた「うぐいす侍」は、

「貴公はなんだ」不意に又六の眼が光つて、「領内百姓の難儀は黙つてきいておくが、他国浪人の暴言は許さぬぞ。慎め」一度柄にかけた手を、なんと思つたか又六は静かにひいた。それを臆病と見たか、「暴言――」と、浪人者は露骨な嘲笑をうかべて、「百姓の難儀を黙つて聞いてゐられては、皆んな餓死する他はあるまい。」（…）「――」「何んだ、その顔は。偉さうに柄に手をかけたつて、竹光では犬も斬れん」図に乗つてひかけた浪人者は、一瞬狼狽の色を見せながら抜刀しようとしたが、無声殺到又六の手練の方が速かつた。「わツ」抜刀しかけたま丶、他愛なく仰反つて、肩から噴水のやうに血が走る(36)

というように、唐突に浪人から挑発され、相手を斬るまで又六の内面が「――」のみで表現されており、その心理過程が描写されていない。山手はこの点を「失敗」と認識している。一方、詳しくは第四章で論じるが、戦後の長編連載作品で全く敵を斬らず、千両を配るか、素手で倒すかを徹底する「夢介千両みやげ」（『読物と講談』昭和二三年二月～二七年六月）を以てして、自作が一定の完成に至ったと言及している。作者言及と作品変遷に

従えば、昭和八年から占領下にかけて敵を斬らない＝〈明朗〉モチーフを昇華していくわけだが、「桃太郎侍」はその狭間の時期にあたるということだ。

では「桃太郎侍」において、〈明朗〉モチーフはどのように扱われているのかを本文から見てみよう。ただし「桃太郎侍」の本文引用は『桃太郎侍』（昭和一六年九月、春陽堂書店）による。作品冒頭、侍に絡まれている小鈴を助けるシーンでは、「抜き打ちの一刀、――丁度空を切つて及び腰になつた相手の胴へ目にもとまらず、但し峰打ちだつた」と峰打ちを強調している。また、お化け長屋で渡世人と争うシーンでも、長屋の少年が所持していた青竹を借りて成敗している。さらに物語の本筋であるお家騒動に巻き込まれるシーンでは、

「えい」無論峰打ちだが、わあッとのめつて行くのと、その体の崩れへ正面から一人敵が斬り込んで来たのと同時、（…）「こん度来る奴は遠慮なく叩ッ斬るぞ！」元の体勢に返つて、青眼、これだけの働きに少しも位置は動いてゐないのだ

抜討ちに、たつと中央目がけて斬り込んで、その激しさに思はず敵が左右へ飛び退きながら夢中で一刀を振り被つた時には、右へ一人、返す烈剣が左へ、これは斬つたのと斬られたのと同時、たゞこつちの方がわづかに早かつたから敵の一刀を肩先に感じたゞけで、相手の胴を強か斬つて、「わッ……」「うゝむ……」仰反る声を聞きながら、矢のやうに駆け抜けてしまつた。「逃すな。斬れッ、斬れッ……」大将烏が叱咤してゐる。（ふ、ふ、こつちこそ無益の殺生は好まんのだ）

と、相手が真剣であっても「峰打ち」で対抗していることを強調しているが、その後はじめて敵を斬る。

右手から拝み打ちに斬つて来た。丁度体が左へ向いて槍の柄を斬つた瞬間だから、受けるも払うも出来ない。が、剣気を感じると同時に、左足を蹴つて跳躍したから、間一髪敵の烈刀がわづかに肩をかすめて流れた。その隙を我にもなくすつと一刀が返つて、「わあツ」背後に絶叫が起こつた。斬つた桃太郎侍は別にそれ程の手ごたへは感じなかつたが、所謂夢想剣見事に胴にきまつてゐたのだ

ここでは「夢想剣」という語が使用されている。つまり無意識のうちに条件反射で斬ったという意味であり、そこに敵を斬ることへの積極的な意思は介在していない。退散した敵が黒幕である伊賀半九郎に状況を報告する際も「こつちの人数はどうした」、「八人ばかり手負ひが出来て、中の一人は即死でした」と、あくまで桃太郎侍が斬ったのは「夢想剣」での一人で、残りは斬り殺していないことを強調している。

しかし、物語が道中物へ展開すると状況が変わる。前半部の主要人物のお俊が、桃太郎侍の身代わりに斬殺されてしまう。これを契機に桃太郎侍は、

今までは敵となるも、味方となるもその時の人間の運、なるべく無益な殺生はしたくないと、出来得る限り手加減をして来たが、——もう遠慮は無用、絶対に許さぬと、桃太郎侍は激しい憤怒を感じてゐた

と、相手を斬る意思を表明し、

ほとんど相撃ちと見えたが、桃太郎侍の太刀の方がわづかに早かつたらしい。肩から血を吹いて大きく仰反

る鉄心斎、飛び退つた桃太郎侍の右袖は、半分まで切られてだらりとぶら下つてゐた。（…）慘たる光景である。一瞬前まで喚き呶鳴つてゐた四人の人間が今は白日のもとへ長々と息絶えて河原を血で染めてゐる

と、敵を斬るチャンバラシーンが結末まで続く。要するに江戸が舞台の前半部ではチャンバラシーンがありながらも峰打ち、あるいは意識的には敵を斬らないことを強調している。しかし讃州丸亀へと舞台を移し道中物として物語が展開すると、お俊が惨殺されたことを契機に敵を斬る。つまり時代小説ジャンルにおいてある種の常識であった敵を斬るという行為を避けながら、それに至る動機と出来事、またはその行為に匹敵する程度の要因を明示することで心理過程を描写して、説得力を持ち込んでいると言えよう。「一年余日」（チャンバラシーン無）→「うぐいす侍」（チャンバラシーン有・唐突に敵を斬る）→「桃太郎侍」（チャンバラシーン有・峰打ちから斬るに至る契機有）→「夢介千両みやげ」（チャンバラシーン有・敵を斬らない）という作品系譜を見れば、敵を斬らない＝〈明朗〉モチーフを短編から長期連載に移行するなかで、昇華していく過程が看取できる。このような山手の作品群だが、同時期の文学の動向に照らし合わせると、どのように位置付けられるのか。

同時期の大衆文学領域では、

大衆文芸の新しき道について、長らく鬱勃たる抱負を胸底に潜めてゐる人々が仲々多いやうだ。そして、何とかして現状を打破しようといふ意気組みは中堅をも新人をも通じて殆ど共通[37]（…）

と、時代小説ジャンルが「新しき道」を模索する過程にあったことが言及されている。その模索は吉川らによる史伝物への志向という表れの他方で、

文学的気品の高い現代小説を、自分では書きたいと思つてゐるのに、ジャーナリズムは、寧ろ「鞍馬天狗」の流れをくむマゲものを望んでゐる傾向（…）雄大な日本主義に満ちてゐる長篇現代小説を念じてゐるやうだが、俗ウケを習ふ編集者側では、却つて「新選組」の如き千変万化の筋を好み[38]（…）

というように、大佛次郎や白井らが現代物へ挑戦する形でも現出していた。しかしここでは書き手側による現代物への志向と、読者の需要を汲み取った出版ジャーナリズムによる時代物への片寄りという乖離も了解される。さらに言えば「文学的気品の高」さと「現代小説」が結び付けられる一方で、「マゲもの」と「俗ウケ」が結び付けられて対置されている。また中村武羅夫は、

文学の世界に於いては、通俗小説や、大衆文学など、今でも特殊品として取扱はれてゐるのであるが、むしろ文学の特殊品として取扱ふべきは、通俗小説とか、大衆文学とか、その形態の区別に依るものではなくて、作品そのもの、資質にあるのが当り前だと思ふ。純文学の作品でも、問題にならないものもあるし、通俗小説や大衆文学の中にも、問題として採り上げなければならない作品もある[39]

と、文学の世界における両者の区別や、それに基づく評価を取り払う必要性を述べている。この流れに従えば、敵を斬ることを極力避ける「桃太郎侍」は枠組みとしては時代小説ジャンルでありながら、同ジャンルを攪乱する作品と捉えられるであろう。山手が「文学的気品の高」さの獲得を積極的に志向したかどうかは断言できないが、時代小説ジャンルに現代性を取り込んでいるという読解は可能ではないだろうか。しかし敵を斬ることで物

語後半部を展開させている事実は、山手の志向した〈時代ユーモア小説〉＝〈明朗〉モチーフと、チャンバラを好む同時代読者の嗜好、あるいは出版ジャーナリズムとのズレを意味しており、昭和一〇年代前半時点での敵を斬らない＝〈明朗〉モチーフの限界点と考えられる。詳しくは第四章で論じるが、占領下では「チャンバラ禁止令」が追い風となり、山手の〈明朗〉モチーフは「夢介千両みやげ」において昇華され、他の作家が試行錯誤を見せるなかで人気作家としての地位を確立する。その過程において「桃太郎侍」は、新聞長期連載という形式を用いながら敵を斬らない＝〈明朗〉モチーフの方向性を打ち出したという点において、メルクマール的作品と捉えられる。一方で同時代の映画メディアに目を移すと、大衆への普及と技術的革新に伴う変化のなかで、〈明朗〉を冠する時代劇映画が台頭していた。

五　〈明朗〉が架橋する時代小説と時代劇映画

映画メディアの隆盛

しばしば指摘されるように映画メディアは、それまでの演劇的演出の再現に留まっていたものにクローズアップやカットバックなどの技法が導入され、活動写真から映画へと呼称と共にその内実が変化を遂げ、関東大震災を経て娯楽として普及した。文学との関係であるが、試みに二松堂刊行の『文芸年鑑』を参照すると、大正一四年版と一五年版ではそれぞれ「戯曲界」「劇壇」の項目があるのみである。しかし、新潮社の昭和四年版になると「映画」の項目が設けられ、

映画が逐年文壇的にも深い交渉を持つて来たこと、そして今では文壇と可なり密接な関係を持つやうになつて来たことは、何人も否ぬことの出来ないところであらう[40]

と、『中央公論』が映画時評欄を設けたことを挙げて、「映画が如何に一般的にも文壇的にもより高く認められて来た」[41]と言及されている。さらに翌年版では、

逐年映画界は異常なる発達を遂げて来て居り、今や芸術の他の部門即ち文芸とか演芸とかいふものよりも、一層素晴らしさを以て時代の好みの中心層となり、また尖端的存在として流行の頂上にあるかのやうな観を呈してゐる（…）映画界と文壇との関係交渉は本年度に入つてから一層密接になつた[42]

と、芸術の範疇として見なされてきており、「映画界と文壇」のさらなる接近を指摘している。昭和六年版になると、

先づ文壇人の長篇小説その他作品の映画化即ち文芸映画製作の傾向は、いよいよ顕著になつて来たことは何人も否めぬ事実[43]

と、書かれている。加えて第一書房刊の昭和一一年版では、文学や音楽的観点からの映画批評が盛んになってきたことを挙げ、

映画が漸く社会的の存在として社会の人々の関心を呼び、色々の人々がそれを取り上げて行かうとしてゐるこの社会的な流れは、以て迎へる可きことには違ひない[44]

と歓待している。作品の映画化による読者数と、層の拡大を希望していた文壇側の思惑を孕んだ指摘と言えるだろうが、こうした映画界と文壇の接近は映画メディアの娯楽から芸術への昇華を意味していた。その要因のひとつが、トーキーの導入である。

トーキーの導入と明朗時代劇の台頭

日本映画における本格的なトーキー映画が、昭和六年に松竹が製作した『マダムと女房』から始まることはよく知られた事実である。田中眞澄は、トーキーの導入で製作者や観客の重心がセリフや音楽へと傾いたことにより、

サイレント時代には、文学者たちにとって映画は何より娯楽、流行であり、殆ど芸術の名に値するものではなかった。（…）しかしトーキーの出現により、映画は視覚だけでなく聴覚をも伝達の手段として備え、よりリアルな表現を以て文学の領域を侵犯するようになった[45]

と指摘し、同時期から「映画の問題は娯楽や流行としてでなく、芸術の問題」[46]として議論されるようになったと論じている。また、同時期の新感覚派と映画メディアに着目した十重田裕一は、

なかには、対象の形態を映し出すためには、言語よりも映像の方が優れており、文学は対象を映写するよりもそれをとらえる人間の心理を表現する方に適しているという、表現の優越論をめぐる議論がなされ、映像を写実性・描写性のすぐれた新しい芸術として理想化し、文学が不要になるなどというような過剰な抑圧を感じる者まで現れてくる[47]

と、伊藤整の例を提示しながら、文学メディアにとって既に一定の観客を獲得していた映画が「脅威であると同時に魅力的なメディア」(48)であったと論じている。これは小説の映画化を見据えた、いわゆる純文学作家の他メディア進出の問題として捉えられているが、一方で時代劇映画に目を移せば深刻な問題が浮上していた。筒井清忠は次のように指摘している。

それまでの映画はすべてサイレントであったから当然のことのようにアクションが主軸になっていた。(…)それに対して、トーキーでは会話・台詞の部分が多くなるのでそれだけ複雑なドラマ性が要求されることになってくる。(…)トーキーの登場が、剣戟シーンを主軸とする時代劇を、衰退させることにつながっていった(49)

サイレント映画のチャンバラシーンは、一秒間に二四コマのフィルムを一八コマの速度に落として撮影することで上映時は早回しの状態になる手法を取っていた。これは弁士が後付けで語ることで実現可能な手法であり、映像と共に音声も同時収録するトーキーでは齟齬が生じてしまう。また現代劇映画と同様に、複雑なドラマ性や心理描写が重要視されはじめ、チャンバラが最大の見せ場と言っても過言ではない時代劇映画は、見直される契機を迎えていた。ここに台頭したのが明朗時代劇映画だった。

伊丹万作と明朗時代劇映画

昭和三年五月、全国の自由配給常設館が連合し、既存の映画界に対して製作・配給・興行の三部制度を確立することを目的として、日本活動常設館館主連盟映画配給社が設立された。これに呼応してマキノ・プロダクションから独立した時代劇映画のスター、片岡千恵蔵が千恵プロを設立。同社に監督部として合流した伊丹万作と稲垣浩らが標榜していたのが、明朗時代劇映画だった（**図15**）。その名称の由来は、昭和六年一二月一日の『東京演芸新聞』に「明朗なる千恵蔵映画は斯くして産まる」と題した記事の掲載が発端と言われており、翌年六月五日の『読売新聞』には「『国士無双』で見せた千恵蔵の全貌　機智一つで同志を救う　明朗な平手造酒」という記事が確認できる。なかでも伊丹の製作した映画は一つの潮流を成していったが、そのモチーフはチャンバラの否定であった。伊丹は「時代映画の存在理由について」（『大阪朝日新聞』昭和八年四月二〇〜二六日）と題した文章において、サイレント時代の時代劇映画の存在理由は「異常なる事件に対する興味」、「舞踏的興味」、「スピードの快感」で構成される「殺陣」にあると論じながら、

図15　伊丹万作（伊丹十三記念館提供）

> 今仮に芸術の一般的な観点に立つてこれを論ずるならば、その中に極めて本質的な価値を有するものは一つもないのである

と否定的な立場を明確にしている。そして、時代劇映画におけるチャンバラ以外の存在理由を「歴史的興味」、「ロマンチシズム」、「英雄崇拝の傾向」、「現代を風刺し、或は現代に向つて何事をか呼び掛けんとする意図」、

「郷土日本の純粋な風俗なり、習慣なり、生活様式なりを愛する人々」からの支持、「日本の国粋的な道徳観に本づく一群の時代映画」と六点を挙げ、それらが「必ずしも判然と独立」しているのではなく、「互に混成要素となつて一つの作品を作り上げてゐる場合が多い」とし、全てが「薄弱な存在理由」であり、「過渡期の変態的な一現象と信じてゐる」と断じている。伊丹によるチャンバラ否定はこれ以降も手を変え品を変えて表明されるが、例えば以下のように自身を「彼」と対象化した言及にも端的に表れている。

彼がカツドー屋になつた時は、時代映画と言ふ無意味な名前を附けて、殺人映画が全盛を極めて居た。従つて、彼も亦殺人映画の製造に関係す可く余儀なくされた。仕方がないから、彼は殺人映画をカルカチユア化したような脚本を書いた。（…）殺人映画凋落の声を聞くのは今さらでは無いが、当然来る可きものが来たに過ぎない。殺人映画などは、一日も早くＦ・Ｏしてしまえばいゝと彼は念じて居る[50]

この態度は、先に引用した山手のチャンバラに対する「異常神経ですね。今日のいわゆる殺人と同じですね」[51]という表現と非常に近似しているだろう。山手と伊丹がジャンルに捉われないモチーフに基づいて、敵を斬らない、あるいはチャンバラを否定することで、ジャンルを攪乱するような作品を手掛けていたことが了解されるであろう。

文学と映画を取り持つ〈明朗〉

山手が「一年余日」と「うぐいす侍」を経て「桃太郎侍」へ至るのに先んじて、伊丹も『天下太平記』（昭和三年六月封切・チャンバラシーン有・武士として出世するも城下はずれでの生活を恋しがる主人公）↓『仇討流転』（昭和三年一一月封切・兄の仇討ちのために兄嫁と共に旅へ出るが、恋仲となり、仇討ちの後に国払いとなる）↓『花火』（昭和六年八月封切・病的に臆病な侍が父の敵への仇討ちを二度失敗、三度目に成功するが、相手は主人公を育てようと決意したところだった）と、そのモチーフを様々な作品で表現しながら、昭和七年一月に封切られた『国士無双』へと至る。本作でも徹底的にチャンバラを否定しており、素性の分からない偽の侍が由緒正しい剣術道場の師範に挑まれるも、チャンバラシーンが意図的に省略され、本物の剣豪に勝利するというプロットからも、そのモチーフを看取できるだろう。同作がキネマ旬報ベスト・テンの第六位にランクインしていることから、同時代において一定の評価を得ていたことが分かる。そして、伊丹らの明朗時代劇映画の試みを先のように把握したとき、改めて山手の「桃太郎侍」の〈明朗〉モチーフとの相関性が浮上する。

そもそも伊丹自身が山手の「一年余日」を原作として『武道大鑑』（昭和九年一月封切）を製作していることは、両者の相関性を何よりも如実に物語っているだろう。また、両者の接点とも思われる共通点が判明した。伊丹は映画業界に携わる以前、「池内愚美」というペンネームで挿絵画家として生計を立てていた。そして彼が挿絵を提供していた雑誌のひとつが、山手が編集に携わっていた『少女号』なのだ。例えば同誌の一一巻二号（大正一五年二月）を見ると、井口長二「粉雪」と題する短編と、池内愚美の「お仲よし」と題する口絵が共に目次に並んでいる（**図16**）。編集者と挿絵画家として、両者には何かしらの交流があったと思われ、この時の関係性が後の原作者と映画監督に移行したと考えて無理はないだろう。ましてや「一年余日」は『サンデー毎日』大衆文芸の選外佳作とはいえ、無名に近い作家の作品を一年も立たずに映画化している事実も併せて見れば、個人的な繋がりがあったと考えるべきであろう。山手は自作初の映画化に際して、

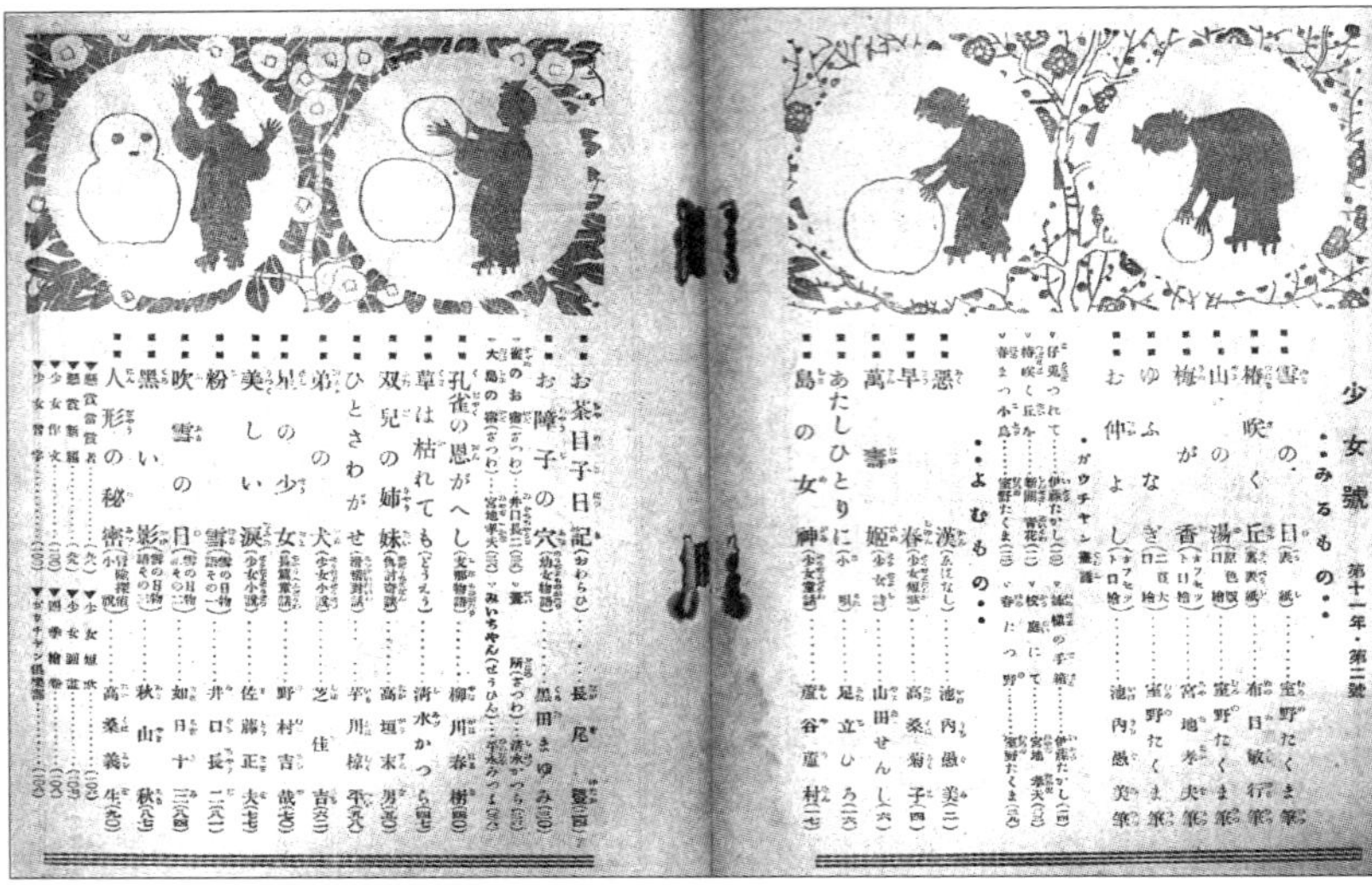
少女號 第十一年・第二號
・・みるもの・・
雪の日（表紙）……室野たくま筆
椿咲く丘（裏表紙）……布目敏行筆
山の湯（原色版口繪）……室野たくま筆
梅が香（オフセット口繪）……宮地孝夫筆
ゆふなぎ（二度大口繪）……室野たくま筆
む仲よし（オフセット口繪）……池内燃美筆
・ガウチャン畫譜
▽仔兎つれて……伊藤たかし（一四）▽琉璃の手箱……伊藤たかし（一四）
▽椿咲く丘か……新開青花（二）▽校庭にて……宮地孝夫（三）
▽春まつ小鳥……室野たくま（三）▽春たつ野……室野たくま（三四）
・・よむもの・・
悪漢（おはなし）……池内燃美（二）
早春（少女短歌）……高桑菊子（四）
萬壽姫（少女詩）……山田せんし（六）
あたしひとりに（小唄）……足立ひろ（二六）
島の女神（少女童話）……蘆谷蘆村（一七）
お茶目子日記（おわらひ）……長尾豊（二四）
お障子の穴（幼女物語）……黒田まゆみ（三〇）
一雀のお宿（おつわ）……井口長二（三〇）▽畫所（おつわ）……清水かつら（三〇）
一大島の宿（おつわ）……宮地孝夫（三〇）▽みいちゃん（せうひん）……室木みつる
孔雀の恩がへし（支那物語）……柳川春樹（四〇）
草は枯れても（どうえう）……清水かつら（四七）
双兒の姉妹（佚詩奇譚）……高垣末男（五〇）
ひとさわがせ（滑稽對話）……平川椋平（五八）
弟の犬（少女小説）……芝佳吉（六三）
星の少女（長篇童話）……野村吉哉（七〇）
美しい涙（少女小説）……佐藤正夫（七七）
粉雪（雪の日物語その一）……井口長二（八一）
吹雪の日（雪の日物語その二）……如月十三（八四）
黒い影（雪の日物語その三）……秋山秋（八七）
人形の秘密（冒險探偵小説）……高桑義生（九〇）
▼懸賞當選者……（九八）▼少女短歌……（一〇二）
▼懸賞新編……（九九）▼少女謡謡……（一〇三）
▼少女作文……（一〇四）▼四季繪巻……（一〇八）
▼少女習字……（一〇七）▼ガウチャン倶樂部……（一〇九）

図16（公益財団法人日本近代文学館蔵）

僕の夢の中にある人物の風貌なり性格なりが、ひょいと画面に出て来るなり、この人はすつかり表現してゐてくれる。（…）いつも僕はこの人のためにあゝいふ人物を書いたやうな気がして来てならないのである(52)

と、主演の千恵蔵に対して、自作の〈明朗〉モチーフを表現し得ていることを言及するなど、表面的な親和性も指摘できる。また、映画の広報に加担しているようなこの言及は、文学と映画の往還可能な経路によって成立する商業的コンテンツに意識的であることの照査でもあろう。ちなみに『武道大鑑』は、同年度のキネマ旬報ベスト・テンで第四位にランクインしている。しかしフィルムは現存しておらず、直筆のシナリオやスチール写真が残っているのみだ（**図17・18**）。このように、チャンバラの否定＝〈明朗〉モチーフで結びついた山手と伊丹の共同作品が、軍国主義的な面が台頭する昭和八〜九年に作られていることは重要であろう。

文学の世界では村山知義が、

> 進歩的作家以外の時代劇はしかし、一般に日本の文化の封建的色彩を強めるために役立つてゐるといはざるを得ない。（…）進歩的作家によらざる時代物の多いことは確かに日本の芸術の一つの国際的に顕著な特徴だ[53]

と言及しているように、定型化した作品テーマを見直しする動きが昭和初年代から一〇年代前半に見られた。しかし、山手作品は〈明朗〉モチーフによってジャンルを攪乱するような構造であるものの、筋そのものは勧善懲悪の二元論的話型である。またその話型はパターン化することで、〈明朗〉モチーフの昇華とともに徐々に前景化していく。仇討ちや、決闘といった伝統的な話型を覆すような伊丹作品との差異がここにあるのだが、この点が同時代のインテリ層や評論家を中心に好まれた伊丹の明朗時代劇映画と、幅広い読者から好評を博した山手の〈時代ユーモア小説〉とのねじれと判断できる。紙屋牧子は戦時下の新聞報道における〈明朗〉のディスクールを調査し、戦局報道において明朗という語がたびたび使用されることを指摘し、「アクチュアルなイデオロギー」[54]を纏って、満州事変前後を機に政治性を帯びていくとい

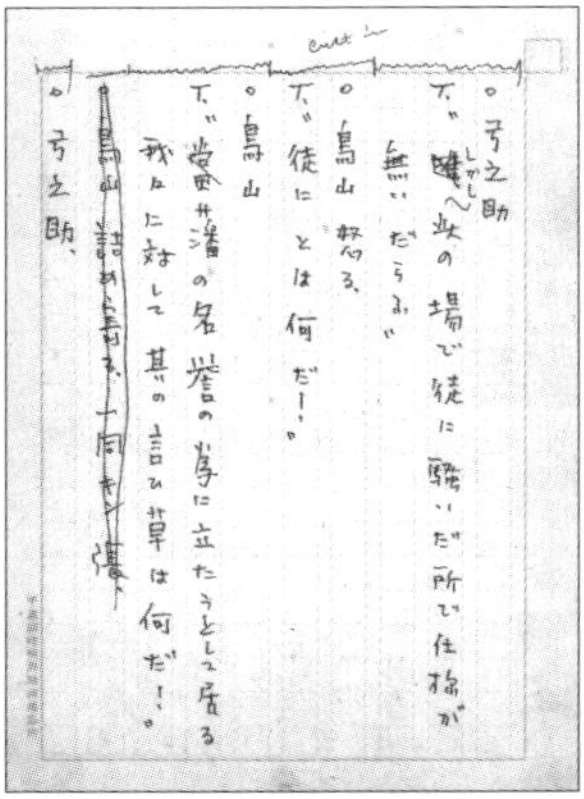

図17　『武道大鑑』直筆シナリオ
（伊丹十三記念館提供）

図18　『武道大鑑』スチール写真
（伊丹十三記念館提供）

う、示唆に富んだ論を展開している。紙屋論に接続するならば、昭和初年代から一〇年代前半において敵を斬らない、あるいはチャンバラ否定に担保された〈明朗〉が、戦時下においては、戦意高揚を目的としたイデオロギーを纏ったものに変容していくと言えるだろう。それは戦時下における山手作品への限定的な評価と、伊丹の退場が端的に物語っている。

〈明朗〉から〈歴史〉へ

戦時下へと突き進むなかで、次第に文学と映画に要請され始めたのは〈歴史〉だった。筒井は日中戦争から太平洋戦争へ進んでいくなかで、歴史映画が製作されるようになったことに触れ、「戦争が要請するある種の『真面目さ』の希求」が、「映画界に投影された結果であったともいえよう」と、伊丹らの明朗時代劇映画の反動として史実に忠実な歴史映画が勃興したと言及している。[55]それを象徴するかのように昭和一四年一〇月に脚本の検閲や映画会社の許認可制、ニュース映画と文化映画の上映などを義務付けた映画法が施行され、同時に歴史映画や、戦争映画が続々と製作されるようになる。文学においても大衆文学領域では重史主義的な立場を取る作品が多くなり、それに伴った作品評価軸が明示化する。それと共に山手や伊丹の〈明朗〉モチーフの存在感は薄らいでいく。山手は次第に歴史的な出来事や人物を扱った作品を執筆することで〈歴史〉へ寄り添う素振りを見せるが、「真面目さ」が希求された大衆文学領域からは、批判の的として挙げられることも少なくなかった。一方で伊丹は昭和一七年頃から自作のシナリオが先の映画法に抵触し、却下されることが相次いだ。そして不遇の晩年を過ごして、昭和二一年に病で鬼籍に入る。時代小説ジャンルは〈歴史〉へと重心を傾けたことで、戦時下においても執筆と発表の場を確保し得たのであろうが、〈明朗〉は〈歴史〉の後景として追いやられていく。

(1) 山手樹一郎「あのことこのこと（十二）」（『山手樹一郎全集』第九巻付録、昭和三六年八月、講談社）
(2) 「謝礼一千五百円大衆文芸第十三回寄稿募集」（『サンデー毎日』臨時増刊号、昭和八年五月）
(3) 山本周五郎「畏友山手樹一郎へ」（『時代傑作小説』昭和三五年九月）
(4) 山手樹一郎「健筆家山本周五郎」（『新潮日本文学 山本周五郎集』月報、昭和四五年七月、新潮社）
(5) 千葉亀雄「選評」（『サンデー毎日』臨時増刊号、昭和八年一一月一日）
(6) 「時代ユーモアの創始」（『日本伝奇名作全集』第八巻、昭和四五年五月、番町書房）
(7) 真鍋元之編『増補 大衆文学事典』（昭和四八年一〇月、青蛙房）
(8) 大林清「山手氏との出あい」（『季刊・劇と新小説』昭和五三年五月）
(9) 注8に同じ。
(10) 注6に同じ。
(11) 上野一雄『聞き書き山手樹一郎』（昭和六〇年六月、大陸書房）
(12) 山手樹一郎「あのことこのこと（五）」（『山手樹一郎全集』第一四巻付録、昭和三六年一月、講談社）
(13) 高森栄次「『少女世界』のころ」（『大衆文芸』昭和五三年七月）
(14) 山手樹一郎「あのことこのこと（一）」（『山手樹一郎全集』第一巻付録、昭和三五年九月、講談社）
(15) 注14に同じ。
(16) 注14に同じ。
(17) 注6に同じ。
(18) 『解釈と鑑賞』（昭和五四年三月）
(19) 注6に同じ。
(20) 注14に同じ。

(21) 注14に同じ。
(22) 長谷川伸「至妙な説話文学」(『山手樹一郎全集』第一二巻付録、昭和三五年九月、講談社)
(23) 尾崎秀樹『大衆文学五十年』(昭和四四年一〇月、筑摩書房)
(24) 『中里介山全集』第三巻(昭和四五年一〇月、筑摩書房)
(25) 注23に同じ。
(26) 注23に同じ。
(27) 注23に同じ。
(28) 山手樹一郎「私の生甲斐」(『大衆文芸』昭和四四年六月)
(29) 川辺久仁「ユーモア小説の歴史的変遷―ジャンルの生成とその消長―」(『国語国文』平成二五年一〇月)
(30) 宇井無愁「ユーモア文学の再出発」(『現代文章講座』第三巻、昭和一五年五月、三笠書房)
(31) 南達彦「あとがき」(『一変時代』昭和一九年三月、昭南書房)
(32) 注29に同じ。
(33) 注6に同じ。
(34) 山手樹一郎「わが小説」(『朝日新聞』昭和三七年三月二四日)
(35) 山手樹一郎「あのことこのこと(三)」(『山手樹一郎全集』第七巻付録、昭和三五年一一月、講談社)
(36) 山手樹一郎『うぐいす侍』(昭和二六年一一月、同光社)
(37) 明石鉄也「大衆文芸」(『文芸年鑑』昭和一二年四月、第一書房)
(38) 辰野九紫「大衆文芸の動き」(『文芸年鑑』昭和一五年一二月、第一書房)
(39) 中村武羅夫「文芸時評(3)寧ろ大衆文学に」(『都新聞』昭和一一年七月一日)
(40) 「映画」(『文芸年鑑』昭和四年一月、新潮社)

(41) 注40に同じ。
(42) 「映画」(『文芸年鑑』昭和五年三月、新潮社)
(43) 「映画」(『文芸年鑑』昭和六年三月、新潮社)
(44) 内田岐三雄「映画界回顧」(『文芸年鑑』昭和一一年三月、第一書房)
(45) 田中眞澄「歴史としての『文芸映画』―純文学と映画の接近」(『文学界』平成一三年一一月)
(46) 注45に同じ。
(47) 十重田裕一「『狂った一頁』の群像序説―新感覚派映画聯盟からの軌跡」(『横断する映画と文学』平成二三年七月、森話社)
(48) 注47に同じ。
(49) 筒井清忠『時代劇映画の思想―ノスタルジーのゆくえ』(平成二〇年一〇月、株式会社ウェッジ)
(50) 伊丹万作「彼とカツドー」(『映画と演劇』昭和五年九月)
(51) 注6に同じ。
(52) 山手樹一郎「片岡千恵蔵に喰はれる」(『映画ファン』昭和一五年二月)
(53) 村山知義「文芸時評（2）時代物の正しき道」(『報知新聞』昭和一一年一一月二七日)
(54) 紙屋牧子「『明朗』時代劇のポリティックス―『鴛鴦歌合戦』(一九三九年、マキノ正博)を中心に」(『演劇映像学』平成二三年一月)
(55) 注49に同じ。

第三章 〈歴史〉への接近／戦時下の大衆文学

一 新人作家としての活躍

単行本への進出

「桃太郎侍」の連載中（昭和一四年一一月二日～一五年六月三〇日）から、山手は新人作家として活躍の範囲を広げていく。例えば「侍ごよみ」は『新青年』（昭和一四年一二月）に、「暴れ姫君」は『講談雑誌』（昭和一五年二月）に、「飛燕桜吹雪」は『科学と国防 譚海』（昭和一五年三月）に、といったように博文館系の雑誌はもちろん、「うどん屋剣法」は『富士』（昭和一五年四月）に、「義士の妹」は『少女の友』（昭和一五年一二月）になど、他社の雑誌にも作品が掲載されている。さらに、いわゆる業界雑誌からもオファーがあり、「関取供養盃」を大日本相撲協会が刊行元の『相撲』（昭和一一年六月）に、「尊王攘夷」を全国漁業組合連合会が刊行元の『海の村』（昭和一八年一～九月）に掲載している。

その一方で、この時期に山手作品が初めて単行本に収録されることになった。山手の作家としての実力を見出した一人とも言える、『サンデー毎日』大衆文芸の審査員を務めていた千葉亀雄が、昭和一〇年一〇月四日に他界した。その追悼として、千葉に見出された新人作家たちの著作を収録した『青春艦隊』（昭和一三年八月、パプリ社）が刊行されたのだ。同書には山手の「師走十五日」が収録されており、他には村上元三や村雨退二郎、海音寺潮五郎などが選ばれ、序文を菊池寛・長谷川伸・白井喬二・吉川英治らが寄せている豪華な陣容だ。

先生に依つて作家として生れ出た吾々が、その成長した姿を、先生の霊前に供へるのが義務であると信じ、各々十五人が新たに力作を書下し、この集を編んだ次第である(1)

跋文にこうあるので、「師走十五日」は本書への書き下ろし新作と考えられる。また昭和一五年一月には、古巣の博文館から自身初の単行本『うぐいす侍』も刊行された。

「新鷹会」結成と受賞

専業作家として歩み始めた山手は、既に股旅物などで確固たる地位を確立していた長谷川に弟子入りをし、その門下生たちと「新鷹会」を結成した。他には山岡荘八や大林清など、山手が『少年少女譚海』の編集長時代に鍛えた面々が名を連ねている。真鍋元之によれば、同会は編集者の島源四郎が昭和一四年秋頃から山手らに働きかけ、毎月一五日に開いていた勉強会を、昭和一五年九月に「新鷹会」と改めた会だ(2)。それと前後して、かつて白井喬二が大正一五年一月に創刊した第一次『大衆文芸』を引き継いだ、第三次『大衆文芸』を昭和一四年三月から新小説社より刊行、これが同会の機関誌的役割を果たした。山手は同誌に「名君修行」(昭和一四年七月)を皮切りに、博文館退職後から敗戦までに読切や連載作品、また随筆や合評を含めて一六の著作を掲載している。

また昭和一七年三月に同誌に掲載された「余香抄」は、昭和一七年度上半期の第一五回直木賞候補作に挙がった。しかし結果は受賞作なしで、本作に対しては選考委員の小島政二郎が、「前半がいゝ。後半は稍々センチメ

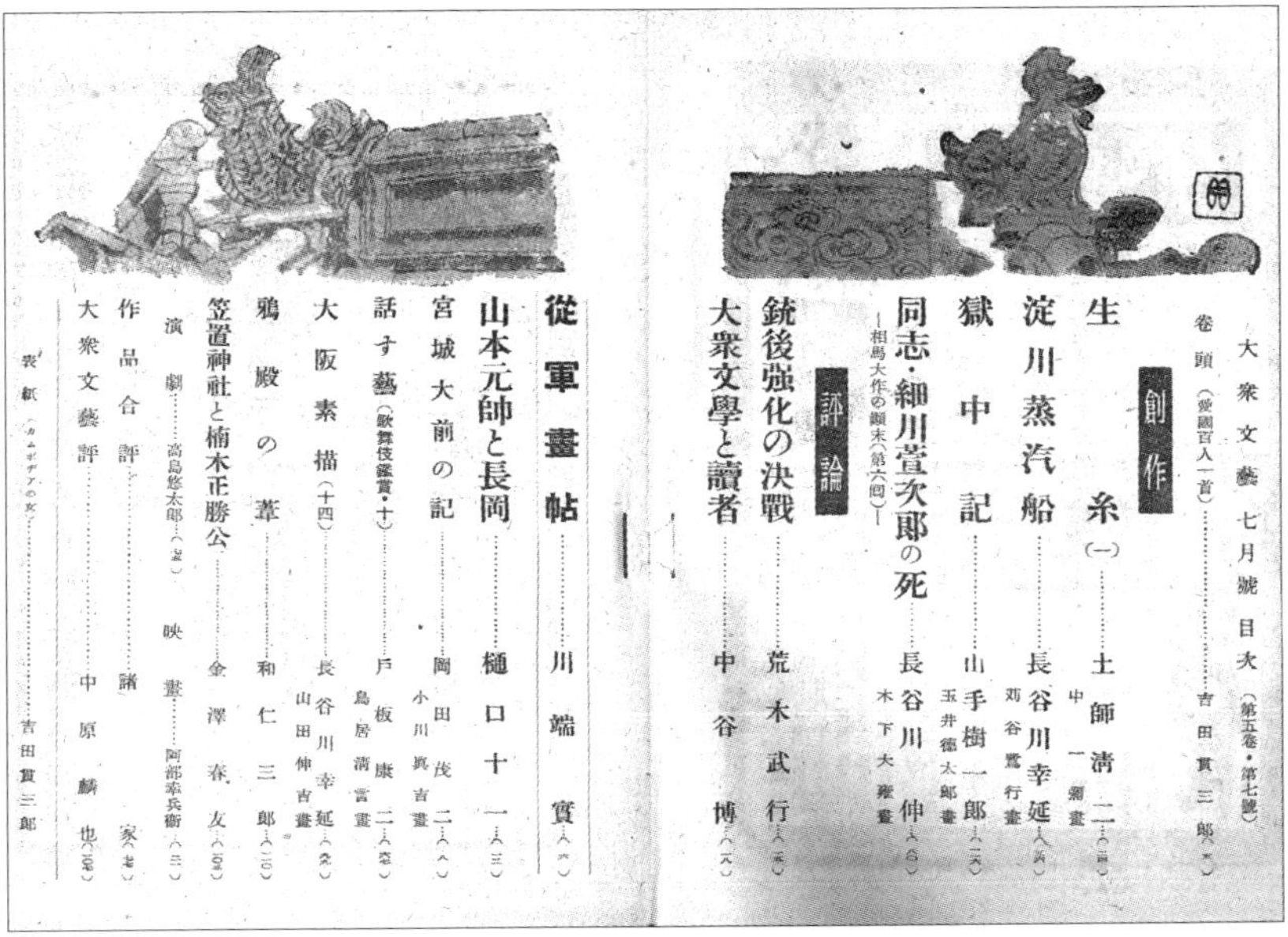

図19　『大衆文芸』（昭和18年7月）目次

ンタルの為の甘さが、失敗を招いている」[3]と指摘している。その一方で同じく第三次『大衆文芸』での連載で、蛮社の獄で弾圧された渡辺崋山と高野長英を史実に忠実に描いた「獄中記」（昭和一八年七～一二月）・「檻送記」（昭和一九年四～五月）・「蟄居記」（昭和一九年六～一〇月）の三部作は特に注目された。「獄中記」は太宰治「右大臣実朝」らと共に昭和一八年度の第一回歴史文学賞の候補作に（落選）、「檻送記」は昭和一九年度上半期の直木賞に再び候補作として挙がる（落選）など、同時代の文壇やメディアが設立した賞にノミネートされる程の評価を与えられた（図19）。そして、以上の三部作をまとめた『崋山と長英』が昭和一九年、第四回野間文芸奨励賞を受賞するに至る。ちなみに山手は帝国ホテルの別館で催された同賞受賞式に、「防空頭巾をかぶり、ゲートルをつけて出席」[4]した。

　このように書き並べると昭和一〇年代後半、すなわち戦時下は、専業作家としての山手にとって順風満帆な時期のように思われるかもしれない。しかし実際は、崋山と長英を扱った三部作以外の作品の多くが、大衆文学文壇からは限定的な評価しか与えられなかったのも事実だ。言い換えるならば戦時下における山手は、高評価を受けた作品がある一方で、限定的な評価しか受けられなかった作品があるという、相反する評価のせめぎあいの只中にあったということになる。

よく知られているように、日中戦争から太平洋戦争へと向かう時期は、徳富蘇峰『近世日本国民史』(以降『国民史』)の普及に代表されるように、歴史に関する書物の刊行や論争が盛んな時期であった。また大衆文学領域に目を移すと、時代小説ジャンルが歴史小説へと接近する動きが看取出来る。つまり、昭和一〇年代は社会状況だけでなく、時代の雰囲気として〈歴史〉が希求されていたと言えるだろう。そのなかで、山手も彼なりの〈歴史〉への接近を見せたのだった。先の三部作もその一例だが、注目すべきは、昭和一〇年代に尊王攘夷を扱った作品が集中している点だ。山手の創作活動が大正期に端を発することは第一章で確認したが、同時期において尊王攘夷を扱った作品は「ミクニノタメニ」(『小学画報』大正一四年三月)の一作のみだ。昭和に入っても九年までは見当たらないが、一〇年代に入ると二八作と増加する。一方で戦後は昭和二〇年代に一二作、三〇年代に三作と減少していき、四〇年代以降には見当たらない。こうして年代別に概観すると、やはり昭和一〇年代における尊王攘夷ものの集中具合は目を見張るものがある。

二　〈歴史〉への接近

徳富蘇峰『近世日本国民史』

昭和一〇年代の〈歴史〉への接近を象徴する蘇峰の『国民史』は、大正七年七月一日から昭和四年一月一六日まで『国民新聞』に、以降は『大阪毎日新聞』と『東京日日新聞』に連載され、戦後に一時中断するものの昭和二六年に再開、翌年四月の最終稿脱稿まで三四年を要した畢生の大著だ。全一〇〇巻のうち、ペリー来航までが三〇巻、それ以降から明治維新までが残りの七〇巻という内容構成である。蘇峰自身が、

> 維新史若くは徳川氏の末期における歴史は、予が少年時代からの嗜好であつて、聞くに従ひ、見るに従ひ、或はこれを古老の説話に徹し、或はこれを当時の記録に質し、手当り次第に材料を集めてゐた(5)

と述べていることからも、幕末から明治維新までに最もスペースが割かれた構成は、作者自身のこだわりだと言えよう。同書の愛読者だった正宗白鳥は、

通俗の読み物としては、気軽に面白く読めるので、私は幾冊かを読み続け、少年時代から久しく遠ざかってゐた文豪に新たに親しむことになったのである[6]

と述べている。他にも菊池や吉川、また蘇峰とは思想的立場の異なる大杉栄も含めて、多くの同時代作家や知識人に読まれていたことは先行研究の蓄積からも判明している[7]。

明治二三年に国民新聞社を設立し、約四〇年にわたって社長兼主筆として同紙を牽引してきた蘇峰だが、関東大震災による社屋全焼によって言論活動の基盤を失う。しかし、昭和四年に『大阪毎日新聞』と『東京日日新聞』から社賓として好待遇で迎えられたことがターニングポイントとなった。山本武利『近代日本の新聞読者層』（昭和五六年六月、法政大学出版局）によれば、昭和二年から一七年にかけて『大阪毎日新聞』の一日あたりの発行部数は一一六万六四三二部から一六五万三二四八部、『東京日日新聞』は四五万部から一四一万八一二五部と増加している。もともと小規模な『国民新聞』の一五万部から八万一三五一部への減少ぶりと比較しても、活動基盤の拡大は明白だろう。さらに和田守の論考に詳しいが[8]、蘇峰の思想的立場に同調し、諸事業を支援するために昭和五年二月に発足した「蘇峰会」は、全国各地に一万人以上の会員を擁していた。各地方に置かれた同会支部による草の根運動などのバックアップもあり、蘇峰は昭和一七年二月に「日本新聞会」会長、五月に「日本文学報国会」会長、一二月に「大日本言論報国会」会長へそれぞれ就任している。三つの文化統制団体の長を兼任し、いわば言論界の大御所となった蘇峰には、昭和一八年に文化勲章が授与される。『大阪毎日新聞』と『東京日日新聞』という活動基盤を得て、政界と結びつき、結果として言論界の大御所という地位に上り詰めたこの時期が、蘇峰の長い生涯のなかで最も社会的地位と名声の高い時期となった。

また、『国民史』が広い読者を獲得していく過程で大きな要因となったのが普及版の刊行である。民友社から刊行していた『国民史』が五〇巻に到達したのを記念して、昭和九年九月から権利を譲渡された明治書院より販売したのが、普及版『国民史』である。「著者たる予にとつても、本懐の次第である」[9]と蘇峰自身が述べているように、普及版への力の入れようは注目に値する。内容見本を見ると各巻の内容説明のほか、修史事業が評価され有栖川宮奨学金を賜った記事も掲載されている。毎月払い二円五〇銭・一時払い五五円で、購入者にもれなく蘇峰の直筆原稿が贈られることも話題となった。普及版『国民史』全五〇巻を専用の棚に並べた写真の掲載も、読者の購買意欲を掻き立てたであろう。石川弘義と尾崎秀樹によれば、

普及版は当時としてはかなりよく売れた。（…）巻を追ってゆく形をとらず、第一回配本に「織田氏時代前篇」と「彼理来航以前の形勢」であり、読者の関心をひく上で効果的だった[10]

と、配本順も効果的で広く読まれたようだ。昭和九年九月二八日には帝国ホテルで普及版刊行披露会が、一〇月五日には青山会館で記念講演会が開催され、後者には三〇〇〇人の聴衆が集まった。刊行披露会では「近世日本国民史普及会」が設立され、『国民史』を文字通り全国に普及させる計画が発表された。戦時下において紙不足に陥っても、普及版『国民史』の刊行は昭和一九年一〇月まで続いている。ビン・シンは同書を「帝国主義の大義へ国民を統合する」目的において「もっとも巧みな実物教育の著作」[11]と意味づけているが、『国民史』は刊行数や売り上げといった数字だけでなく、言論界の大御所である蘇峰の著作ということで、〈国民の歴史書〉として認知されていたと考えられる。そのことは読者にとって、書かれている歴史的出来事が単なる歴史的事実に留まらず、そこに正統性までもが付与されていたことを意味するだろう。そして『国民史』の読者はまた一方で、山手の尊王攘夷ものの読者でもあったのである。

山手作品における〈歴史〉への接近

昭和一〇年代の山手作品における尊王攘夷ものは三二作を数えるが、そのうち一三作は大橋訥庵、あるいは坂下門外の変を扱った作品だ。さらに詳細に見ると、訥庵の名前が出てくる作品が八作、訥庵の名は出てこないが坂下門外の変を扱った作品が五作である。訥庵は儒学に基づいた思誠塾を開き、文久年間の公武合体策としての和宮降嫁に反対、老中の安藤信正襲撃計画を立案するも、計画が露見し捕縛された儒学者である。また訥庵を失いながらも、同志の者たちが坂下門外で安藤信正を襲撃したのが坂下門外の変だ。山手が訥庵と坂下門外の変に着目した明確な理由は不明だが、栃木という地が関係しているのかもしれない。訥庵は現在の群馬県の生まれだが、粟宮の大橋家を継いだことで宇都宮藩士となり、現在でも栃木県ゆかりの人物として伝わっている。一方で山手もまた栃木県黒磯、現在の那須塩原市の出身である。他の例だが、埼玉新聞社の創業者が栃木県出身だったことが縁で、戦後に同紙へたびたび作品を連載していた。だとすれば、〈歴史〉への歩み寄りを見せていた時期に山手が着目したのが、同郷の訥庵であったと考えても不自然ではないだろう。いずれにせよ山手作品で尊王攘夷もの、なかでも訥庵や坂下門外の変を扱った作品が昭和一〇年代に集中しているのは事実である。ではそれらの作品を具体的に見ていこう。

例えば思誠塾の門下生で運動に参加した志士の大治郎と、血のつながらない子供との絆を描いた「小父さん志士」(『芸能文化』昭和一七年一一月)には、

長州と成破盟約が成立した。水はもう一度奸臣を斬つて先輩の意志をつぎ、長は事態の混乱に乗じて善後の

処置をとり、倶に幕政を改革して攘夷を実行に移さうといふでのある

という一節がある。これが普及版『国民史 文久大勢一変』上篇（昭和一一年六月）の「第一章 丙辰丸盟約 四水長両藩士の盟約（三）」ではどのように書かれていたかを見てみると、

是に於いて成破の盟成る。これを丙辰丸の誓と云ふ。破るとは横浜の夷人を殺し、要路の大官を刺殺するを言い、成すとはその機を見て、幕府に建言し、その失政を改めしむるを言う。すなわち水戸側は前者を取り、長州側は後者をとることとなつた

とある。つまり幕府が画策した和宮降嫁に対して、水戸藩と長州藩が抗議のために盟約を結んだ経緯が、『国民史』の記述とパラレルな形で「小父さん志士」に描かれているのである。

次の「志士の道」(『日の出』昭和一九年四月）は、道場を破門になった若侍の三村源太郎が、偶然知り合った内田萬之助なる志士に桂小五郎の道場を紹介してもらう短編である。本文中に、

江戸市民の耳をおどろかしたのは、十五日に朝、坂下門外に安藤閣老が浪士六人に襲撃されたことである。襲撃は不成功にをはつて、六人とも壮烈な斬り死をとげたが、その中の四人までは水戸浪士だつたさうである

と、坂下門外の変を起こした六人の志士の所属に言及している部分がある。さらに

あの斬込みの時刻に一足違ひで遅れてね、同志の者に申訳ないといふんで、こゝへ桂先生をたづねてきたんだ。後事を頼む、どうかこゝで腹を切らせてくれといふ。いろいろ宥めたのだが、桂さんとわしがちよつと席を外してゐる間に腹を切つてしまつた

というように、三村が桂小五郎の道場を訪れると、坂下門外の襲撃に加われなかった内田が道場で切腹をしたことが明かされる。これを、『国民史』の「第四章 坂下門外の事変」で見てみると、

坂下門義盟の士は、宇都宮側は、河野顕三、水戸側では平山兵介・黒澤五郎・小田彦三郎・高畠総次郎・河邊佐治右衛門、而して江戸に於て加盟したるは、越後の志士、川本杜太郎であつた。(…)以上の七人であつたが、河邊は期を逸して、其場には臨まず、自余の六士は愈よ其の思を晴らす可く、正月十五日、閣老安藤対馬守の登城を、坂下門外に待ち構へてゐた

と、襲撃した六人の志士のうち四人が水戸藩であることが記されている。さらに加われなかった一名については、

六人の刺客は、何れも討死した。而して其の義盟の一人、河邊佐治右衛門は如何。彼は当日余りに早く坂下門外に赴いたから、同志の者、未だ一人も来り居らず、その為め附近を逍遥しつゝあつたが、やがて其の場所に至り見れば、既に事終りたる後であつた。仍て直ちに桜田門外なる長藩主毛利邸に抵り、桂小五郎に面会し、其約を踏まんが為めに自殺した

というように、河邊佐治右衛門の切腹についての記述があり、やはり山手作品と『国民史』がパラレルな関係にあったことがわかる。

最後に「泥人形」(『サンデー毎日』昭和一六年六月)に注目してみよう。本作は女に騙され大金を失った若い志士が、思誠塾で修業に励み、やがて按摩になった女と再会する短編だ。同作には次のような訥庵の言葉の引用がある。ただし傍線と波線部は稿者によるものだ。

「されば勤皇の義心ある者に叛名を負はせずして、十分に其力を出させ、攘夷の快挙をなさんとするには、別の奇策と云ふ物なく、只速かに天朝よりして夷狄攘斥の勅命を公然と海内に下したまうて、感奮激發せしむるに如くことはなく、この策をだに決したまへば、神州の命脈は恢復せずと云ふことなし」

この箇所に相当する『国民史』の「第三章 大橋訥庵等の運動 十 大橋訥庵の意見書(一)」には、

されば勤皇の義心ある者に叛名を負はせずして、十分に其力を出させ、攘夷の快挙を為さしめんとするには、別の奇策と云物なく、只速かに天朝よりして外夷攘斥の勅命を、公然と海内に下し玉ふて、感奮激發せしむるに如く無し

とある。並べて見れば、「泥人形」が『国民史』の記述を参考にしていると取れるかもしれない。しかし『国民史』の記述は、訥庵自身が書いた「政権恢復秘策」という意見書の内容を記したものであり、その「政権恢復秘策」を収録した『大橋訥庵先生全集』上巻(至文堂)は昭和一三年六月に刊行されていて、三者(「泥人形」・

引用してみる。

『国民史』・「政権恢復秘策」）を比較してみると、意外な事実に突き当たる。「政権恢復秘策」原文の該当部分を

サレバ勤皇ノ義心アル者ニ叛名ヲ負ハセズシテ、十分ニ其力ヲ出サセ、攘夷ノ快挙ヲナサントスルニハ、別ニ奇策ト云物ナク只速カニ天朝ヨリシテ夷狄攘斥ノ勅命ヲ公然ト海内ニ下シ玉フテ、感奮激發セシムルニ如クコトハナク、此策ヲダニ決シ玉ヘバ、神州ノ命脈ハ恢復セズト云コトナシ

漢字表記や「別の」／「別ニ」の差異はあるが、『国民史』で「外夷」と記されている傍線箇所が、原文と「泥人形」では「夷狄」という表現を使用している。さらに波線箇所は原文と「泥人形」にのみあり、『国民史』では省略されている。つまり「泥人形」の記述は、原文から直接引用した可能性が高いのではないだろうか。

ところで、同時代の読者はこれをどのように受け取っただろうか。先に示したように、『国民史』の普及ぶりは目を見張るものがあった。だとしたら、仮に山手が『大橋訥庵先生全集』に収録されていた「政権恢復秘策」の原文を引用していたとしても、「泥人形」を読んだ読者は『国民史』とのパラレルばかりに目がいき、山手の記述が『国民史』に依拠していたと取ったのではないだろうか。それは『国民史』とのパラレル部分を含む、山手のその他の尊王攘夷ものに対しても言えるだろう。山手が『国民史』をどこまで参照していたかは分からない。しかし、『国民史』の圧倒的な普及ぶりの只中にいた読者は、両者のパラレルぶりから一歩踏み込んで、山手の尊王攘夷ものを『国民史』に依拠した、さらに言えば表現の上でもそれに多くを負った歴史小説として受けとめたのではないだろうか。

そしてここでもう一点重要なのは、文壇で高評価を受けていた先の三部作などを別にすれば、山手作品が〈歴

史〉に接近し、『国民史』や他の歴史的な資料を参考にしているにしても、それは舞台設定や時代設定という枠組みのみであり、あくまでも作品の主題は山手お得意の男女の恋模様や友情といった娯楽的な面だったという点だ。つまり時代の要請として〈歴史〉への接近が試みられた昭和一〇年代において、山手なりのそれは、舞台・時代設定として人口に膾炙していた『国民史』などを利用して〈歴史〉の枠組みを引用することだった。その結果として、この時期に尊王攘夷ものが多産されたという仮定は妥当であろう。「泥人形」の初出では先に挙げた訥庵の原文箇所に加え、

嘉永六年外国船の来つて交易を請うてより、幕府の処置一もその宜きを得ず、因循姑息を極め、外国はその隙に乗じて驕慢を逞うし、為に神州の命脈は次第に衰へるに至つた。しかるに朝廷を始め奉り、有志の大藩、志士に至るまで、切歯扼腕しつつも黙止せざるを得ぬのは、義旗を挙げんとしても、幕府の姦吏のために叛乱の汚名を蒙る懼れがあるからである

という同じ「政権恢復秘策」の一文や、

幕府から亜米利加公邸警衛を命じられた節——畏れ多くも禁裏の御警衛すら充分に行はれざるに、神州を脅かし、国体を軽蔑する夷狄を警衛するは、神州の民、忠義の臣のなすところにあらずとして、たとへ一藩取潰しになるとも断じてこの命はうけぬと、諸藩に先んじて君臣の分を明らかにした御家ではないか

という、宇都宮藩についての歴史的な説明箇所があるのだが、戦後に単行本や全集へ収録した際には削除されて

いる。また「亜米利加公使館警衛問題で活躍した藩の長老」という説明が、戦後版では「同志の先輩である藩の長老」に変更されているなどの細かな異同もある。戦時下において〈歴史〉を意識した箇所が、戦後版で削除や変更されているという事実は、かえって同時期における山手なりの〈歴史〉への接近ぶりを浮き彫りにしている。しかし、このような山手なりの〈歴史〉への接近は、所詮は設定レベルということで、同時期の文壇からは限定的な評価しか得られなかった。先に述べた「高評価と限定的な評価」のせめぎ合いである。

『文学建設』と第三次『大衆文芸』

『国民史』だけでなく、三田村鳶魚『時代小説評判記』(昭和一四年四月、梧桐書院)や、岩上順一『歴史文学論』(昭和一七年三月、中央公論社)など、昭和一〇年代は歴史小説に関する論議や書物の刊行が盛んな時期だった。これは戦争によってナショナリズムが喚起され、民族や自国の歴史に関心が集まったことの結果であることは論を俟たない。例えば高木卓「流行現象か 歴史小説について【上】」(『読売新聞』昭和一六年五月三〇日)の、

> 歴史に対する一般の関心が外的なまた内的な作用によって否応なしに高められつゝある今日、文学にそれが反映しないわけはない。(…)歴史小説がたとへ流行の現象であるにしても、それは歴史への一般的な関心が高まってきたことの証左でもある

に代表されるように、「歴史への一般的な関心」の高まりが文学にも反映し、一種の歴史小説ブームをもたらしたと言える。

そのブームは昭和一〇年代の大衆文学領域においても見られた。例えば明石鉄也が、

歴史物の台頭といふことが、現在の大衆文芸、時代小説界において、最も著しい現象である。（…）それが従来の固定した歴史小説なるものを指すのではなく、新しい形式と内容との歴史小説を開拓する意であることは確かであらう[12]

と述べて、「新鮮で大衆的な歴史小説」[13]を希求していることに象徴的に表れている。また三上於菟吉は『文芸年鑑』において、

日本においてのみ、特殊に大衆文学と呼びなされる、この特殊な文学は、現在の傾向それ自身のおのづからの発展で、やがて、歴史小説への新しい形式と内容とを付与しようとする、大事業の緒につきつつあるのである[14]

と述べている。大衆文学領域の主たる時代小説ジャンルが、歴史小説に接近することを「発展」と評価しており、そうした〈歴史〉への接近を肯定する言説が創作壇・評論壇双方において広く見られたことがわかる。

昭和一〇年代における時代小説ジャンルの様相をうかがうのに最適な同時代雑誌として『文学建設』（文学建設社）と、第三次『大衆文芸』（新小説社）がある。この二誌は戦時下においても一定のページ数を毎号保ちながら、多くの作品や評を掲載していただけでなく、大下宇陀児が、二誌の誕生を「二つの喜び」、「目ざすところは同じく、大衆文学の質的向上にある」[15]というように、作家側からも大衆文学の現状を質的な面から打破し得る雑誌として歓迎されていた。

丹羽文雄や村雨泰次郎らによって昭和一四年一月に創刊された『文学建設』だが、同誌執筆陣のなかで特に活発な創作活動を見せていたのが、昭和一一年に直木賞を受賞した海音寺潮五郎だ。昭和一三年九月から昭和一四年七月まで『サンデー毎日』と『文学建設』に連載された長編「柳沢騒動」は、講談化によって俗説に埋もれていた柳沢騒動に対して、史料という客観的な視点を丁寧に織り込んだ作品だが、その単行本の「序」で次のように宣言している。

僕は大衆文学の行きづまりの最も大きな原因は素材の貧困と様式の定型化にあることに気がついた。(…)大衆文学の行きづまりは、表現や技法を純文学に近づけるやうなことで救はれつこない、先づその内容の分野をひろげ、その定型化を打破すべきだ[16]

この「定型化」によって「行きづま」っている現状への憂いからは、明石の提言した「新鮮で大衆的な歴史小説」[17]への志向に近似したものが読み取れるだろう。『文学建設』一派は具体的な手法として、史料の重視による内容の拡大を試みるが、その象徴的作品が「柳沢騒動」であった。一方で、〈歴史〉への歩み寄りを見せていた山手の尊王攘夷ものは、同誌の作品時評においてはほとんど無視されるか、たとえ取り上げられても、

海音寺のは気魄を以て描いてゐる。之(山手の「死処」:稿者注)は才だけでものしてゐる。といふことは、いつの場合でも山手樹一郎の弱点ではあるまいか。巧みな小説作法だけで書かずに、そこに気魄を持ち得ないものか。才だけで書いた「死処」は読者を打たない[18]

というように、「巧みな小説作法」が作品全体の低評価の要因として挙げられ、海音寺の作品と比較して、「気魄」の欠如を指摘されている。また他方で、同誌の作品時評では山手作品のなかでも「春宵つるぎ供養」(『婦女界』昭和一五年一月)や「敗走の夜」(『講談倶楽部』昭和一六年八月)、「愚直登用」(『講談倶楽部』昭和一六年一〇月)のような、歴史的枠組みを採用せず、敵を斬らない＝〈明朗〉モチーフや娯楽的要素の強い作品ばかりがもっぱら取り上げられている。それらは「形式は講談に近く(…)旧態依然たる旧大衆小説」[19]、「端的に言ふ。これは講談だ。(…)本当の武士を理解してはゐない」[20]といった重史主義的な評価軸によって批判を下され、その批判は常態化していた。

次に第三次『大衆文芸』に目を移してみよう。同誌が山手も所属した「新鷹会」の機関誌だったことは既に述べた。同誌で中核をなしたのが、丹念な歴史考証のもとに書き上げた「上杉太平記」(昭和一五年四月〜一六年七月)や、「相馬大作の顛末」(昭和一八年一月〜一九年二月)を連載していた長谷川、そして評論を担当していた中谷博だった。中谷は昭和一六年六月の同誌に「村上元三氏と山手樹一郎氏―特に若き作家の意義に就て―」を寄稿している。同文で村上と山手を「通俗文学の中に埋没し去るかに見えた大衆文学」を「再び復古刷新」へと導く「新人」として挙げている。なかでも昭和一四年一〇月に掲載された村上の「北緯五十度」に対して、「作品を書く気迫が鋭」く、「甘さに溺れてゐる」ことなく「極めて真面目な筆で以て描き出してゐる」と高く評価をしている。また昭和一五年一〇月に掲載され、同年に直木賞を受賞した「上総風土記」に対しては、「何か読者に重厚なもの感じさせる」点が、「村上氏の良き資性のあらはれてゐるところからであらう」と指摘し、「前人未踏の北邊物」の連作を「驚異に値」すると全面的に称賛している。一方、山手に対しては「タッチの軽妙さ」を挙げて、勿論軽妙は軽妙で、それで大いに宜しいに違ひないが、年長の読者に訴へかけようと思ふならば、矢張り重厚な味があつた方がいゝ。（…）浮世の喜怒哀楽を軽く一と刷毛で、サツと極めつけて行くあたりは、読んでゐて胸のすく思ひがする。（…）たゞ強いて難を言へば、氏の作品は余りに面白すぎるのだ、面白過ぎて、読者に考へる余裕を与へないことだ

という評価だ。あくまで求めているのは「軽妙」ではなく「重厚」で、「面白」さの対義語として「考へる余裕」が配置されていることも興味深い。つまり、この時期の大衆文学文壇が評価するのは「重厚」で、「読者に考へ」させるような作品だということだ。

『崋山と長英』

昭和一〇年代の山手作品で中谷たちの期待に応えられそうなものとして挙がるのは、やはり先に言及した「獄中記」・「檻送記」・「蟄居記」の三部作をまとめた『崋山と長英』だ。蛮社の獄で処罰された崋山と長英。彼らを史実に忠実に描いた本作は、その完成度の高さに驚く。言わずもがな主人公の両名は歴史上の人物であり、長英は永牢、崋山は蟄居の末に切腹という展開は歴史上の出来事そのままだ。長英の『戊戌夢物語』や崋山の『慎機論』、その他の資料が所々に引用され、〈歴史〉としての枠組みも担保している。その一方で、獄中における様々な人物との交流や、白洲での取り調べにおける感情を露わにしたやり取りなど、史実では知ることができない空白を、山手なりの筆で埋めている力作と言えるだろう。三部作のうち一作目は長英側から、二作目と三作目は崋山側から描いている構成力も確かなものだ。本作をして賞にノミネート、また受賞したことも頷けるだろう。同

時にそれまでの、あるいはこれ以降の山手作品を見たときには明らかに異色の作品でもある。つまり歴史上の人物を主人公に据え、歴史的な資料をふんだんに引用しながら、恋愛や友情といった要素を極力省き、自身が志向した〈時代ユーモア小説〉とは一線を画した作品ということだ。本作へは、

今まで山手氏の作品に見られなかつた「力」が、「重さ」が見られるのは、作者の一進展として祝福したい。氏としても本格的に取組んでゐるのであらうが、此の傾向は大いに宜しい(21)

と好意的な評価がなされた。本作の完成度の高さは既に述べたが、これまでの山手作品と一線を画す点に、「力」や「重さ」という言葉で讃辞が送られている。野間文芸奨励賞を受賞していること、あるいは本作を以てして作家としての「一進展」と称賛されていることは、本作が「重厚」で「読者に考へ」させるような、山手作品としては異色作だからこそ得られた高評価とも言える。

要するに、時代の雰囲気として〈歴史〉が求められていた昭和一〇年代の戦時下において、山手は〈国民の歴史書〉として人口に膾炙していた『国民史』を媒介として、彼なりの〈歴史〉への接近を図った。しかしそれは枠組みとしてであり、〈時代ユーモア小説〉の明朗さや、面白みといった本質は変わらなかった。そのため「重厚」で、「読者に考へ」させるような作品を求める歴史志向的な同時代の大衆文学文壇からは限定的な評価を下された。その一方で、〈歴史〉への接近としての集大成である『崋山と長英』は、山手作品らしさがなかった故に高い評価を得られたとまとめられる。さらに他方で評論家による批評欄を設けていない、いわゆる読物雑誌には山手作品が頻繁に掲載されていたことも事実だ。これを大まかな比率で見ると、戦時下の山手作品は『崋山と長英』三部作のような重史主義に基づくのが一割、歴史的枠組みのみを採用した娯楽ものが六割、読物雑誌向け

の軽い読物が三割、といったところだろうか。山手自身は同時期について、

私はもうしばらく雑誌社に買ってもらえるような小説が書けなくなっていた。なにをどう書けばいいか、およそ見当はついても、それを書くというところまでどうしても自信が持てないのである[22]

と回想している。一見すれば、自身が志向していた〈時代ユーモア小説〉への「自信が持てない」と読める。しかし、昭和一〇年代の大衆文学領域における評価軸と、それ故の山手への限定的な評価をみれば、〈歴史〉へ重心を傾ける同領域の中では、〈時代ユーモア小説〉の居場所がなかったという本音とも読める。その意味では山手にとって本格的な〈歴史〉への接近を図り、それ故に高評価を受けた三部作は内発的なものとは言えず、山手本来の〈時代ユーモア小説〉や〈明朗〉モチーフは、戦時下においてしばしの雌伏を余儀なくされたのである。

三　井口家の戦時下

「くろがね会」

山手自身は従軍こそしなかったものの、昭和一六年に海軍の外郭団体として結成された「くろがね会」に参加した。同会は文学関係に限れば顧問に菊池、理事長に木村毅、常務理事に宇陀児・木村荘十・戸川貞雄・水谷準、理事に竹田敏彦・角田喜久雄・海野十三・木々高太郎・北村小松、幹事に大佛次郎・三島章道、事務長に山手が名を連ねており、結成から一年後には一七〇〇人以上の会員が所属していた。同会の会報を調査した石川巧は、『くろがね』は創刊時からずっと市販を想定しておらず、限られた会員のみを対象とした編集・出版がなされているばかりか、むしろ、その内容が会員外に漏れることを警戒し、雑誌の受取人を厳しく管理するとともに、黒塗りを手作業で行うようなことまでしていたのである[23]とし、慰問品として娯楽的な読物を求めていた海軍が、自由に執筆できる場を希求していた作家との思惑の一致に基づき雑誌『くろがね』（当初は『くろがね会報』、昭和一六年一〇月～一八年一二月）や、『くろがね叢書』を刊行していたと論じている。しかし未だその全貌が明らかになっていないのも事実で、ここでは山手関係の資料から少し探ってみよう。

山手自身は同誌の一巻一号（昭和一六年一〇月）に「くろがね会結成経過」という文を寄せている（この文と「事務室記」のみが「山手記」と明記）。同文によれば、昭和一六年八月四日に海軍関係者と作家二〇数名が集まったが、作家陣は博文館社長の大橋進一の斡旋に依るもの。大橋の挨拶に続いて時局談があり、宇陀児から「先づ我々作家からして海洋への認識を深くして、これを全国民に徹底すべく、銃をペンにかへた覚悟（…）」と動議があった。以降も準備委員会が開催され、昭和一六年一〇月四日に日比谷公会堂での結成記念講演会を迎え、この時点で「会員三百余名を有する」としている。貴重な証言をしているのが、山手の博文館時代の後輩編集者で、昭和四年から『新青年』の第四代編集長を務めていた水谷だ。山手を「チョーさん」と慕っていた水谷は、

わたしは彼の人柄を買って、当時海軍外郭団体として生れた「くろがね会」の事務長になってもらった。この会は海軍と国民とを柔く結びつけるのに役に立ったが、それも肩肘を張らずに、一方の陸軍側のこうした団体が大声叱咤の傾向があるのに、いかにものびのびした言動に終始したことは、海軍という気風にもよることながら、チョーさんが間にはさまっていて、あの優しい目と、しっとりした声で音頭をとったせいではなかったかと思う(24)

と回想している。山手による結成経過と同様に、水谷も同会と博文館との協力関係を示唆していることは貴重な情報だ。山手の長男である井口朝生もまた、

くろがね会は、博文館がスポンサーになり海軍省の外郭団体として、その普及宣伝に協力するため組織された作家、画家、ジャーナリストなど、いわゆる文化人の国策便乗の会[25]

と証言していることからも、同会へ人材を派遣していたのが博文館だったと分かる。山手は同会結成から約二年間に亘って事務長を務め、会報の編集発行や、海軍報道班の従軍作家・画家の人選をしていた。確かに同誌の奥付には、「編輯兼印刷発行人」として山手の名前が記されている（図20）。しかしその一方で、編集後記である「事務室記」では一巻一号のみに「(山手)」と明記されており、それ以降の巻号では奥付の「編集兼印刷発行人山手樹一郎」のみが確認できる。戦後の宇陀児の言によれば、昭和一六年一一月末に「海軍から講演旅行をせよという命令をうけた」[26]ので、新潟から東北へ向かうことになった。そのメンバーに木村や山手もいたことから、おそらく「くろがね会」のイベントの一環と推測できる。

他に山手関係の資料としては原稿用紙に書いていた日記が現存しているのだが、今回、ご遺族のご厚意で見せていただくことができた。昭和一五・一七・一八・一九・二〇・二一年分があるのだが、残念なことに「くろがね会」を結成した昭和一六年分は残っていない。しかし、例えば昭和一七年九月一日の日記には「くろがね会幹事会三日午後二時の通知」（図21）とあり、定期的に会合がもたれていたと推測できる。また一〇月一五日の日記にも先の幹事たちの名を連ねなが

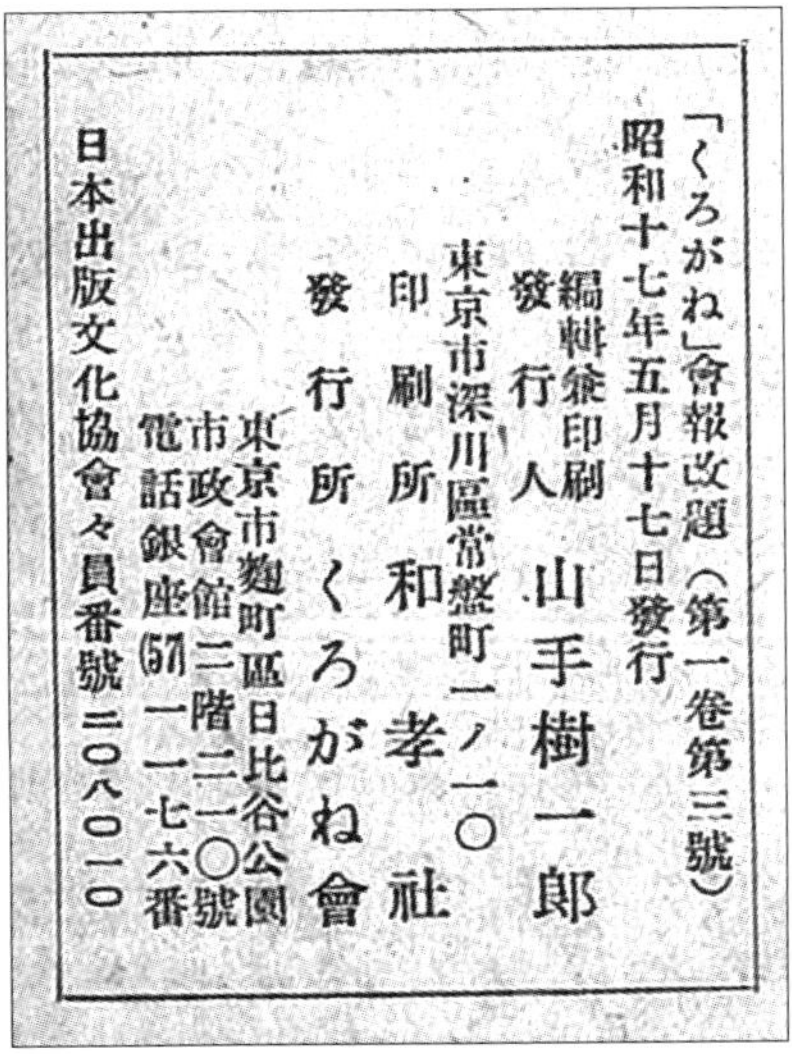
「くろがね」會報改題（第一巻第三號）
昭和十七年五月十七日發行
編輯兼印刷發行人　山手樹一郎
東京市深川區常盤町一ノ一〇
印刷所　和孝社
發行所　くろがね會
東京市麹町區日比谷公園
市政會館三階三一〇號
電話銀座(57)一一七六番
日本出版文化協會々員番號　二〇八〇一〇

図20　『くろがね会報』
（昭和17年5月）

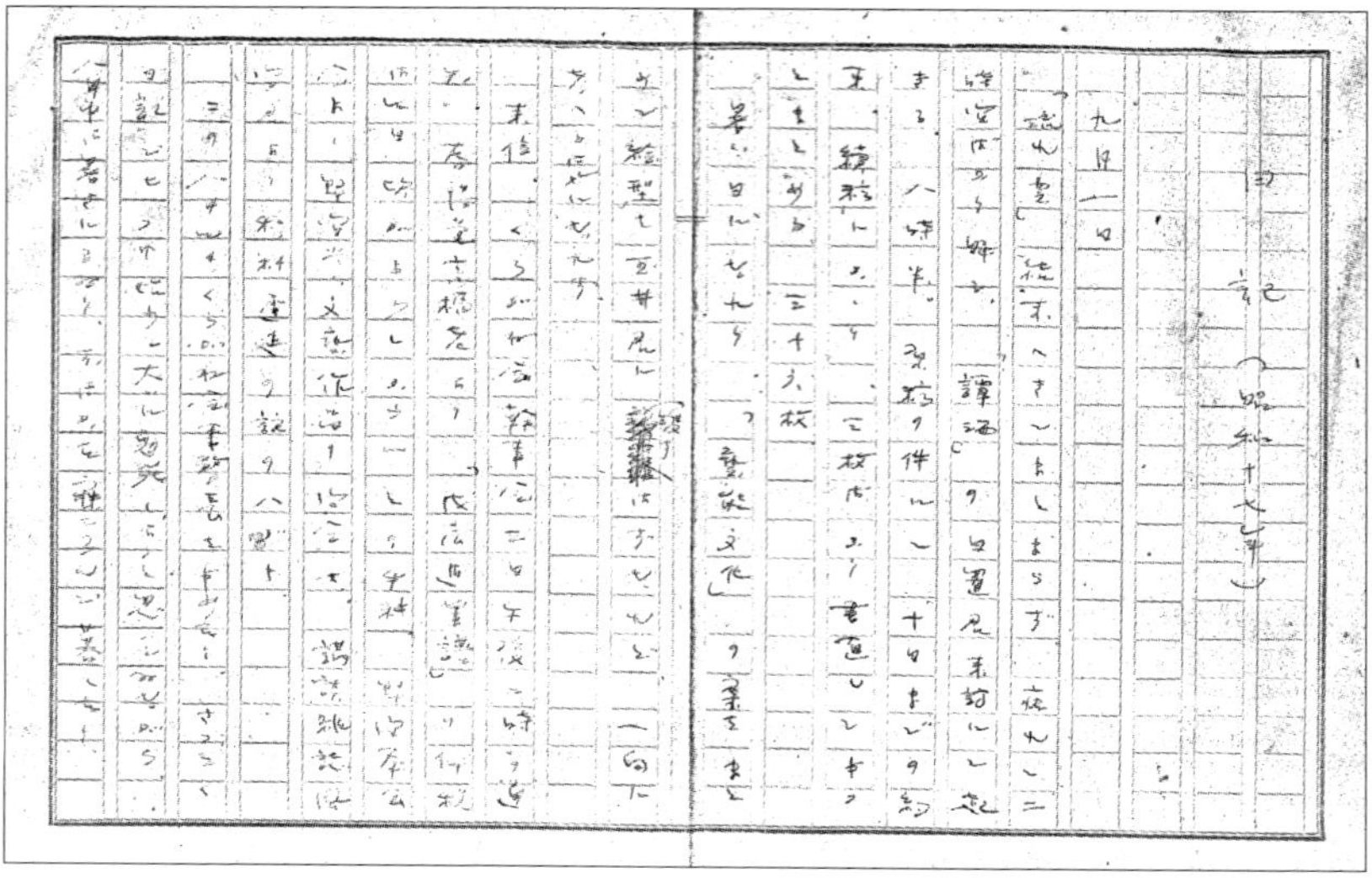

図21（山手樹一郎記念会提供）

図22（山手樹一郎記念会提供）

ら、幹事会が行われたことを記している（図22）。さらに昭和一九年一月二五日には「『くろがね会』より稿料五十円とゞく」とあり、同会の金銭事情も窺い知れるだろう。

以上のように「くろがね会」と博文館との関係については、関係者の証言、当初から館主が席上にいたこと、さらに第一章で言及したように、『少年少女譚海』がタイトルを変えながら、昭和一九年三月に同会から刊行されていた『海軍報道』と統合されたという事実も大いに影響していると思われるため、今後の研究課題としたい。

戦時下におけるその他の仕事

戦時下における山手の仕事ぶりは本章第一～二節で論じた尊王攘夷ものの多作や、第三節の「くろがね会」などが主だが、博文館系雑誌での活躍と、海軍物の執筆も目立つ。これは、先に言及した博文館と「くろがね会」との結びつきの証左とでも言えるだろう。

例えば小説では「幕末軍艦役」（『科学と国防 譚海』昭和一六年一〇月）や、「輝く海軍の父」（『科学と国防 譚海』昭和一七年七月）がそれだろう。また、江戸川乱歩も行っていた江田島海軍兵学校への取材を基にした随筆「感激の江田島」（『講談雑誌』昭和一六年一二月）や、玉井徳太郎が描いた口絵に文章を添えた「幕末海軍の創生」（『科学と国防 譚海』昭和一八年七月）も「くろがね会」の延長線上にある作品だろう。そしてこれらの作品が掲載されている雑誌は、全て博文館から発行されている。同社からは曽我兄弟や乃木希典、東郷平八郎などの「英雄達の少年時代」を知ることによって、それを読んだ子供たちに「現代的精神との繋り」を理解させることを目的とした、子供向けの文部省推薦の絵本『国民絵本 日本ノ子供』（昭和一六年七月）も刊行されていた。

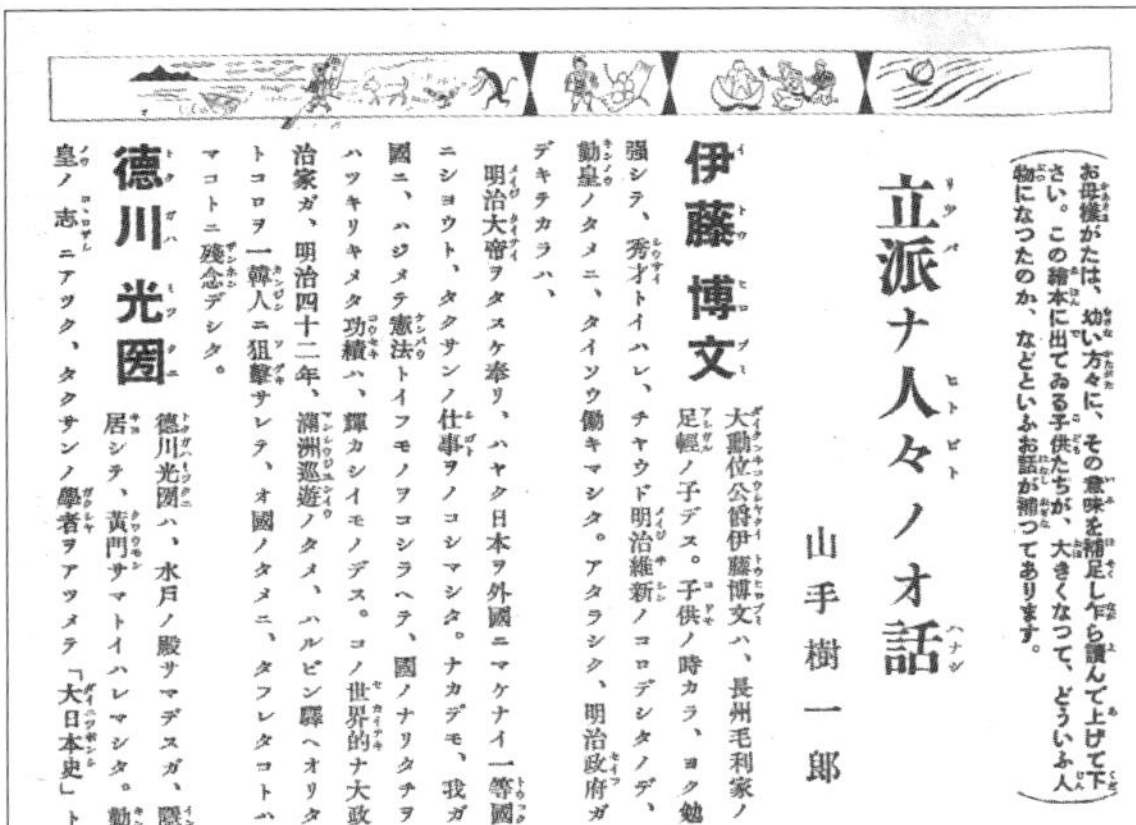
（お母様《かあさま》がたは、幼《をさな》い方々《かたがた》に、その意味《いみ》を補足《ほそく》し乍《なが》ら讀《よ》んで上《あ》げて下《くだ》さい。この繪本《ゑほん》に出《で》てゐる子供《こども》たちが、大《おほ》きくなつて、どういふ人物《じんぶつ》になつたのか、などといふお話《はなし》が補《おぎな》つてあります。）

立派《リツパ》ナ人々《ヒトビト》ノオ話《ハナシ》

山手樹一郎

伊藤《イトウ》博文《ヒロブミ》

大勲位公爵伊藤博文《ダイクンヰコウシヤクイトウヒロブミ》ハ、長州毛利家ノ足輕《アシガル》ノ子デス。子供《コドモ》ノ時カラ、ヨク勉強シテ、秀才《シウサイ》トイハレ、チヤウド明治維新《メイジヰシン》ノコロデシタノデ、勤皇《キンノウ》ノタメニ、タイソウ働キマシタ。アタラシク、明治政府《セイフ》ガデキテカラハ、

明治大帝《メイヂタイテイ》ヲタスケ奉リ、ハヤク日本ヲ外國ニマケナイ一等國《トウコク》ニシヨウト、タクサンノ仕事《シゴト》ヲノコシマシタ。ナカデモ、我ガ國ニ、ハジメテ憲法《ケンパウ》トイフモノヲコシラヘテ、國ノナリタチヲハツキリキメタ功績《コウセキ》ハ、輝カシイモノデス。コノ世界的《セカイテキ》ナ大政治家ガ、明治四十二年、滿洲巡遊《マンシウジユンイウ》ノタメ、ハルピン驛ヘオリタトコロヲ一韓人《カンジン》ニ狙撃《ソゲキ》サレテ、オ國ノタメニ、タフレタコトハマコトニ殘念《ザンネン》デシタ。

徳川《トクガハ》光圀《ミツクニ》

徳川光圀《トクガハミツクニ》ハ、水戸ノ殿サマデスガ、隱《イン》居シテ、黄門《クワウモン》サマトイハレマシタ。勤《キン》皇ノ志《コヽロザシ》ニアツク、タクサンノ學者《ガクシヤ》ヲアツメテ「大日本史《ダイニツポンシ》」ト

図23 『日本ノ子供』（昭和16年7月、博文館）

同書は山手が編集を担当しており、「作者の言葉」や「立派ナ人々ノオ話」を執筆している（図23・24）。

子供たちの戦時下・夫婦の戦時下

山手の長男である朝生は、昭和一九年一二月に甲府第六三部隊に入隊、北支に送られた。山手の昭和一九年一二月一日の日記には、

朝生のために心ばかりの立祝をして、四時半家を立つ。（…）六時過ぎ集合、夜明けたけれど陰、朝生非常に元気、ここまでくれば空襲でもなんでも来いといふ顔なり。整列して駅へ入るまで送り、元気で行けといへば、行ってまいりますと破顔。忽ち駅へ入り去る。（…）今日よりわが子にてはなしといふ感強し

と書いている。戦後、朝生はシベリアへ抑留され、昭和二四年一一月に帰還する。大正一三年に麦畑が広がる郊外へ転居してから家族一緒に過ごしてきた井口家だが、次男の樹生は山形へ学童疎開、妻の秀は三女の明子と五女の幸子を連れて、茨城県潮来町の実家へ疎開していた。山手と秀は頻繁に手紙のやり取りをしていたが、その一部を見てみよう。

図25は、昭和二〇年六月一日消印の秀から山手宛の書簡だ。

図24　昭和16年頃の山手
（山手樹一郎記念会提供）

あれから千葉駅の次の駅で車内で伏せと云はれて幸子を抱いて腰掛けの下に首を入れましたが、もしも私が死んでしまつて幸子が残る場合が出来たら可哀さうだと思つて急いで隣の人に潮来の福彌が親類である事を話したりしましたが別に大した事もなく直きに発車しました

秀が五女の幸子を連れてどこかへ行っていたのだろうか、疎開先である秀の実家であり、潮来で旅館を営んでいる福彌へ向かう車中で空襲警報が発令して、危うく難を逃れた様子が分かる。図26も同年七月一四日消印の秀から山手への書簡。

あなたは毎日何をしていらつしやいますの（ちよつと変な質問でせう）でもそんな言葉で問ひかけるのは、あなたの一日中の事を見たひからなんですと申上げますわ『寝たり起きたり考へたりそれだけさ』つておつしやる

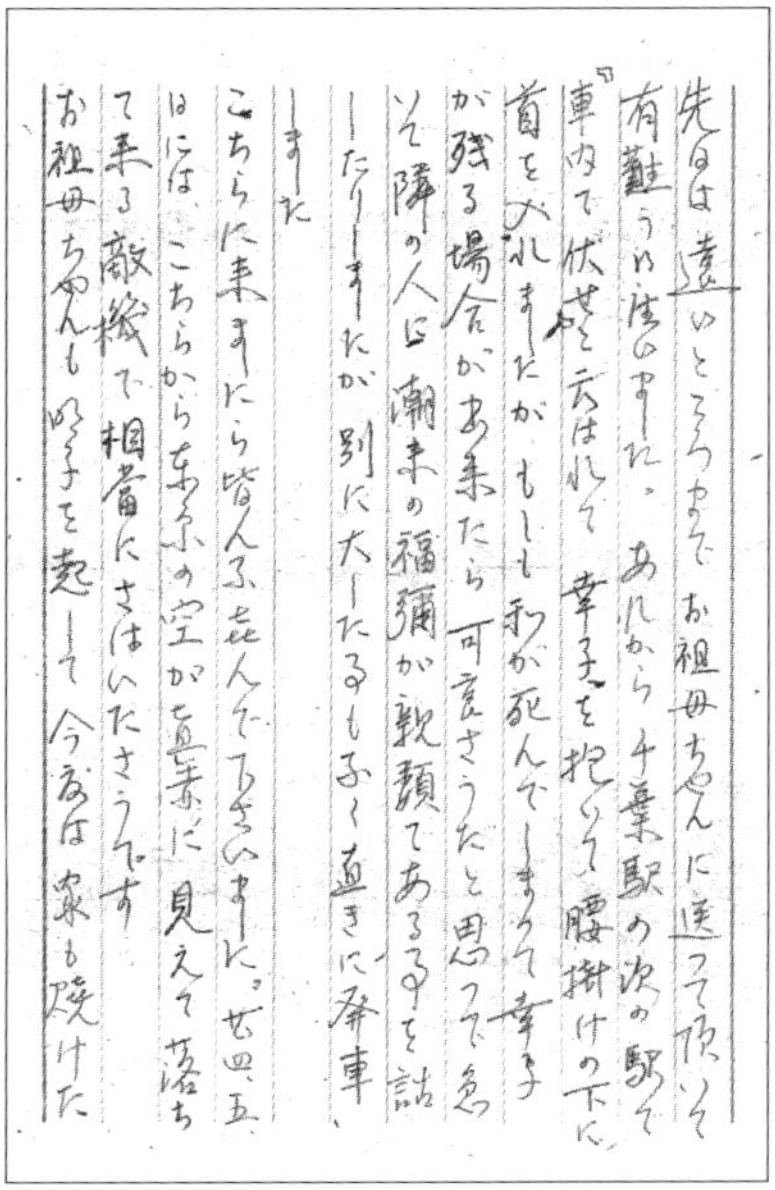
先日は遠いところわざわざお祖母ちゃんに送って頂いて
有難うございました。あれから千葉駅の次の駅で
『車内で伏せ』と云はれて幸子を抱いて腰掛けの下に
首を入れましたが　もしも私が死んでしまって幸子
が残る場合が出来たら可哀さうだと思って急い
で隣の人に潮来の福彌が親類である事を話
したりしましたが　別に大したるもなく直きに発車
しました
こちらに来ましたら皆んな喜んでをりました。廿四、五
日にはこちらから東京の空が真赤に見えて落ち
て来る敵機で相当にさはいださうです
お祖母ちゃんも呼子を起して今夜は家も焼けた

図25（山手樹一郎記念会提供）

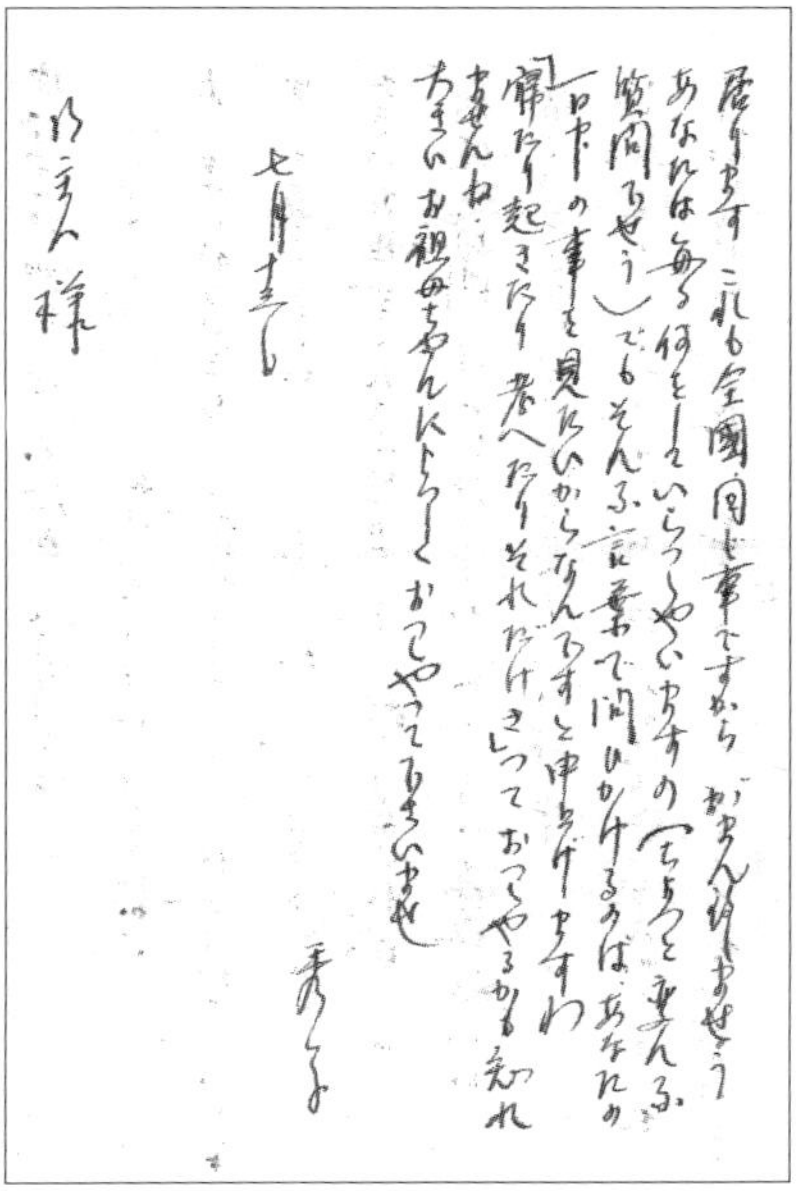
居ります　これも全國同じ事ですから　がまん致しませう
あなたは毎日何をしていらっしゃいますの（ちよっと変んな
質問でせう）でもそんな言葉で問ひかけるのは、あなたの
一日中の事を見たいからなんですと申上げますわ
『寝たり起きたり考へたりそれだけさ』っておっしゃるかも知れ
ませんね。
お祖母ちゃんによろしくおっしゃって下さいませ
七月十三日
秀子
山手様

図26（山手樹一郎記念会提供）

かも知れませんね

妻から夫への微笑ましい恋文だが、こういった資料も人間・山手樹一郎を知る上で重要な資料だろう。**図27**はその四日後の一八日消印の山手から秀への返信。

この頃は僕も元気だ。どうかして立派な仕事をしておきたいと思ひ雑念去つてこつ〳〵と勉強してゐる。どうあせつたところで僕に出来ることはいゝ小説を書く、それ以外にはない

〈歴史〉へと傾く時代のなかで、自身が志向する〈時代ユーモア小説〉とのギャップを感じながら試行錯誤する山手の、妻に向けた本音の吐露であろう。あるいは、自分自身へ言い聞かせた決意かもしれない。

図27（山手樹一郎記念会提供）

占領下の躍進へ

〈歴史〉へと傾く時代は、長くは続かなかった。敗戦後、GHQ／SCAPの占領下に置かれたことで、CIEやCODの設置、日本映画に対するプレスコードなど、いわゆる「チャンバラ禁止令」が大衆文学領域へ重くの

しかかったのだ。さらに文化は揺り戻しが常である。戦時下では歴史志向的な作品が求められたのが一転、その反動として、敗戦後は純粋な娯楽が求められたなかで、これまでの歴史重視の堅苦しい時代小説は面白くないと評価されるようになった。それを象徴するかのように昭和一〇年代の歴史小説ブームの牽引役だった『文学建設』と、第三次『大衆文芸』一派は「大衆文芸の大衆文芸たる醍醐味が完全に姿を消した」[27]黒幕として、槍玉に挙げられるようになる。それは同時に山手が志向した娯楽性を前景化し、敵を斬らない＝〈明朗〉に重心を置いた〈時代ユーモア小説〉への需要の高まりを意味していた。

（1）「跋」（『青春艦隊』昭和一三年八月、パブリ社）
（2）真鍋元之編『増補 大衆文学事典』（昭和四八年一〇月、青蛙房）
（3）『文芸春秋』（昭和一七年九月）
（4）山手樹一郎「あのことこのこと（七）」（『山手樹一郎全集』第一八巻付録、昭和三六年三月、講談社）
（5）徳富猪一郎『卓上小話』（昭和六年九月、民友社）
（6）正宗白鳥「蘇峰追懐」（『「国民史」会報』昭和三七年四月）
（7）杉原志啓『蘇峰と「近世日本国民史」―大記者の「修史事業」』（平成七年七月、都市出版）
（8）和田守「蘇峰会の設立と活動」（『大東文化大学紀要〈社会科学編〉』平成二七年三月）
（9）徳富猪一郎「普及版刊行に就て」（『近世日本国民史』織田氏時代前篇、昭和九年九月、明治書院）
（10）『出版広告の歴史　一八九五……一九四一年』（平成元年八月、出版ニュース社）
（11）ビン・シン『評伝 徳富蘇峰』（平成六年七月、岩波書店）

(12) 明石鉄也「時代小説の動向―大衆文芸時評―」(『改造』昭和一一年九月)
(13) 注12に同じ。
(14) 三上於菟吉「大衆文学の進展」(『文芸年鑑』昭和一一年三月、第一書房)
(15) 大下宇陀児「大衆文学二刀流―つけたり・講談社の希望―」(『大衆文芸』昭和一四年五月)
(16) 海音寺潮五郎「序」(『柳沢騒動』昭和一四年九月、春陽堂書店)
(17) 注12に同じ。
(18) 「作品月評」(『文学建設』昭和一六年一月)
(19) 「各雑誌作品月評」(『文学建設』昭和一六年九月)
(20) 「各雑誌作品月評」(『文学建設』昭和一六年一一月)
(21) 中原麟也「大衆文芸評」(『大衆文芸』昭和一八年八月)
(22) 注4に同じ。
(23) 石川巧「江戸川乱歩所蔵本 海軍外郭団体雑誌『くろがね』解題」(『海軍外郭団体雑誌「くろがね」』別冊、平成三〇年一一月、金沢文圃閣)
(24) 水谷準「同じ釜の飯の話」(『山手樹一郎全集』第三五巻付録、昭和三六年一二月、講談社)
(25) 『山手樹一郎随筆集 あのことこのこと』(平成二年一二月、光風社出版)
(26) 大下宇陀児「落ちアユ三話」(『読売新聞』昭和三八年九月二七日)
(27) 鹿島孝二「明日の大衆文芸」(『出版情報』昭和二二年一〇月)

第四章

占領下における躍進／時代小説ジャンルの再編成

一　躍進の予兆

敗戦直後の日記から

昭和二〇年八月一四日に鈴木貫太郎内閣のもとで終戦の詔書が発表され、翌一五日に天皇が詔書を朗読したレコードがラジオで流された。敗戦を迎えた時のことを山手は日記にこう記している。

○正午果して然り。母、妻、潤子、次子、山手夫妻、皆泣く。幸子一人無邪気。歴史はここに大きく転換したり（**図28**）

山手夫妻とは従兄の正一郎夫妻のこと。この時、山手は四六歳、妻の秀は四三歳。まさに時代の大転換だっ

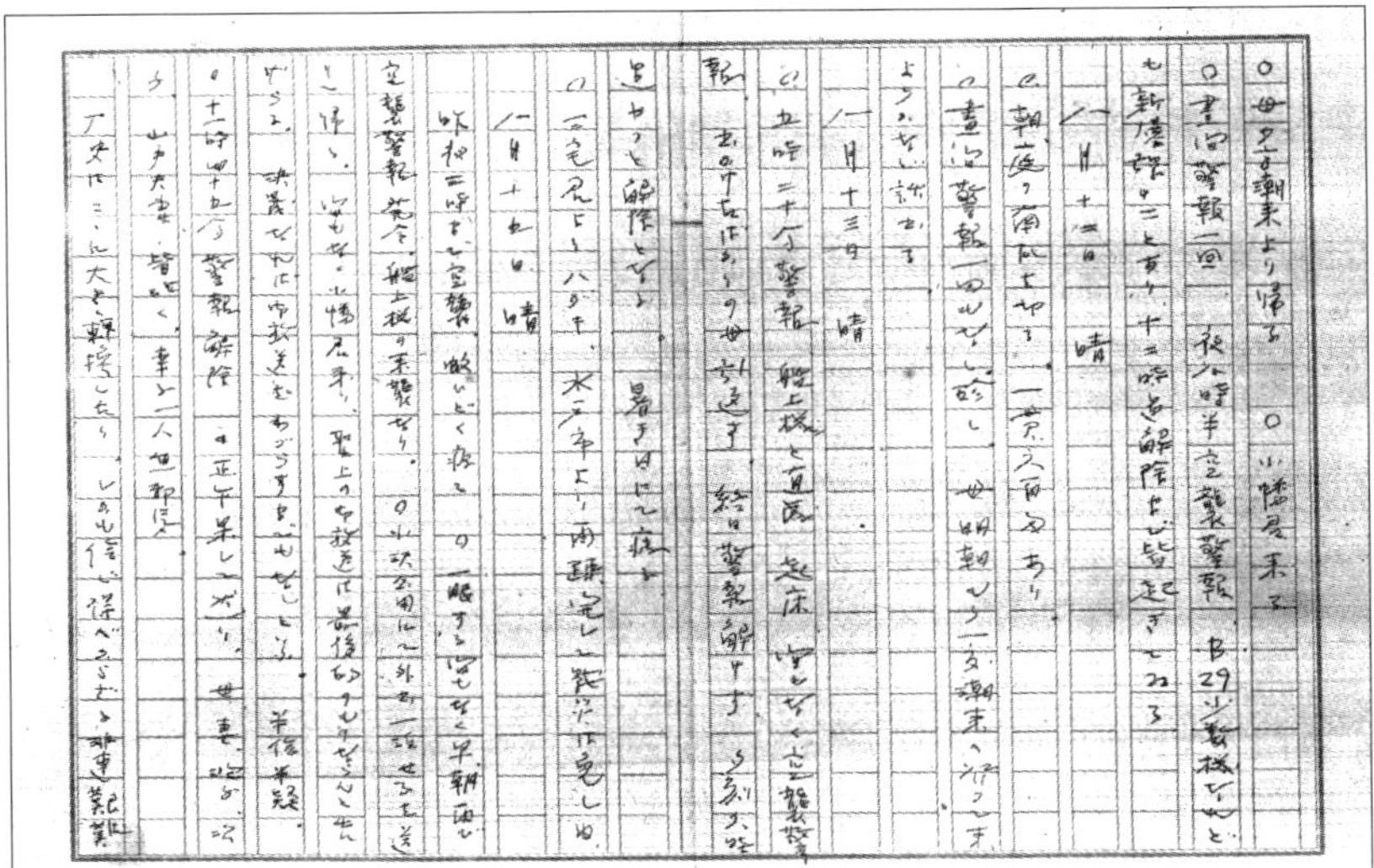

図28　（山手樹一郎記念会提供）

たが、山手の作家としての活動にも転換点が訪れようとしていた。敗戦後の作家活動は、山手自身も驚くほどすぐに始まった。八月二一日の日記にはこうある。

> 午後三社連合の岡山君来訪、初対面、新聞小説をたのみにきたといふ。ちよつと意外な気がした。さういふ面の仕事はずつとおくれて立上ると考へてゐたのである（**図29**）

三社連合とは、『北海道新聞』・『中部日本新聞』・『西日本新聞』の三社共同で文学作品を掲載する事務所のこと。その三社連合から、敗戦後一週間も経たないうちに執筆依頼があったということだ。この依頼は、『中部日本新聞』に同年九月一八日から連載された「明治元年」として発表された。しかし、本作は一二月八日で連載が中断され、そのまま未完となっている。その一方で、「ざんぎり」（『大衆文芸』昭和二〇年一〇月）や「水盃」（『漫画日本』昭和二〇年一一月）が掲載され、さらに昭和二一年四月一六日から九月二九日にか

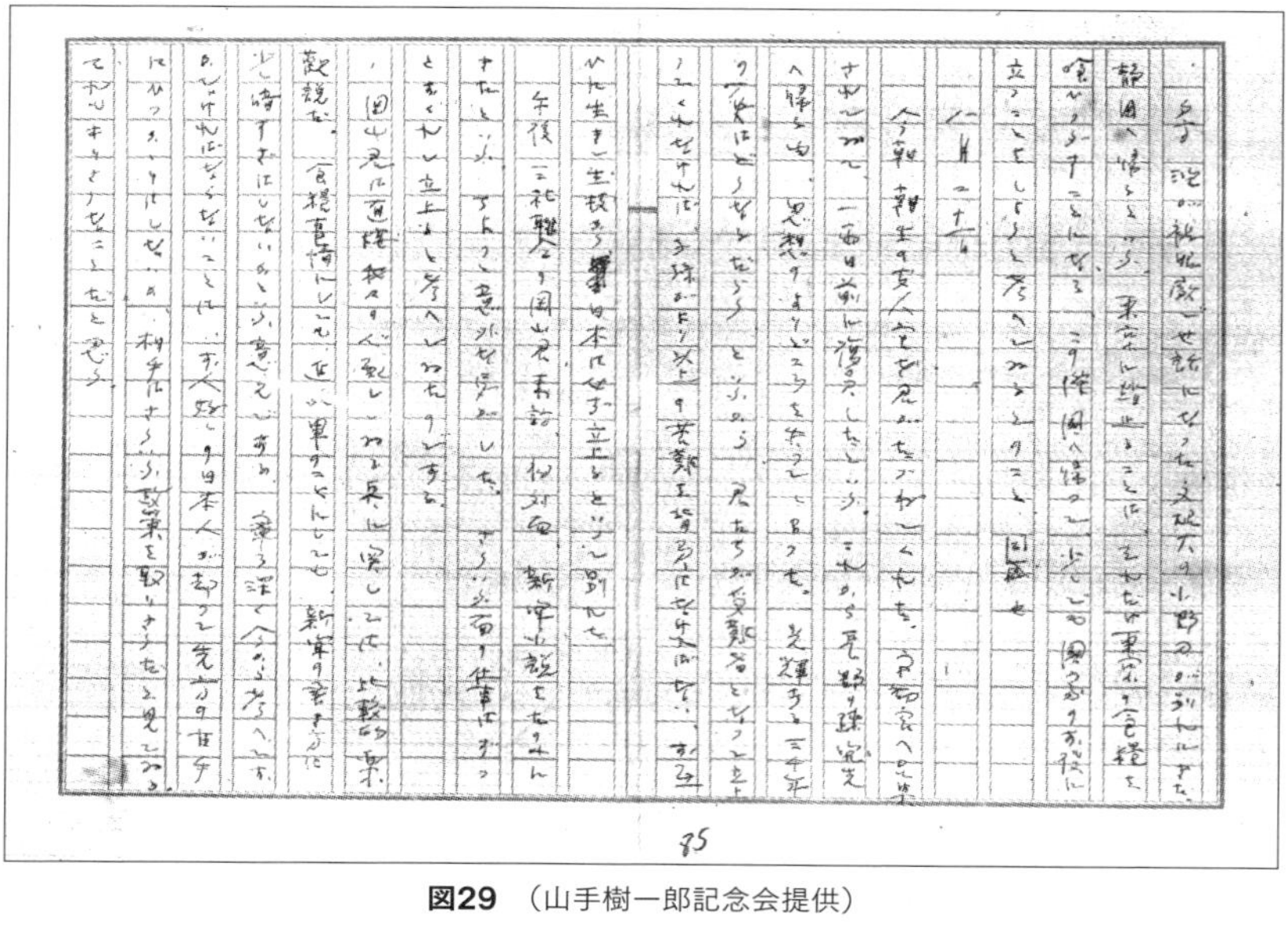

図29（山手樹一郎記念会提供）

けて、『埼玉新聞』において「地獄ごよみ」を連載している。事実、稿者による著作年譜を見ると昭和二〇年代における小説数は、一〇年代と比較して一五六作から二四五作に増加している。つまり敗戦後、ＧＨＱによる占領の下で大衆文学領域も制限を受けることになったが、にもかかわらず山手の作品発表数は増加しているということだ。

他方、雑誌メディアも変化の時を迎える。これまで戦後における雑誌変遷の動向には、二つの山があるとされてきた。第一に敗戦直後、粗悪な用紙を用いたＢ５判に性的・煽情的・猟奇的な内容を全面に押し出した雑誌、いわゆるカストリ雑誌の氾濫である。第二に、サンフランシスコ平和条約発効によって占領が終焉を迎えた前後から昭和三〇年代にかけての、Ｂ５判もしくはＡＢ判を用いた週刊誌の席巻がそれに続く。これまでの戦後雑誌研究は、以上のような構図に沿って進められてきた。しかしこの二つの山の狭間では、ある雑誌群が隆盛を見せていた。すなわちＢ６判という判型を用いた『読物と講談』と、それに追随した小型雑誌群である。本章では、これまでの研究においてほとんど注目されることのなかった『読物と講談』と、同誌に連載された山手作品「夢介千両みやげ」を一例として、敗戦と占領下という特殊な状況が、雑誌のあり方や、大衆文学領域の再編成に影響を及ぼした様相を明らかにする。

二　『読物と講談』と「夢介千両みやげ」

カストリ雑誌と反カストリ雑誌

戦後の雑誌界をまず席巻したのが、いわゆるカストリ雑誌と呼ばれる雑誌群だ。カストリ雑誌については山本明『カストリ雑誌研究―シンボルにみる風俗史』（昭和五一年七月、出版ニュース社）をはじめとして、多くの先行研究が存在するが、石川巧は「占領期カストリ雑誌研究の現在」（『Intelligence』平成二九年三月）で、一〇の要素を挙げてカストリ雑誌の特徴を説明している。

（1）「猟奇」を原型とした、販売戦略の面において同誌またはその系統誌を模倣していること。（2）エロ・グロ・ナンセンスを基調とした内容であること。（3）非統制のザラ紙、センカ紙で作られた粗悪な雑誌であること。（4）戦前戦中から継続的な出版活動を行ってきた出版社が発行したものではないこと。（5）B5判32頁～48頁を基本とすること。（6）創刊から休刊／廃刊までの期間が短く、単発あるいは数号をだして消えた雑誌であること。（7）雑誌の内容や誌面構成等に関する編集作業がほとんど行われていないこと。（8）表紙に「〇月号」などの表記がなく内容においても時事性がないこと。（9）編集部が求める内容の作品を匿名性の高い筆者（その領域に精通した筆者）に書かせていること。（10）作品の内容や質ではなく扇情的な表紙や挿絵で購買欲をそそろうとしていること

石川が「原型」と位置付けている昭和二一年一〇月に発刊された『猟奇』は、

現実が苦しく、衣、食、住の問題に悩み疲れてゐる私達に、その中の何冊が官能の面に於て、うるほひを、あたへて呉れたでせう(1)

という言葉を創刊号に掲示し、創作・評論ともに性的で猟奇的な面を押し出したものだった。「三号（合）でつぶれる」という由来の通り、カストリ雑誌の大半は廃刊までの期間が短かったが、同系統の雑誌が続々と発刊されることによって雑誌界に氾濫する。しかし、その氾濫ぶりは徐々に批判の的となった。例えば、占領下において出版流通記事を多数掲載していた『出版情報』を見ると、

一九四六年の娯楽雑誌界を展望すると、（…）然し度が過ぎていかゞはしきものが出て来た。中には春画ワイ本を思はせるものさへあつて、心ある人の目をそむけしめるものがある。今や業者自身の中からも出版倫理化の声が昂つて来たが、もとより当然のことである(2)

（…）左翼物とエロ物に寄集つた異常な時期は熱病のやうに既に終了しようとしてゐることを自覚して、更に健康な世界へ一歩前進する準備をすべきであらう(3)

などとあり、その氾濫ぶりの一方で、「健康な」雑誌が希求されていることが分かる。確かにカストリ雑誌の氾濫期には、それとは異質の雑誌も存在した。例えば昭和二一年一一月に発刊して、

「苦楽」は時世に腹が立つたから出た雑誌だと、お考へ下さつてい丶。（…）「苦楽」は青臭い文学青年の文学ではなく社会人の文学を築きたいと志してゐる(4)

という編集方針を掲げながら、主に時代小説を扱っていた第二次『苦楽』もそのひとつだろう。また昭和二一年六月に創刊し、女性読者を想定した誌面を構成した『ロマンス』も同系列だ。それは同誌が『出版情報』において、

「明るく楽しく、大衆に愛される」をモツトーにして、読者層は、男にも女にも、年寄にも若いものにもと一般大衆をねらつて、一家団欒のかてとならうとしてゐる。従つて同誌には、売らんかなのアクドイエロやグロは見当たらない。健全なる娯楽読物を目指して、奇嬌をてらはず、地味に真直ぐに大道を歩いてゐる(5)

と評されていることからも分かるだろう。つまり、敗戦直後の雑誌といえばカストリ雑誌とされてきたが、その流行期と時を同じくして異なる方向性を持った、いわば反カストリ雑誌を出版ジャーナリズムが模索していたことは明らかであろう。そのなかでも、反カストリ雑誌としての要素を押し出して特筆すべき人気を博したのが、Ｂ６判小型雑誌の嚆矢である『読物と講談』だった。

『読物と講談』

『読物と講談』は大正期に読物と講談社から創刊されたことが推定される雑誌だが、正確な資料は残っていない。末永昭二は「『読物と講談』は、正確には大正二年に創刊された読物雑誌の老舗」[6]と言及しているが、いま手元にある戦前の巻を見ると昭和一五年一〇月の号が二九巻一三号となっている。一年に一巻進むと仮定すると、創刊は明治四五年、あるいは大正元年となる。この戦前版は昭和一九年に三三巻をもって休刊されるが、本章で取り扱うのは戦後に復刊したもの。昭和二〇年一一月に婦人画報出身の井上正也が、東京都中央区銀座西二丁目に公友社を創立、翌二一年二月に月刊誌として『読物と講談』を創刊した。戦前に存在した雑誌のタイトルを新興の会社がそのまま借用することは珍しいことではないが、この場合は、戦前版の奥付を見ると広告を担当している会社が広友社とあり、戦後版の版元である公友社と無関係ではないと推測されるから、その意味では単なる借用ではなく継承と言うべきかもしれない。

さて、その創刊号の「編集だより」には、

誰方にも、理屈ぬきで、たのしく、明るく、どこからどこまで面白い雑誌（…）「読物と講談」はこれからもどこまでも内容本位で、平明で、たのしい「皆様の雑誌」です[7]

とあり、「誰方にも」・「明るく」・「たのしく」といったカストリ雑誌とは相容れない要素を掲げている。『よみこう』と愛称を付けられた同誌は、創刊に携わった作家の城戸禮や、村上元三が作品を掲載していたが、その後は五代目神田伯龍の講談なども掲載されている。また内容だけでなく、表紙からも他誌との差異を看取できる。**図30**は戦後版の創刊号（昭和二一年二月）の表紙だ。岡本玉水が制作した「玉水人形」のカラー写真を採用した『読物と講談』の表紙は、その珍しさで目を惹いた。評論家の石井冨士弥も、

> 仮造本単色刷が多かった当時としては、カラー写真で、日本人形の目にやわらかで溢れるように鮮やかな表紙に飾られた『読物と講談』創刊号が出た。（…）その色刷りに平和が還ってきたようななつかしさにひかれて、並んで、ぼくも毎号買った(8)

と回想している。では同誌の売れ行きはどうであったか。

> 編集者Ａ　いよいよ不況来だね。新宿や銀座には秋口から十円の投売りが始まつたね。
>
> 編集者Ｂ　散歩に出かけてね。投売りの店を通る時は思わず立ち止るよ。うちの本が万が一出てはしないかとね。ズラリ見渡して、ない時はホツトするね。定価三十円とか二十五円というのが十円で投げうりされているのをみると、他人事ながら涙が出る。特に大衆誌は、表紙が女の顔のハデなやつだけに、街頭にさらされてる姿はそぞろ哀れを止めるね(9)

図30　『読物と講談』（昭和21年2月）

　これは昭和二三年の雑誌業界を対談形式で回顧した記事だ。売れない大衆雑誌の投げ売りが始まり、その原因が「金づまり」と、大衆雑誌としての型やジャンルが出尽くしたことにあると述べている。また、投げ売りの対象になっている大衆雑誌の表紙が「女の顔のハデなやつ」とあることから、カストリ雑誌、もしくは同系統の雑誌を指しているだろう。しかし、その不況下においても、『読物と講談』の売れ行きは好調だった。正確な数字は不明だが、城戸の回想には、

　二年も経たないうちに、当時としては破天荒な二十万部という発行部数を誇るようになった。（…）そうこうしているうちに〝読物と講談〟の売れ行きが、ぐんぐんと上昇の一途を辿りはじめた(10)

とある。戦前の『キング』（大日本雄弁会講談社）が一二〇万部を誇っていたことと比べれば、さしたる数字ではないかもしれない。しかし、敗戦後の用紙や印刷所の不足といった状況を考慮すれば、数字以上の価値があるだろう。その好調ぶりの一端は、読者からの投稿コーナーである「愛読者ルーム」からも看取できる。

　表紙の玉水人形は貴誌ならではの高尚な趣味だと感服しています。本当に健全な家庭の雑誌として益々記者諸君の健闘を祈ります（山形）(11)

　闇とインフレの世の中にせめて娯楽をとなると、やっぱり映画と雑誌である。夥しいカストリ雑誌の中に御誌は断然我々若人に真の面白い読物を提供してくれる（鎌倉）(12)

エロ雑誌カストリ雑誌のハンランの中で、「読物と講談」は安心して家庭へ持つてみんなに読ませられる雑誌であると思ふ（大阪）[13]

復員以来、ケバケバしている雑誌の氾濫に呆れて、今日迄ほとんど雑誌類には目もくれませんでした。先日駅の売店で、フト！可愛い、人形の美しい表紙の三月号が目に止り、頁を開き見て、内容の充実して良心的であるのに、さつそく買い求めました。父もチヨイチヨイ読むらしく、時々大きな虫眼鏡が挿み忘れているのです（新潟・山口）[14]

これらの投稿から同誌を愛好する要因が、カストリ雑誌への食傷と、それと一線を画した「健全」で「良心的」で、「安心して家庭へ持つてみんなに読ませられる」点にあることが分かる。また最後の投稿からは、購入した同誌をお茶の間にでも置いておいたのだろうか、それを手に取った父親も虫眼鏡を使いながら愛読し、それを栞替わりにしている風景が目に浮かぶ。つまり、成人男性がこっそりと読んでいたと想定されるカストリ雑誌とは異なり、同誌が家に持ち込んで家族の目に触れても何ら問題のない、家族全員で読める健全な雑誌ということだ。それを物語る例が他にもある。

読講の愛読者で文芸好きの、私の町の有志で「愛好会」を結成しました。読講の文芸欄へ投稿して、入賞になつた者には、賞として読物と講談を三ヶ月分無料で愛読させる組織になつてゐます。（…）面白い楽しい明るい家庭の燈明として永く愛読を続けたいと思います（新潟）[15]

だろう。その問題と解答が同作であることも、その好評ぶりを推し量る傍証となる。『読物と講談』の成功と売れ行きにあやかり、『読切読物』（日本文華社）・『ポケット講談』（青燈社）・『講談世界』（奈良屋書房）・『講談と小説』（春光社）・『花形講談』（双葉社）・『講談と娯楽』（須田町書房）など、次々とＢ６判で明るく健全性を標榜した娯楽雑誌が刊行されていく。そして、そのほとんどに山手は作品を掲載することになる。読者からの需要と出版ジャーナリズムの目論見による、Ｂ６判の明るく健全な娯楽雑誌という枠組みにおいて、山手作品は重宝されていたということだ（図33）。

カストリと週刊誌の狭間

その後、女性誌が週刊誌化され、新聞社を母体とした週刊誌が数多く刊行されることで、週刊誌ブームが到来する。安価でグラビア・時評・創作が合わさった誌面構成で、判型は再びＢ５判もしくはＡＢ判が主流となる。そんな流れの中で、〈Ｂ６判の王者〉であった『読物と講談』も出版社の名が芸文社に変わり、誌面も映画や芸能情報などが併載されるようになっていく。いわば週刊誌の二番煎じの様相を呈するようになったわけで、セールスポイントを失った同誌は次第に忘れ去られていく。一方で、人気作家の仲間入りを果たした山手は、週刊誌にも作品連載を始めたことで読者層が広がっていく。戦時下に〈歴史〉へ接近した大衆文学領域において低評価を下された山手にとって、占領下は作品が次々と掲載され、好評を博して読者層が拡大するという、躍進の時期と言える。そのスプリングボードとなったのが、カストリ雑誌と週刊誌という大きな山の狭間に存在したＢ６判雑誌の嚆矢たる『読物と講談』の刊行と、「夢介千両みやげ」の連載であった。さらに山手の躍進は個人のそれに留まらず、時代小説ジャンル全体の再編成を促すことになるが、それについては次節でより広い視野から見ていこう。

三　時代小説ジャンルにおける〈世代交代〉

一般的にどのような業界においても、世代交代や新旧交代と捉えられる事象は発生している。それは当事者たちが感じることもあれば、関係者など周囲の人々や、業界外の受け手側がそう判断する場合もあるだろう。文学の世界においても同様だが大衆文学領域、殊に占領下の時代小説ジャンルにおいては、既存大家から中堅への世代交代に関する言説が散見される。その要因は戦時下で執筆の自由が確保されていた時代小説が、占領下においては先に紹介した「チャンバラ禁止令」という名の制限を受けたことにあるのは想像に難くない。

本章第二節では「夢介千両みやげ」を例に、読者層と出版ジャーナリズムの要望に合致したことによる山手の躍進を論じたが、本節ではより広い視座に立ってみたい。すなわち、大衆文学領域の主たる時代小説ジャンルの世代交代といった抽象的な事象を、作品掲載数などの実証的なデータに基づく量的な面と、作品内容の変化といった質的な面から見ていく。それによって敗戦と占領下という特殊な状況が、同ジャンルだけでなく、文学とメディアのあり方に多大な影響を及ぼした過程を明らかにする。

「チャンバラ禁止令」

本章第二節で敗戦後にＧＨＱ／ＳＣＡＰによる映画の検閲が始まったことや、昭和二〇年一一月一九日付で一三に及ぶ規制項目、いわゆる「チャンバラ禁止令」が提出されたことは述べた。その規制項目を並べてみよう。

一、軍国主義を鼓舞するもの。
二、仇討に関するもの。
三、国家主義的なもの。
四、愛国主義的ないし排外的なもの。
五、歴史の事実を歪曲するもの。
六、人種的または宗教的差別を是認したもの。
七、封建的忠誠心または生命の軽視を好ましきこと、または名誉あることとしたもの。
八、直接間接を問わず自殺を是認したもの。
九、婦人に対する圧制または婦人の堕落を取り扱ったり、これを是認したもの。
一〇、残忍非道暴力を謳歌したもの。
一一、民主主義に反するもの。
一二、児童搾取を是認したもの。
一三、ポツダム宣言または連合軍総司令部の指令に反するもの[27]

真鍋元之によると「同時に大衆雑誌の各編集室へも届《ママ》けられていた」[28]ので、その影響は文学の世界へも波及した。一方で鹿島孝二が、戦争後大衆文芸がどうも面白くなつた、と一般に言われているようである。（…）例えば嘗ての雑誌「文学建設」グループの運動とか、又今日も続いている雑誌「大衆文芸」を中心とした大衆文学運動がその表れ(29)

と述べているように、戦時下の大衆文学領域の主たる時代小説ジャンルが、あまりに史実に忠実な作品を重視したために面白味が失われたという読者、あるいは書き手からの批判が浮上していた。つまりは占領下でチャンバラを封じられながら、娯楽を主眼に据えた作品が希求された時代小説ジャンルであったが、他方で作家の世代交代言説が散見される。

「古い人」世代と「中堅」世代

例えば山岡荘八は昭和二二年の段階で、

古い人はあまり書いていなかつた。大佛次郎が「鞍馬天狗」（苦楽）を書き出しているがまだ批評の時期ではない。吉川英治も白井喬二も沈黙していて、土師清二が時々独特の短篇を発表しているだけである。中堅でも山本周五郎、山手樹一郎、村上元三と待望される人人はあるのだが、果して彼等に戦後の大衆がどう掴めるか？(30)

と、大佛・吉川・白井・土師を「古い人」とカテゴライズし、彼らの執筆が振

作家	出生	作家デビュー
長谷川伸	明治１７年	大正１１年
白井喬二	明治２２年	大正９年
吉川英治	明治２５年	大正１０年
大佛次郎	明治３０年	大正１３年

るっていないと述べている。一方で周五郎・山手・村上を「中堅」にカテゴライズし、彼らが「待望される人人」と指摘している。ここで「古い人」世代にカテゴライズされている作家は、同系列に属する長谷川を含めて、戦時下で既に大家と捉えられていた面々だ。一方で「中堅」に属されている山手らに加え、山岡自身や大林清も含めれば、博文館の『少年少女譚海』の面々であり、「新鷹会」の面々でもある。

さらに両世代のプロフィールを詳細に見ると、「古い人」世代は明治三〇年までに生まれ、大正後期に本格的な作家デビューを果たして文壇へ認知されたという共通点がある。一方で、「中堅」世代は昭和初年代に本格的な文壇デビューを果たし、戦時下に何かしらの賞を受賞しているという共通点が挙げられる。また昭和二三年を回顧した角田喜久雄は、

> 量的に、または質的に最も注目すべき作品を発表したのは、村上元三、山岡荘八、山本周五郎、山手樹一郎等の諸氏であつて、この人々の中には、その力量に於て既に既成大家の域を遥に高く抜いてゐる人もあり、時代は既に移つてゐるといふ感じと一緒に、次年度のこの人々の活躍は大いに期待されると思ふ(31)

と、「中堅」世代が量と質の両面において注目され、なかにはその力量が「古

作家	文壇デビュー	受賞歴
山手樹一郎	昭和８年	昭和１９年・第４回野間文芸奨励賞
村上元三	昭和９年	昭和１６年・第１２回直木賞
山岡荘八	昭和９年	昭和１３年・第２３回『サンデー毎日』大衆文芸
大林清	昭和１１年	昭和１８年・第３回野間文芸奨励賞

い人」世代である「既成大家」を高く抜いていることを、時代が「移つ」たと捉えている。さらに「古い人」世代の土師自身は、

吉川英治、白井喬二、長谷川伸、大佛次郎。注目に値する業績なしであつた。（…）吉川は『高山右近』と『大岡越前』を一応完結した。二作ともこれまでの吉川の業績にくらべて、すぐれてゐる作ではない。長谷川伸は『日本捕虜志』といふ手間のかゝる仕事をしたが、小説ではなかった。大佛次郎は時代小説から手を引いてゐるやうである。（…）いわゆる捕物帖は野村胡堂の『銭形平次』が、いつ終るとも知れない[32]

と述べている。自身が山岡から「古い人」にカテゴライズされていることを知っていたかどうかは定かではないが、戦時下から占領下において、「銭形平次」のみと言っていいほど一つのシリーズを書き続けている胡堂を含めて、手厳しく評価している。以上のように占領下の時代小説ジャンルでは、世代に区分した視座に立って、両グループの創作活動を批評する言説が散見される。では、実際にそのような世代交代と捉えられる事象が起きていたのかを、両グループの同時代紙誌への作品掲載数という量の観点から見ていこう。

媒体別作品掲載数の変遷

次の表は戦時下から終戦までと、終戦からサンフランシスコ平和条約が発効されて占領下が終焉する昭和二七年四月二八日までに区分し、長谷川・白井・吉川・大佛・山手・村上・山岡・大林の掲載作品数の変遷を媒体と方式とで分けたものだ。戦時下をいつからと捉えるかは現在でも意見が割れるが、本書では昭和一四年に刊行さ

れた『昭和十三年・十四年版文芸年鑑』（新潮社）が「記録」欄に「事変と文学」と特集を組んでいること、国家総動員法の公布などを鑑みて、昭和一三年四月一日からを戦時下とする。

表の作成にあたっては長谷川・吉川・大佛・山岡は各全集に収録されている著作年譜を、山手は稿者による著作年譜、白井と村上は『大衆文学大系』[33]（講談社）に収録されている年譜[34]を基にした。加えて、昭和一〇年から昭和二七年の『文芸年鑑』に収録された「新聞雑誌掲載目録」を調査し、先に挙げた全集等と組み合わせることで漏れを補完している。大林は全集等が存在しないので『文芸年鑑』と、国立国会図書館のサーチ機能で調査した結果だ。また、各作家の随筆はカウントしておらず、戦時下までは何でも書くというスタンスで、人気作家として認知されてからは書きたいものを書けるようになった周五郎と、「銭形平次」という長期にわたるシリーズものを短編小説の形で続けていた胡堂は今回の調査から省いた。

作成する際に参考にした資料に差異があるため、単純に作家同士を縦軸に比較することは出来ないが、同作家を横軸に見ることは可能であろう。確かに上段四人のうち白井の読切雑誌以外は、基本的に減少傾向、あるいは横ばいを示している。また、人気作家の一つの指標である連載合計数は長谷川を除いて減少傾向である。また、長谷川はその創作スタ

年代	昭和13年4月1日～ 昭和20年8月15日				昭和20年8月16日～ 昭和27年4月28日			
掲載形態	読切		連載		読切		連載	
	雑誌	新聞	雑誌	新聞	雑誌	新聞	雑誌	新聞
長谷川伸	127	0	9	3	109	2	11	1
白井喬二	12	0	4	3	27	0	1	2
吉川英治	36	0	28	7	10	0	4	2
大佛次郎	60	3	48	13	55	3	23	11
山手樹一郎	153	0	8	3	166	0	26	8
村上元三	38	0	3	4	74	0	10	6
山岡荘八	81	5	18	7	130	2	20	4
大林清	47	0	5	0	126	0	22	1

イルとして舞台用の戯曲やラジオドラマを主戦場としてきたが、その数は五六から七と大きく減少している。三人の中で最も減少傾向を示している吉川に関しては連載数の減少のみならず、戦時下の「宮本武蔵」(『朝日新聞』)の三年一一ヶ月や、「天兵童子」(『少年倶楽部』)の二年七ヶ月、「三国志」(『中外商業新報』)の四年一ヶ月に対して、占領下では「新・平家物語」(『週刊朝日』)の六年一一ヶ月があるものの、「色は匂へど」(『東京』)の一〇ヶ月や「高山右近」(『読売新聞』)の九ヶ月など連載期間が短くなっている。つまり作品の掲載数の減少や、連載期間の短縮という量の観点からは、確かに「古い人」世代の後退ぶりを見て取ることが可能だ。

一方で下段四人は共通して増加傾向である。山手は戦時下では「桃太郎侍」(『合同新聞』)の七ヶ月が最長だが、占領下では「夢介千両みやげ」(『読物と講談』)の四年五ヶ月など、連載期間が延びていることも挙げられる。さらに昭和二三年の「鬼姫しぐれ」(『夕刊とうほく』)や「おしどり街道」(『新講談』)、「一平浮世ばなし」(『読切読物』)のように、同時期に連載を二、三本程度抱えていることも特筆すべきであろう。村上は小説作品だけでなく、テレビの脚本執筆数も一〇から二五と増加しており、テレビというメディアの需要の高まりも関係しているだろうが、その脚本の依頼数が増加していることは重要である。山岡は一七年に及ぶ「徳川家康」(『北海道新聞』昭和二五年三月二六日~四二年四月一五日)の連載や、昭和二二年から二五年にかけてポツダム宣言受諾に基づく勅令一号によって公職追放となっていたことを鑑みれば、山手や村上と同様に躍進と捉えられるだろう。大林は読切と連載共に、雑誌への掲載数が増加傾向にある。以上のように作品掲載数と連載期間という量の観点からは、確かに「古い人」世代から「中堅」世代への〈世代交代〉の傾向が見て取れるだろう。

では、質的観点からはどうであろうか。「中堅」世代では、山手は自身の〈明朗〉モチーフを完成させた「夢介千両みやげ」や、滝沢馬琴「南総里見八犬伝」を翻案して『講談倶楽部』に長期連載した「新編 八犬伝」などの作品を発表している。しかし、基本的には戦前や戦時下における作品構造と変わらない、勧善懲悪の作品群であった。村上はそれまで創作の対象として無下に扱われていた歴史上の人物の造形に挑戦して、戦後初めて新聞連載された時代小説「佐々木小次郎」(『朝日新聞』昭和二四年一二月一日〜二五年一二月三一日)が有名だ。その一方で、戦後はじめて刊行された第三次『大衆文芸』に掲載され、後にシリーズ化する「捕物蕎麦」(昭和二〇年一一月)など、戦前の講談に多く見られるような古いタイプの作品も多い。山岡も先に挙げた「徳川家康」の連載があるものの、「紅蜘蛛狂ひ」(『読物と講談』昭和二一年四月)など、山手や村上と同様の系統作品も散見される。大林も同様だ。このように一概に判断することは難しいが、モチーフの昇華や新たな作風を見せる一方で、粗製乱造ではないものの、その多くが戦時下までの時代小説ジャンルに見られた講談的な構造を持った作品が多いことも否めない。

「古い人」世代はどうだろうか。吉川の終戦後第一作となった「人間山水図」(『東京』昭和二二年四月)は、北宋の画人を題材に取りながら、人間にとっての悪と芸術を説いた作品で新たな作風を見せている。白井は長編から短編へと作品形式を変えながら「盤嶽もの」の続編を発表する一方で、「大盗マノレスク」(『苦楽』昭和二二年三月)などの怪盗・盗賊ものや、明治の風俗を描写した作品などを手掛けるようになる。長谷川は昭和二四年五月から二五年五月にかけて、日本人がどのように捕虜を遇してきたかを詳細に調査した、史伝「日本捕虜史」(『大衆文芸』)へと力点を移動させていく。大佛は、娯楽雑誌と一線を画すという編集方針を掲げた『苦楽』を昭和二一年に創刊している。また、昭和二三年には植民地文化とGHQ／SCAPの占領政策批判を基調とした「帰郷」(『毎日新聞』五月一七日〜一一月二一日)を発表するなど、新たな色を見せていることも事実だ。加えて、

大家としての吉川英治は悠々と「新・平家物語」を週刊朝日に連載し、大佛次郎また「旅路」を朝日新聞に、「鞍馬天狗」をサンデー毎日に連載、長谷川伸は静かに自適の風格を見せ乍ら「寝覚の鐘」その他で独自な

境地を深め（…）(35)

というような、量的ピークは過ぎたけれども決して創作活力という質的な面は落ちておらず、「悠々」自適に邁進していると好意的に取る評価も散見される。

まとめると、質的な観点からは確かに「古い人」世代にも「チャンバラ禁止令」が多分に影響しているが、一概に〈世代交代〉が起きていると言うには、いささか疑問が生じる。むしろ「チャンバラ禁止令」の影響によって新たな作風開拓を見せたのは「古い人」世代であり、「中堅」世代は戦前からの〈時代ユーモア小説〉や捕物帳、あるいは講談的な作品によって雑誌掲載や連載が増加しているという、奇妙なねじれが生じている。また先の引用にあるように、〈世代交代〉を声高に唱えていたのが作家の立場からなされている点も留意される。つまり雑誌社などの出版メディアや、読者という受け手側が、この事象をどのように捉えていたであろうかという問題が浮上してくるのである。

ディスプレイとしての〈世代交代〉

図34は昭和二三年三月『富士』（世界社）の目次だ。同号は「花形作家二十三人集」と題されているが、ここに「古い人」世代の名はなく、「中堅」世代の四名が名を連ねている。また同号には、作者のグラビア写真とアンケート回答も併載

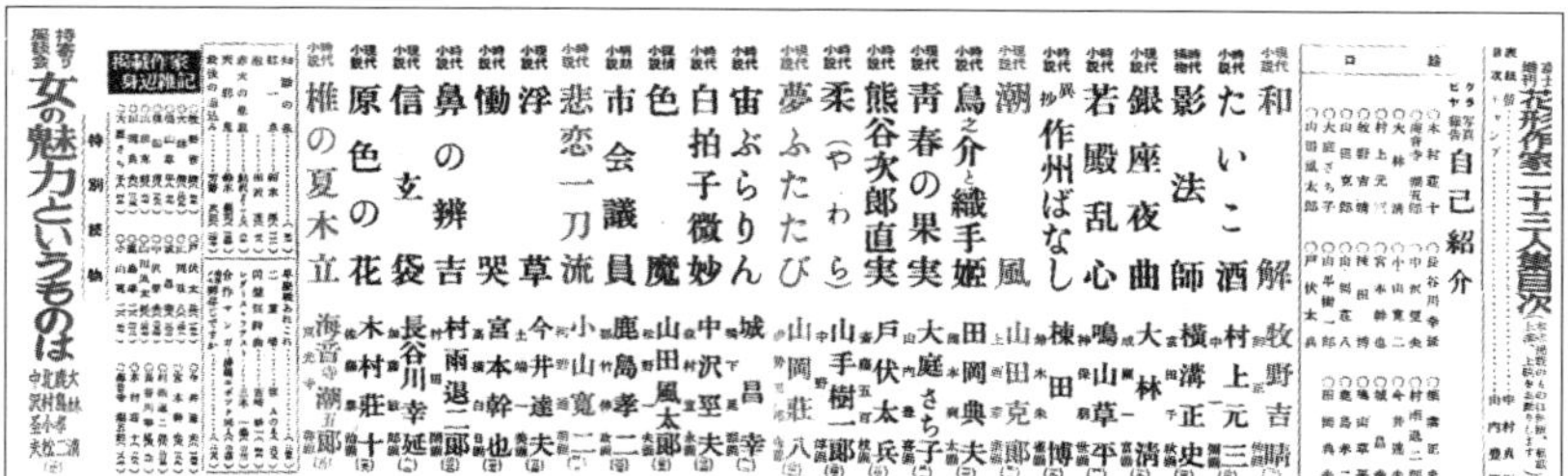
花形作家二十三人集目次
口絵　グラビヤ写真報告　自己紹介
和解　牧野吉晴
たいこ酒　村上元三
影法師　横溝正史
銀座夜曲　大林清
若殿乱心　鳴山草平
異抄　作州ばなし　棟田博
潮風　山田克郎
鳥之介と織手姫　田岡典夫
青春の果実　大庭さち子
熊谷次郎直実　戸伏太兵
柔（やわら）　山手樹一郎
夢ふたたび　山岡荘八
宙ぶらりん　城昌幸
白拍子微妙　中沢巠夫
色魔　山田風太郎
市会議員　鹿島孝二
悲恋一刀流　小山寛二
浮草　今井達夫
慟哭　宮本幹也
鼻の辨吉　村雨退二郎
信玄袋　長谷川幸延
原色の花　木村荘十
椎の夏木立　海音寺潮五郎
掲載作家身辺雑記
特別読物
持寄り座談会　女の魅力というものは

図34（公益財団法人日本近代文学館蔵）

されていて、彼らは文字通り「花形作家」として扱われており、いわば時代小説ジャンルにおける〈世代交代〉の鮮やかなディスプレイとなっている。同様に昭和二三年一月に矢貴書店から発刊された『小説の泉』は、戦後の大衆文学領域へ影響力を及ぼした有力雑誌のひとつだ。同誌の昭和二三年一二月号では目玉として、『五彩の情火』というリレー小説が企画されている（**図35**）。この企画は「花形リレー大ロマン小説」と副題が付けられていて、五人の作家が、それぞれに定めた色（黒・白・金・紅・紫）をテーマに、江戸時代から昭和の戦後までを舞台とした二つの血筋を追う作品をリレー形式で執筆するといった内容。花形の五人は山手・村上・西川満・大林・山岡という人選で、言わずもがな五人のうち四人が先に挙げた「中堅」世代の作家であり、彼らのために用意された企画と言っても過言ではないだろう。ちなみに山手が執筆したのは「黒髪地獄」という作品で、その直筆原稿は豊島区が所蔵している。また第二節で論じた『読物と講談』には毎号、読者からの俳句・短歌・川柳の投稿コーナーも設けられており、その選者をそれぞれ山手・大林・山岡が担当することが同誌のセールスポイントの一つになっていた。

図35

次にひとつの雑誌における誌面の変化を見てみる。昭和一〇年代から戦時下にかけて一定の読者数を抱えながらも、占領下においてその毛色を大幅に変えざるを得なかった雑誌として、『講談倶楽部』（大日本雄弁会講談社）が挙げられる。占領期のメディア分析の一環として検閲制度の影響を論じた山本武利は、講談社は大手であったが、そこにおいても軍国主義的、超国家主義的な内容のものが多かったことは、GHQによる版元別没収書籍の第三位に同社が登場していることからもわかる[36]。

と、昭和一九年頃から大日本雄弁会講談社と軍部が急速に関係を深め、戦意高揚のキャンペーンを大々的に実施することで、出版ジャーナリズムへの影響力を保っていたことを指摘している。実際に同時期の『講談倶楽部』を見てみよう。昭和一八年三月の編集後記を見ると、

三月十日は陸軍記念日である。（…）齋藤瀏氏の『撃ちてし止まぬ』、棟田博氏の『奉天曽我』、口絵写真並に西條八十氏の『大陸軍賛歌』は、この日、この月を記念するための特集である[37]

と、同号が陸軍記念日を特集として取り上げ、それに関連した作品を掲載している旨を述べている。昭和二〇年七月には、

凡そ武士たる者は、時々刻々死を覚悟してゐなければならぬ。家を出てから家に帰るまで死を決し、再び家に帰らなくともよいといふ決心をしてゐなければならぬ――。これは山鹿素行先生の常銘と云はれるが、今帝都に、否、各都市に踏止まつてゐる者の総ての心掛けに共通する言葉であらう[38]

と、戦況が厳しくなるなかでイデオロギー的色彩の強い後記を、江戸時代前期の儒学者の言葉を引用しながら掲載している。同時期の後記にはこのような傾向が見られるが、敗戦直後から次のように一変する。

講談倶楽部は発刊以来の伝統から、今後、ともすれば暗くなるであらう国民の気持を慰め、元気づけ、明るくして、少しでも大御心を安んじ奉るべく努力する――さういふ編集方針で進むつもりである。茲に一言、御諒解願ふ次第である(39)

敗戦後初めて発刊された号では、国民の「慰み」になり「明るく」て「元気づけ」る雑誌であることを表明しつつ、それが「発刊以来の伝統」であることを強調している。またその二、三ヶ月後には、

思はず笑ひ出すやうな明朗な小説、日本再建に志すやうな読物、一つのものを分け合つて生きるやうな人情、親孝行の話、開拓、増産、工夫、さう云つた現在の苦境を何とか打開する示唆を与へるやうなものも欲しい。道義を正すもの、社会をよくするもの、考へれば限りがない。たゞ講談倶楽部は、それ等を論議する雑誌ではない。あくまで読物本位、娯楽慰安を主に、その中から世の中に貢献したいと志してゐるのである(40)

本社は社長、専務以下、全重役、部長、課長、編集長の総辞職が行はれ次いで、理事、参事、副参事等、一切の身分が返上され、（…）戦時中、否、創業以来の旧い一切のものから切離された、新生講談社の今度の動きに、充分御期待頂きたい(41)

とあるように、「明朗」や「娯楽」という点を強調していることは明らかであろう。加えて、社長以下重役を一新することでも変化ぶりを示して「新生講談社」をアピールしたが、山本の指摘のようにＧＨＱ／ＳＣＡＰの検閲から逃れることはなく、同社の柱ともいえる雑誌『講談倶楽部』は「ワーストマガジン」と烙印を押され、昭

和二一年二月で廃刊に追い込まれる。それから約三年の昭和二三年一一月に復刊を果たすが、その誌面には大きな変化が見られた。

図36は復刊号の目次だが、「中堅」世代からは山手・山岡・大林の作品が掲載されており、「古い人」世代の作品が掲載されていない。ちなみに目玉の長期連載「新編 八犬伝」の作者は覆面作家となっているが、実は山手なのだ。同号の編集後記には、「真に面白く（…）家中の者が楽しめる雑誌ということにあります(42)」とある。二号以降も、

> お陰様で復刊第一号は、各方面とも大評判大好評を頂き、発売即日売切れの書店続出という景況を呈しました。（…）ことに『新編 八犬伝』は果然大問題作となり、覆面作家果して誰？の問合せは、今日迄すでに数百通に及んでおります(43)

私共は老若男女、家中の誰もが本当に楽しく読めるものでありたい、と云う念願のもとに、同人一

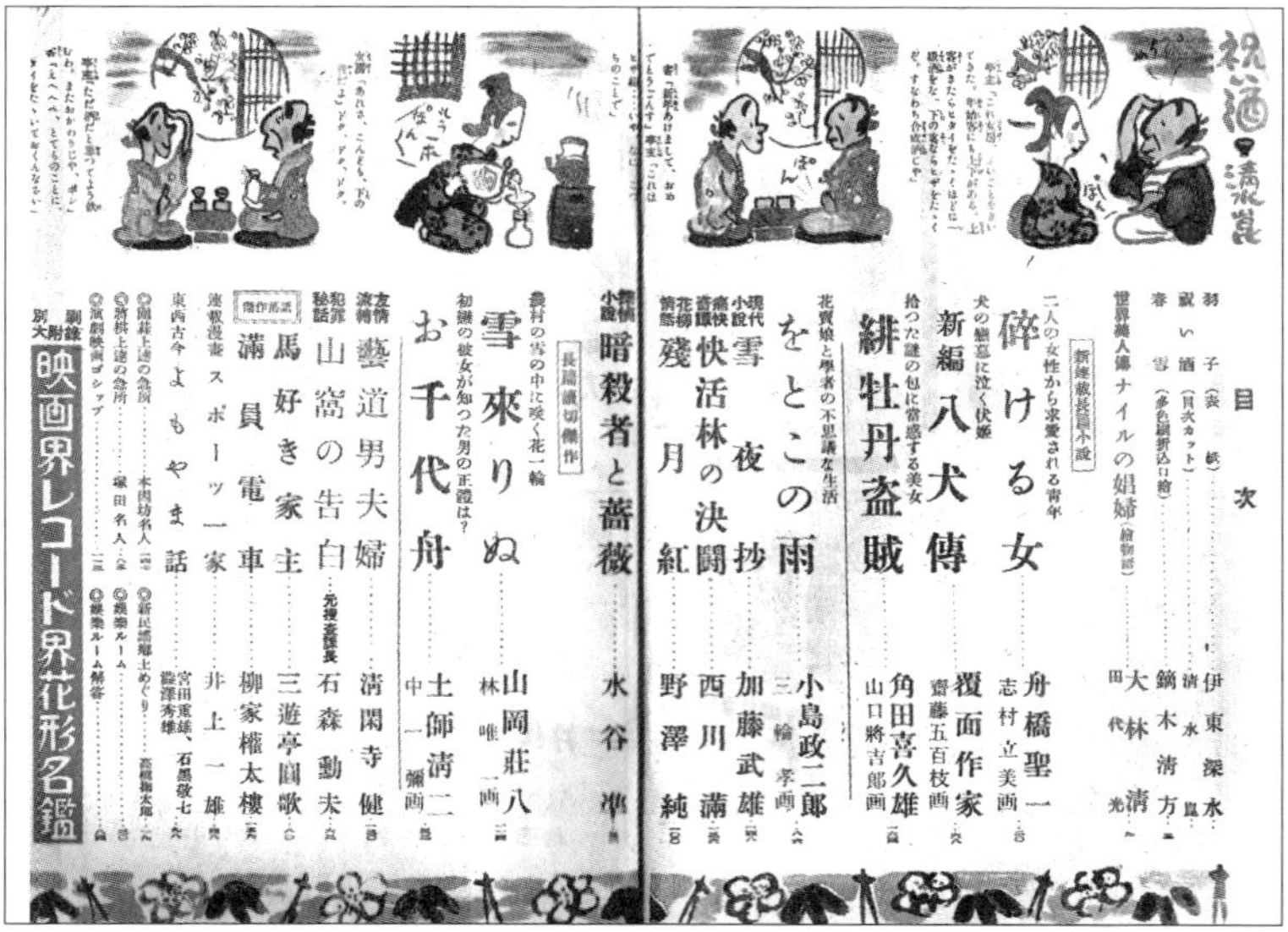
目次
扉子（表紙）……伊東深水
祝い酒（目次カット）……清水崑
春雪（多色刷折込口絵）……鏑木清方
世界美人傳 ナイルの娼婦（絵物語）……大林清 田代光
新連載長篇小説
二人の女性から求愛される青年
砕ける女……舟橋聖一 志村立美画
犬の幽墓に泣く伏姫
新編 八犬傳……覆面作家 齋藤五百枝画
拾つた謎の包に當惑する美女
緋牡丹盗賊……角田喜久雄 山口將吉郎画
花賣娘と學者の不思議な生活
をとこの雨……小島政二郎 三輪孝画
現代小説 雪夜抄……加藤武雄
痛快斎譚 快活林の決闘……西川満
花柳情話 殘月紅……野澤純
情小說 暗殺者と薔薇……水谷準
長篇讀切傑作
農村の雪の中に咲く花一輪
雪來りぬ……山岡荘八 林唯一画
初戀の彼女が知つた男の正體は？
お千代舟……土師清二 中一彌画
友情演綺 藝道男夫婦……湊関寺健
犯罪秘話 山窩の告白……元捜査課長 石森勳夫
傑作落語
馬好き家主……三遊亭圓歌
滿員電車……柳家權太樓
連載漫畫 スポーツ一家……井上一雄
東西古今よもやま話……宮田重雄、石黒敬七、稲澤秀雄
◎圍碁上達の急所……本因坊名人
◎將棋上達の急所……塚田名人
◎演劇映画ゴシップ
◎新民謡郷土めぐり……高橋掬太郎
◎娯楽ルーム
◎娯楽ルーム解答
別冊大附録 映画界レコード界花形名鑑

図36

同微力をいたしております(44)

とあるように「老若男女、家中の誰もが本当に楽しく読める」雑誌への志向を強調し、掲載内容もそれに伴うように、山手の長期連載以外にも「中堅」世代を多く登用している。

下の表は『講談倶楽部』に掲載された作品をカウントしたものだが、「古い人」世代は全体としては減少傾向を示している。一方で、「中堅」世代の山手は読切が減少する代わりに、先に述べた同誌の目玉である「新編　八犬伝」の長期連載（昭和二三年一二月〜二六年九月）を担当している。村上と大林も微増しているし、公職追放処分を受けていた山岡も横ばいだ。つまり、占領下において検閲制度を誰よりも意識せざるを得なかった出版社は、チャンバラや仇討ち物を得意として戦時下で第一線を張っていた「古い人」世代ではなく、〈時代ユーモア小説〉や、捕物帳などの講談的な作品の担い手である「中堅」世代に重心を置いていたと言える。ここで質の問題が問われるが、山手の短編では戦時下までとあまり変化を見せておらず、それ以外の「中堅」世代の作品も同誌に限って見ると、一長一短といったところだ。そもそも個別の作品ごとに占領下の影響を見ることは難しい。しかし、傾向として「古い人」世代から、より「中堅」世代に重心を置いた共有の志向が出版社に存在していたことは了解される。藤井淑禎は大正五年から七年にかけての広津和郎や江口渙らによる「転換期」言説を、創作数の増減という量の変化、作風の差異という質の変化に着目しながら精査し、

年代	昭和13年4月1日〜昭和20年8月15日		昭和20年8月16日〜昭和27年4月28日	
掲載形態	読切	連載	読切	連載
長谷川伸	18	0	3	0
白井喬二	2	0	3	0
吉川英治	7	2	1	1
大佛次郎	1	2	0	0
山手樹一郎	4	0	2	1
村上元三	3	0	5	0
山岡荘八	9	2	9	1
大林清	9	0	12	0

もちろん、新しい作家たちの台頭はあっただろう。しかし、だからといって彼らの作品が量的に『大家』たちのそれを圧倒し、また『大家』たちの書くものがすべて駄作であったなどということはなかった。その意味では『転換期』という見立ては、より多く、コマーシャリズムに汚染されたジャーナリズム主導によるものであったと考えたほうがよさそうである(45)

と論じている。まさに占領下の時代小説ジャンルにおける〈世代交代〉は、「中堅」世代の重用も含めて、検閲を意識せざるを得ない出版ジャーナリズムからの後押しによって声高に叫ばれた言説と言える。そして読者側は、この〈世代交代〉を受け入れたのだ。それは売り上げを重視する出版社として、復刊した『講談倶楽部』が「老若男女、家中の誰も」向けの誌面を志向したときに、作品の出来不出来はともかく、「中堅」世代を重用したとも言い換えられる。ではこの事象に対して、評論家たちはどのように反応したのだろうか。

硬直した評価軸

結論から述べれば、評論家たちからの「中堅」世代への批評は決してポジティブなものではなかった。第三章では、山手が戦時下での大衆文学領域において限定的な評価を下されていたことを確認した。実は他の「中堅」世代への評価を見ても同様のことが言える。例えば山岡の「新芽」(『富士』昭和一六年六月)に対して「この作者の好きな題材らしい(…)余りにも底が見えすいてゐる」(46)、村上の「霧氷」(『モダン日本』昭和一六年四月)に「作者得意の北方ものであるが、感銘が薄い」(47)、大林の「女人の狼火」(『新青年』昭和一六年八月)は、根気と努力は認めるが、斯ういふ努力は全く意味が無い。（…）外見だけの明治を作つて、肝心の明治の時代精神や明治的性格を理解しないでものよかつたのは過去の大衆文学の常道であつた(48)

といった具合に、批判の槍玉に挙げている。「底が見えすいてゐる」や「感銘が薄い」、「過去の大衆文学」という表現は、山手作品への「軽妙」(49)や「気魄を持ち得ない」(50)、「旧態依然たる旧大衆小説」(51)といった表現と同質だ。つまり〈歴史〉への接近に基づいた評価軸が山手に対してのみではなく、大衆文学領域全体に適用されていたのであり、戦時下の大衆文学領域の本流意識であったと捉えられるだろう。では、このような本流意識に基づいた批評軸は占領下ではどう変化したのか。第三章でも触れた評論家の中谷博の批評を見ることで比較してみよう。

中谷は「回顧一年」（『大衆文芸』昭和二一年九月）において、敗戦から一年間の大衆文学領域を振り返っている。同文では『大衆文芸』（昭和二〇年一〇月）に掲載された村上の「捕物蕎麦」と山手の「ざんぎり」を取り上げ、「如何にも気の利いた作品」だが「本筋で誤謬を犯してゐる」と批判している。その理由として、

小説は話の筋を面白く作るだけが能であつてはならぬ。まともに、読者をして成程とうなづかせるものを内に蔵してをらなければ意味がない

と、戦時下における評価軸を思わせる基準を示している。また、大林の「脱刀」（『大衆文芸』昭和二〇年一二月）を「気の利いた短篇」ではあるが「主張」がないとし、山岡の「女の一生」（『大衆文芸』昭和二〇年一〜一一月）には、

作者山岡氏は自己の責任に於いて文学せず、観念の借り衣で、鼻唄をうたつてゐるに過ぎないと、断じている。このように、「中堅」世代の三人に対しても依然として「話の筋の面白」さや、「気の利いた」、「鼻唄」を否定し、「うなづかせるものを内に蔵し」た「主張」を有した作品を求めている。これらの評価には、「中堅」世代の娯楽性を重視した作品が読者の需要と出版ジャーナリズムの後押しによって大衆文学領域を席捲している事態を、文学的後退と捉えたことによる危機意識を孕んでいる。その一方で、戦時下での本流意識に基づいた批評軸が、占領下においても継承されて機能していたとも考えられる。「中堅」世代の量的拡大と需要増加の一方で、戦前の評論家からの低評価という事態は、ある種の齟齬と解釈できるだろう。つまり評論家の硬直したジャンル意識と、読者の需要や出版ジャーナリズムによるジャンル再編成への機運との間に生じた齟齬は、週刊誌の流行とテレビの普及を追い風に、昭和三〇年代前後に起きる純文学や大衆文学といった領域の垣根、あるいは文壇なるものの崩壊へと発展する、いわば戦後メディアの再編成を予兆していたのだった。

そして、占領下の時代小説ジャンルにおける〈世代交代〉言説の実態は、次のように結論付けられる。作品掲載数や連載期間などの量的観点から見れば、出版ジャーナリズムの後押しもあり、漠然とした〈世代交代〉への心性が働いたと言っていいだろう。しかし質的観点からは、創作活力や作品構造に世代間でねじれが生じており、一概に〈世代交代〉と判断するには疑問が生じる。そこで導き出させる結論は〈世代交代〉といった事象というよりは、作品数や掲載媒体の量的拡大と、作品タイプの多様性や棲み分けといった質的拡大、つまりは書き手側と受け手側を内包した時代小説ジャンル全体の裾野の、あるいは読者の選択肢の拡大といった再編成と捉えることができる。

敗戦から五年後、作家の富田常雄は同ジャンルを次のように三コースへ分類して概説している。「第一のコースを行くものは、従来の時代小説と同じ時代を取扱」い、「その時代の中にヒユーマニテイを追求するやり方」の作家、「第二のコースを行くものは、時代小説の風俗小説化」で「原型的にした小説は、道中記もの」、「第三のコースを行くものは、時代小説の時代を特に一定の時代」に限り、「慶長、元和を主として描くグループ」[52]である。この概観に当てはめるならば、世代やその作品内容からみて第三のコースは「古い人」を、第二のコースは「中堅」世代を指している。占領下の時代小説ジャンルにおける〈世代交代〉言説は結果的に、「古い人」世代が「悠々」自適な「大家」となった一方で、「中堅」世代が「花形」へと躍進した、いわば「チャンバラ禁止令」の名のもとで占領下という特殊な舞台に役者が揃った〈顔見世興行〉だったのだ。

四　山手樹一郎の捕物帳

成功にあやかった作品群

本章では敗戦から占領下にかけて見られた山手の躍進ぶり、具体的には『読物と講談』に連載された「夢介千両みやげ」の成功、出版ジャーナリズムの後押しによる〈世代交代〉を論じてきた。本節では、それ以外の注目点を見ていこう。

『読物と講談』の成功にあやかるように、他社から同じ判型で似たようなタイトルの小型雑誌が次々に発刊された。そしてそれらの後発誌から山手への執筆依頼が殺到する。例を挙げれば『講談と実話』に「男の土俵」(昭和二三年九月)、『講談と娯楽』に「狙はれ小町」(昭和二三年一二月)、『実話と講談』に「枯葦」(昭和二四年一月)といった具合だ。新聞では『夕刊とうほく』で連載された三部作「鬼姫しぐれ」(昭和二三年七月一三日～一二月二五日)・「美女峠」(昭和二四年八月一日～一二月二七日)・「又四郎笠」(昭和二五年六月二〇日～二六年一月一六日)も読者から支持を得た作品のひとつだ。現在では『又四郎行状記』として一冊にまとめられた本作だが、記者の田井真孫は、夕刊の刷りあがる時刻になると、社の前へ黒山のように人だかりがして、新聞掲示板のガラスの中に、夕刊が貼り出されるのを待っている。リンタクの駐車場では、リンタク屋さんが、夕刊の奪い合いをはじめる。東北大学の教授室では、博士連中が『夕刊はまだか』と、小使いに督促する、というようなありさまだった(53)

と当時を回想している。また、『埼玉新聞』では「太郎ざむらい」(昭和二六年八月五日〜二七年一月四日)を連載する。注目すべきはそのタイトルで、明らかに代表作「桃太郎侍」に寄せているだろう。真相は分からないが、新聞社側が「桃太郎侍」の成功にあやかろうとしたと考えるのは邪推だろうか。本作は『夕刊河北』においても連載（昭和二七年六月二〇日〜一一月二一日）されるが、同紙では「ぼんくら天狗」にタイトルが変更されており、その後の単行本化の際にも同題で収録されている。

珍しい作品では「輝しき朝」(『地熱』昭和二三年三月）が挙げられる。本作はビルマからの帰還兵が、闇市の広がる池袋駅に降り立つシーンから始まる。つまり編集者時代を除いて唯一の現代小説なのだが、本人の回想や言及もなく、作品集や全集にも収録されていないことを考えると、「山手樹一郎」の人気にあやかった別人による作品の可能性もある。

人気シリーズの登場

占領下は、山手作品の人気シリーズが登場した時期でもあった。すなわち『遠山の金さん』シリーズと、『十六文からす堂』シリーズだ。前者は昭和二三年三月、『小説の泉』に掲載された「金さんと岡っ引」に端を発するシリーズ。「遠山の金さん」と聞くと、テレビドラマで有名な陣出達朗の作品を思い浮かべるかもしれないが、実は山手版の方が古く、遠山左衛門尉が奉行になる以前の遊び人時代を書いている。その後、同年五月の同誌に「金さんと女難」が掲載されるが、同年一一月に泉社から創刊された『講談の泉』に突如、書き下ろしとしてシリーズが再スタートする（図37）。同社の社主は旧友の川口松太郎が務めていたので、その縁かもしれない。目次には「遠山金さん刺青桜」、該当ページには「ほりもの桜　遠山金さん―第一席―」とあり、後の単行本や全集でも「第一話」として収録されている箇所だ。同号にも、

> 林、山手の両先生には本誌企画の当初より、特別の御好意と御助言を賜はり感謝いたしてをりますが、講談の人気者、水戸黄門、遠山の金さんが両先生の快筆に乗り夫々新しい感覚で颯爽と躍り出して参りました(54)

とあり、現在では山手版『遠山の金さん』シリーズ第一話として認識されている。その後は矢貴書店の『評

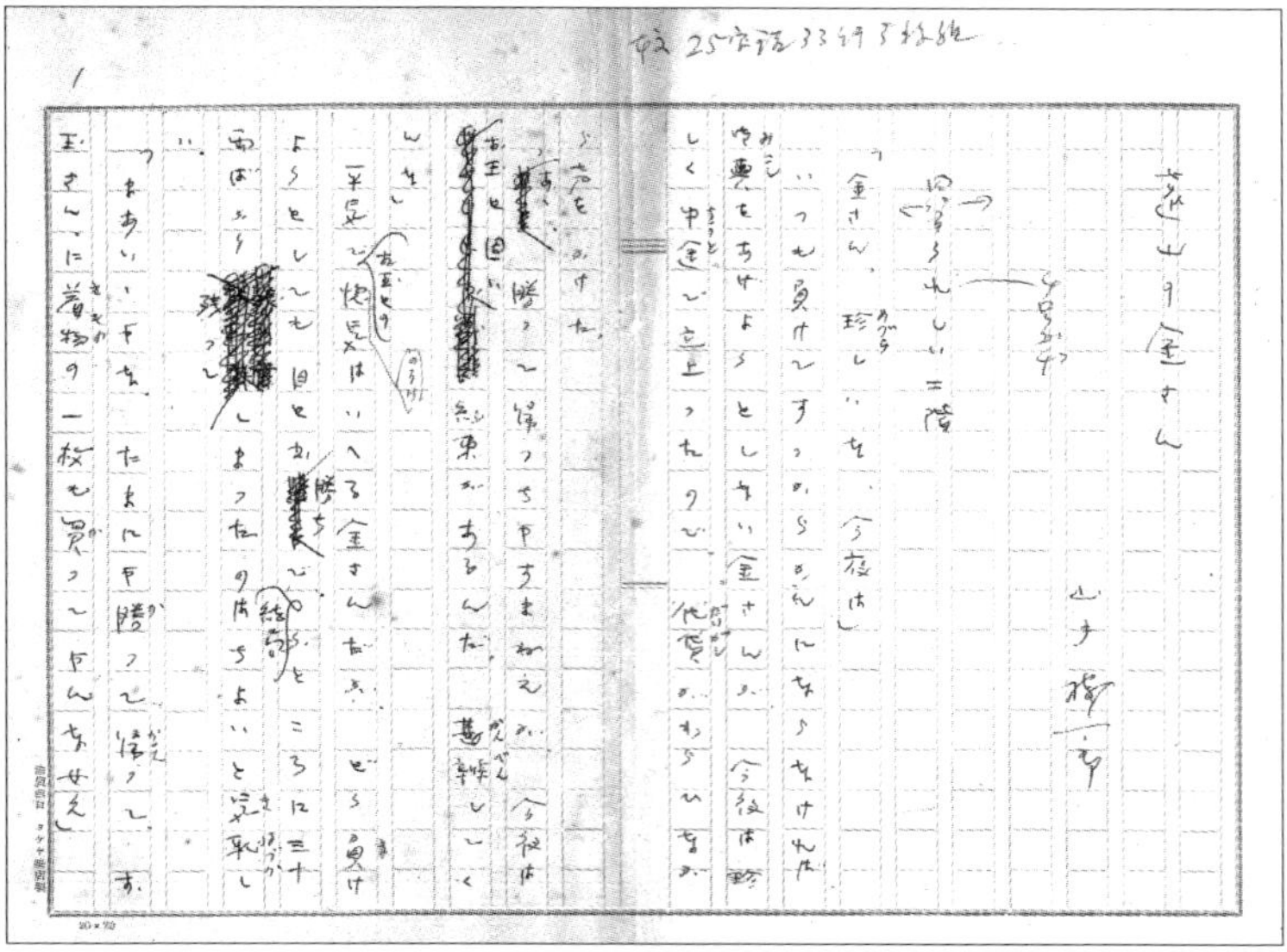

図37　「遠山の金さん」（昭和24年11月）原稿

判講談の泉』に「金さんと拗ね小町」（昭和二三年一二月）と、「遠山の金さん」（昭和二四年九月）が掲載されているが、昭和二五年七月〜二六年六月には『キング』において「金さん捕物帖」を一年間連載している。

同シリーズについて山手は、遠山左衛門尉景之の「史実はあまり調べていない」とし、「巷説に出てくる遠山の金さん」を「捕物帖の主人公にしてみたらおもしろいだらう」と、考えて書き出したと述べている。[55]陣出に先駆けた山手版は、自分が家督を継げば腰元から後添いになった母の胸を痛めるので、それを避けるために遠山家の次男である金四郎が市井の遊び人としての道を選んだという設定だ。その金さんに怪事件が舞い込み、それを解決しつつ居候先のお玉との恋をめぐる作品だが、実は身分のある武家でありながら、市井の遊び人として生きて行こうとする主人公は、「桃太郎侍」以来続いている山手作品の典型的主人公である。また敵との立ち回りでは、

武家初が横恋慕の嫉妬にかりたてられながら、さっと長脇差を抜いて上がり框へとびあがる。「出るな、お玉」心張り棒をとった金さんは、躍りこんできた武家初の激しい刀をよけようとはせず、逆に突っ込むような形で片ひざ立ちに、びゅんと横にはらった。わあっと、武家初が土間へころげ落ちる[56]

と、心張棒や素手で立ち向かい、決して斬ることはないという〈明朗〉モチーフも健在だ。一方で作品内の章題は「殺人事件」や「ぬれぎぬ」、「惨劇の跡」など捕物帳を意識したものになっている。

『十六文からす堂』は残念ながら、連載期間の年月日や紙誌が不明のシリーズだ。現時点の調査では、昭和二五年一二月の『小説の泉』に掲載された「十六文からす堂」が初出雑誌としては最古である。同号には「時代読切新連載」と銘打たれ、

> 山手樹一郎先生の「十六文からす堂」（…）読切連載として、本号より御執筆戴けることになりました(57)

とある。しかし、後の作品集や全集では同号の話は「第七話」として収録されていることから、それ以前の話が別の紙誌に掲載されていたと考えられる。同シリーズは、「上へ墨絵でからすが一羽飛んでいる図を描き、下に一行に、観相手相十六文、からす堂」と書いた旗を持っているからす堂が、得意の観察眼で舞い込んでくる事件を解決する一方で、ヒロインのお紺との恋模様も展開する（**図38**）。そしてからす堂は、朱鞘の大小を身に着けているが、基本的に峰打ちだ。確かにシリーズの終盤では、「今夜は切ると腹にきめて、火のような闘志がじいんと五体にみなぎってくるのだ」と五人のうち二人を絶命させるものの、三人は逃走、黒幕は結局捕縛されるという展開からは、やはり〈明朗〉モチーフを看取できる。そして『遠山の金さん』と『十六文からす堂』の両シリーズ最大の共通点

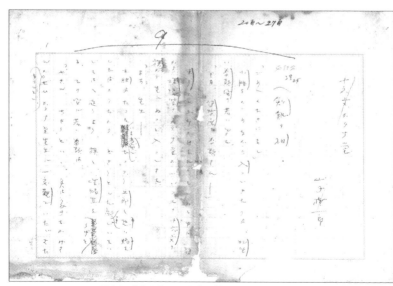

図38　「十六文からす堂」（初出年月不明）原稿

は、どちらも主人公が舞い込んできた事件を解決するという、捕物帳の作品形式を採用していることだ。

捕物帳の戦時下と占領下

尾崎秀樹は捕物帳に関して関東大震災前後を「第一の時期」、満州事変前後を「第二の時期」、日中戦争下を「第三の時期」と、その流行時期を区分している。(58) 捕物帳という作品形式が、岡本綺堂の『半七捕物帳』シリーズに端を発することは論を俟たない。大正六年一月から『文芸倶楽部』(博文館）において連載された同シリーズは、「江戸探偵名話」の副題がついていること、また連載第一回「お文の魂」に「彼は江戸時代に於ける隠れたシヤアロック・ホームズであつた」とあることから、コナン・ドイル『シャーロック・ホームズ』シリーズに多大な影響を受けていることも周知の事実である。『講談倶楽部』・『新青年』・『週刊朝日』・『サンデー毎日』などの連載媒体を変えながら続いた同シリーズだが、大正一三年から一四年にかけて五巻揃えで新作社から刊行された単行本は、たちまち版を増した。これが尾崎の言う第一の時期にあたる。昭和一〇年代には佐々木味津三「右門捕物帖」や胡堂「銭形平次捕物控」など数々の捕物帳が、様々な作家によって執筆された。これが第二の時期だ。そして尾崎は第三の時期を「いわゆる盧溝橋事件から太平洋戦争がはじまる頃までの数年」に、「国策的傾向」によって制限を受けた探偵小説ジャンルの作家が、「好んで捕物小説を書いた時期」と説明している。(59) この時期には横溝正史「人形佐七捕物帳」や城昌幸「若さま侍捕物帳」、六戸部力（久生十蘭)「顎十郎捕物帖」に代表されるように、探偵小説ジャンルの書き手による捕物帳が目立つ。つまり捕物帳は時代小説ジャンルの作品形式であり、大正末期から昭和一〇年代に流行を見せるが、探偵小説作家たちにとっては探偵小説の要素を含んでいるため、戦時下において執筆を制限されながらも、一定の執筆の場を確保された近接ジャンルであるがゆえに選択できた作品形式であった。しかし、敗戦によるＧＨＱ／ＳＣＡＰの占領は、両ジャンルの立場を真逆のものにした。

占領下において、時代小説ジャンルがチャンバラを封じられたことは本章で何度も確認した。このような状況で捕物帳をめぐる動きや言説は活況となる。例えば胡堂の『銭形平次捕物控』シリーズは、戦前からの連載が依然として続いていることからも、一定数の読者を抱えていたと推測できる。また「半七捕物帳」が昭和二三年に同光社から、「右門捕物帳」が昭和二四年に青葉書房から、それぞれ単行本が刊行されるなど、捕物帳への需要は戦前と連続するものが見られる。捕物帳は基本的に岡っ引きなどの主人公が、怪しく謎めく事件を解決していく筋であるから、チャンバラシーンを描かずとも作品が成立する。同時に娯楽的要素も併せ持っているので、チャンバラを封じられた占領下においては好都合の作品形式であった。もちろん時代小説作家全員が占領下において捕物帳を書いたわけではない。しかし、敗戦後はじめて刊行された昭和二〇年一〇月の『大衆文芸』に村上の「捕物蕎麦」が、山手の「ざんぎり」という明治開化後を舞台としたチャンバラシーンのない作品と並んで掲載されている事実は、占領下の時代小説ジャンルにおける捕物帳の重要性を物語っている。他にも昭和二四年三月から『捕物講談』（小説社）の刊行がスタートし、土師の「時代捕物　いろは義賊」（『妖奇』昭和二三年九月）などの時代小説ジャンルの作家はもちろん、横溝正史「智慧若捕物帖」（『中学生の友』昭和二三年一二月）など少年少女向け雑誌にも捕物帳とラベリングした作品が見受けられる。さらに直接の影響かどうかは定かではないが、田河水泡「のらくろ捕物帳」（『冒険世界』昭和二三年一一月）や、志村つね平「三下り半七捕物帖」（『妖奇』昭和二三年一一月）など、漫画においても捕物帳ブームを意識した可能性がうかがえる作品が散見される。

つまり捕物帳は占領下においてチャンバラを封じられながらも、娯楽性を求められるという時代小説ジャンルの再編成が成されるなかで、読者の需要に応えながら、執筆の制限をかいくぐることを可能にした作品形式である。同時に、それは戦時下における探偵小説ジャンルにとっての捕物帳と同じ意味合いであった。そして、「夢介千両みやげ」で成功している山手にとっては必ずしも必要ではなかったかもしれないが、占領下における捕物帳ブームに乗じた作品群が、『遠山の金さん』や『十六文からす堂』シリーズだったということだ。

「捕物作家クラブ」

捕物帳へ注目が集まるなか、それを象徴するかのように「捕物作家クラブ」が結成される。

発起人野村胡堂、土師清二、角田喜久雄、山岡荘八、山手樹一郎、横溝正史、城昌幸、村上元三、大林清、松波治郎、納言恭平（逝去）、藤間哲夫諸氏らの呼びかけで、昭和二十四年七月七日、涼風薫る稲田登戸の紀伊国料亭で発会式を挙げた。（…）人形佐七捕物帳の作者横溝正史氏の座談から発し、探偵作家クラブ会長江戸川乱歩氏が火つけ役となつて、野村胡堂氏を焚きつけあつたので、たちまち、会員七十六名参加結成をみたのであつた[60]

同会は占領下においてチャンバラを封じられた時代小説ジャンルの作家だけでなく、横溝ら戦前から捕物帳を書いていた探偵小説ジャンルの作家や、「画家、新聞記者、映画人、芸能界、出版関係者、代議士など多彩な知識人」[61]が参加し、「探偵小説クラブ」会長の江戸川乱歩の強い薦めによって結成された。会員名簿を見ると捕物帳を書いていない長谷川や吉川の名もあり、時代小説ジャンルの大半と言っても過言ではない規模の作家が所属していたことが分かる。また物故作家の慰霊祭や半七塚の建設、さらに毎年秋に「捕物まつり」と称した文化講演会や、文士画家劇を上演するなど、さまざまなイベントを企画していた。その経費は有志会員の捕物小説を捕物特集雑誌として上梓することで斡旋手数料を拠出し、補填するシステムを取っていたが、このようなイベントには、ジャンルの由来を明示することによって規範化・権威化を図るという意味合いがあるだろう。

昭和二六年三月一一日には「捕物作家クラブ」のハイライトとも言える、「黒門町の伝七捕物帳」の連載が『京都日日新聞』で始まる。同作は山手の他に、村上・陣出・胡堂・横溝らクラブの面々が、毎週日曜版の誌面にリレー形式を用いて伝七を主人公にした短編小説を連載する形で、昭和三五年一〇月一六日まで続いた企画だ。また、連載中から『黒門町伝七捕物百話』（桃源社）と題して、単行本が逐次刊行されるなど大規模な企画だった。しかし新聞一面に収めるという紙面の都合もあり、どちらかと言えば質よりも目新しさを狙った企画だったことも事実だ。その一方で、昭和二九年の大衆文学領域を概括した大平陽介が「捕物小説、探偵小説に目を転ずると、全く低調というよりほかない」[62]と指摘しつつも、

「黒門町伝七捕物帖」を、胡堂はじめ角田、村上など、捕物作家クラブのメンバー二十人が、一年余、連作をつゞけ、すでに八冊からの単行本を出しているマス・コミュニケーションの在り方は、新しい成功の一例として記録にとゞめよう[63]

と述べていることからも、商業的には一定の成功を収めていたのだろう。だが、同企画を以て「捕物作家クラブ」の主だった活動はなくなる。それは時代小説ジャンルにおいて、遠山の金さんや銭形平次とは一線を画した、柳生一族や眠狂四郎らの登場を意味していた。

昭和三〇年代へ

文化に揺り戻しは常であるが、占領の終焉前後から堰を切ったように剣豪を扱った小説が次々に発表され、〈剣豪小説〉ブームなるものが生じる。そのブームを担ったのは「古い人」世代でも、あるいは「中堅」世代でもなく、五味康祐や柴田錬三郎といった、週刊誌を主戦場にした作家だった。もちろん「古い人」世代と「中堅」世代も、それぞれの活躍ぶりを見せる。〈顔見世興業〉の成功は再編成、つまり時代小説ジャンルにおける書き手と作品系統、また掲載媒体の場というパイが揃ったことを意味していた。人と作品と場の揃った時代小説ジャンルは、月刊形態の文芸誌や専門誌から、週刊誌へと移行する雑誌業界を追い風に、純文学と大衆文学の領域の境界線を曖昧にし、その流通はさらに拡大していく。

山手は占領下での躍進をそのままに、チャンバラが解禁された後も〈時代ユーモア小説〉を書き続け、週刊誌においても活躍を見せる。それだけでなく、作品が続々と映画化やテレビ化されていく。まさに山手の名前や作品が、あらゆるメディアを侵犯する〈山手樹一郎氾濫時代〉を迎えようとしていた。

（1）「創刊に際し」（『猟奇』昭和二一年一〇月）
（2）「各社の動き」（『出版情報』昭和二二年一月）
（3）春日放庵「雑誌戦の将来」（『出版情報』昭和二二年三月）
（4）「編集後記」（『苦楽』昭和二一年一一月）
（5）「各社の動き」（『出版情報』昭和二二年一月）

（6）末永昭二「戦中雑誌と消えた作家たち—雑誌『読物と講談』、『共楽』」（『彷書月刊』平成一三年一一月）
（7）「編集だより」（『読物と講談』昭和二一年二月）
（8）石井冨士弥「娯楽小路の物語師（一）山手樹一郎・この作者と読者の共同作業の世界」（『小説会議』昭和五六年一一月）
（9）扇谷正造「大衆雑誌界の回顧」（『書評』昭和二三年一二月）
（10）城戸禮『風よこの灯を消さないで』（昭和三八年三月、集英社）
（11）「愛読者ルーム」（『読物と講談』昭和二三年九月）
（12）注11に同じ。
（13）「愛読者ルーム」（『読物と講談』昭和二三年一〇月）
（14）「愛読者ルーム」（『読物と講談』昭和二七年五月）
（15）「よみこう友の会」（『読物と講談』昭和二五年八月）
（16）木々高太郎「大衆文芸の概観」（『文芸年鑑』昭和二三年九月、桃蹊書房
（17）山手樹一郎『夢介千両みやげ』（平成七年一二月、講談社）
（18）注17に同じ。
（19）注17に同じ。
（20）「愛読者ルーム」（『読物と講談』昭和二三年九月）
（21）「愛読者ルーム」（『読物と講談』昭和二三年一一月）
（22）「愛読者ルーム」（『読物と講談』昭和二五年五月）
（23）「編集だより」（『読物と講談』昭和二三年六月）
（24）「編集だより」（『読物と講談』昭和二四年一二月）
（25）「愛読者ルーム」（『読物と講談』昭和二七年一月）

(26) 注10に同じ。
(27) 平野共余子『天皇と接吻 アメリカ占領下の日本映画検閲』(平成一〇年一月、草思社)
(28) 真鍋元之編『増補 大衆文学事典』(昭和四八年一〇月、青蛙房)
(29) 鹿島孝二「明日の大衆文芸」(『出版情報』昭和二二年九月)
(30) 山岡荘八「最近の大衆文芸（下）」(『夕刊新大阪』昭和二二年五月三日)
(31) 角田喜久雄「時代小説の展望」(『文芸年鑑』昭和二四年九月、新潮社)
(32) 土師清二「時代小説について」(『文芸年鑑』昭和二五年六月、新潮社)
(33) 『長谷川伸全集』(昭和四七年六月、朝日新聞社)、『大佛次郎時代小説全集』(昭和五二年二月、朝日新聞社)、『吉川英治全集』(昭和五九年二月、講談社)、『山岡荘八全集』(昭和五九年一月、講談社）をそれぞれ参照した。
(34) 田辺貞夫「白井喬二年譜」(『大衆文学大系』第九巻、昭和四六年一二月、講談社)、礒貝勝太郎「村上元三年譜」(『大衆文学大系』第二八巻、昭和四八年八月、講談社)
(35) 西川清之「大衆小説界の動き」(『文芸年鑑』昭和二八年六月、新潮社)
(36) 山本武利『占領期メディア分析』(平成八年三月、法政大学出版局)
(37) 「編集後記」(『講談倶楽部』昭和一八年三月)
(38) 「後記」(『講談倶楽部』昭和二〇年七月)
(39) 「後記」(『講談倶楽部』昭和二〇年九月)
(40) 「後記」(『講談倶楽部』昭和二〇年一一月)
(41) 「後記」(『講談倶楽部』昭和二〇年一二月)
(42) 「後記」(『講談倶楽部』昭和二三年一一月)
(43) 「編集だより」(『講談倶楽部』昭和二四年一月)
(44) 「編集だより」(『講談倶楽部』昭和二四年三月)

(45) 藤井淑禎「解説 一九一七（大正六）年の文学」（『編年体 大正文学全集』第六巻、平成一三年三月、ゆまに書房）
(46)「作品月評」（『文学建設』昭和一六年六月）
(47)「大衆文芸」（『大衆文芸』昭和一六年五月）
(48)「各雑誌作品月評」（『文学建設』昭和一六年九月）
(49) 中谷博「村上元三氏と山手樹一郎氏―特に若き作家の意義に就て―」（『大衆文芸』昭和一六年六月）
(50)「作品月評」（『文学建設』昭和一六年一月）
(51)「各雑誌作品月評」（『文学建設』昭和一六年九月）
(52) 富田常雄「大衆小説界の動き」（『文芸年鑑』昭和二六年四月、新潮社）
(53) 田井真孫「山手樹一郎」（『又四郎行状記』第一部、昭和三四年九月、新潮社）
(54)「編集だより」（『講談の泉』昭和二三年一一月）
(55)『新大衆小説全集』第九巻（昭和二五年一年、矢貴書店）
(56)『山手樹一郎長編全集』第一四巻（昭和五二年一一月、春陽堂書店）
(57)「あとがき」（『小説の泉』昭和二五年一二月）
(58) 尾崎秀樹『大衆文学の歴史』戦前篇（平成元年七月、講談社）
(59) 注に58に同じ。
(60) 佐々木杜太郎「捕物作家クラブの歴史」（『名作捕物小説集』昭和二八年二月、岩谷書店）
(61) 注60に同じ。
(62) 大平陽介「大衆文学展望」（『文芸年鑑』昭和三〇年六月、日本図書センター）
(63) 注62に同じ。

第五章

〈山手樹一郎氾濫時代〉／メディアの横断

一　〈剣豪小説〉ブームのなかで

〝売れっ子作家〟

昭和二六年九月八日、連合国との間にサンフランシスコ平和条約が締結された。同条約は翌二七年四月二八日に発効され、占領が終わった。すでに村上元三「佐々木小次郎」（『朝日新聞』昭和二四年一二月一日〜二五年一二月三一日）が『朝日新聞』夕刊の復刊に際して連載をスタートさせていたが、条約の発効によって名実ともにチャンバラが解禁されたことになる。その影響もあり、大衆文学を通史的に把握した先行研究では、占領の終結から昭和三〇年代までを、いわゆる〈剣豪小説〉のブーム期と捉えてきた。例えば、尾崎秀樹は占領下の「チャンバラ禁止令」によって時代小説ジャンルの作家たちは各々に工夫を見せたが、「相対的にはチャンバラ読者の満足感」を満たすことが出来ず、その後に「純文学の世界に育った五味康祐、柴田錬三郎たち」が台頭することによって「剣豪ブーム」を起こしたとまとめている。(1)また〈剣豪小説〉とラベリングされた作品群を研究している牧野悠は、昭和二七年度下半期に五味の「喪神」（『新潮』昭和二七年一二月）が芥川賞を受賞してから、中山義秀や村雨退二郎らが加わり、柴田の「眠狂四郎無頼控」（『週刊新潮』昭和三一年五月八日〜三三年三月三一日）の連載をピークとして、昭和三〇年前後を「『剣豪小説』ブーム」と捉え、その牽引役を五味と柴田であると定義している。[2]

その一方で、昭和三四年八月一〇日の『日本読書新聞』に掲載された記事は興味深い。同記事は「〝売れっ子作家〟の作品の秘密」と題して、同時期に広く読まれている作家について五段組みで特集している（**図39**）。ここで「売れっ子」として挙げられている一人目は、「善意の破滅と倫理の否定」と見出しをつけられた柴田。もう一人は「安定した庶民の平凡な夢」と見出しをつけられた山手だ。この見出しからも、尾崎の言った眠狂四郎という「ニヒル剣士」にカテゴライズされる剣豪を中心に描いた柴田と、敵を斬らない〈時代ユーモア小説〉をもっぱらとした山手が、対比されながら読者に受容されていることが分かる。

先に述べたように、これまで占領の終焉から昭和三〇年代までの大衆文学領域に関する研究は、〈剣豪小説〉のブーム期として捉えるものが主であった。それが事実であるにせよ、より丁寧に見ていけば、剣豪小説とは相反するような〈時代ユーモア小説〉の人気ぶりも無視できないもので、先の記事からも大衆文学領域における二枚看板が、柴田と山手だったと見立てることが出来るのではないか。そこで本章では、同時期における山手が小説だけでなく、様々な形でメディアを横断することで読者に受容されていく過程を論じる。

日本読書新聞

〝売れっ子作家〟の作品の秘密

柴田 錬三郎氏の場合

善意の破滅と倫理の否定

森 秀人

山手 樹一郎氏の場合

安定した庶民の平凡な夢

古田 足日

芸術

図39

〈山手樹一郎氾濫時代〉

かつて評論家の石井冨士弥は、昭和二三年二月に連載がスタートした「夢介千両みやげ」から三〇年代までの山手の活躍ぶりを評して「山手樹一郎作品の氾濫時代」[3]と表現した。これは、多くの紙誌で山手作品が掲載されるようになったこと、そしてそれらの作品が石井自身にとって忘れがたい思い出として残っていることを意味している。山手は占領期における躍進を経て、それまでの掲載紙誌だけでなく、様々な媒体から執筆依頼が舞い込むようになった。では石井の指摘は的確か、と言われればそうではない。むしろそれを遥かに凌駕するレベルなのだ。具体的に言えば、作品が次々に映画化され、貸本業界でも特筆すべき人気を誇る一方で、週刊誌では自身や家族の生活ぶり、果ては収入具合までが近影と共に取り上げられるというような時代の寵児だったのである。つまり占領の終焉から昭和三〇年代まで、あらゆるメディアを自在に横断したのは、山手作品というよりも「山手樹一郎」という名前であり、その意味において〈山手樹一郎氾濫時代〉と評すべきだ。

二　作品の映画化

製作と上映の集中具合

『東宝七〇年映画・演劇・テレビ・ビデオ作品リスト』(平成一四年一二月、東宝)や、『キネマ旬報ベスト・テン八五回全史』(平成二四年五月、キネマ旬報社)、さらに上野一雄『聞き書き山手樹一郎』(昭和六〇年六月、大陸書房)を参考に調査すると、山手作品は現在までに六一本映画化されている。初めての映画化は第二章で扱った、昭和九年「一年余日」を伊丹万作が監督した『武道大鑑』。その後、昭和一〇年代に六本、二〇年代は二六年から再開して二四本と増加、三〇年代に三〇本とさらに増え、昭和三八年一二月の『桃太郎侍』が最後だ。そして合計六一本の内、昭和二六年から三八年に五四本と、ほとんどが占領下での躍進以降に製作されている。さらに上映の集中具合も凄まじい。例えば昭

図40　山手作品の映画台本

和二九年は一年間に九本、三一年と三二年には六本、三五年は八本の山手作品が上映されている。少し大袈裟に言えば、占領の終結から昭和三〇年代までの映画界において、山手作品はドル箱の一つだったということだ（図40）。

市川右太衛門・市川雷蔵

主演を務めた役者は片岡千恵蔵や長谷川一夫、中村錦之助など同時代の大スターばかりだが、一六本と最多を誇るのが市川右太衛門だ。右太衛門は対談で「山手樹一郎の著作の登場人物と似ていますよね？」と尋ねられ、

> 私、うぬぼれかもしれませんけど、そういう気持ちは、ほんとうにありましたなあ。演ってってね、もう、ほんとに自分をそのまま突き出していけば、そうすれば、この人物がね、出てくるんだという気持ちになりましたね[4]

と、原作の主人公との近似を語っている。ちなみに山手と右太衛門は、京都の撮影現場へ山手が訪問したことをきっかけに懇意になる。その際に右太衛門からスッポン料理に誘われたが、山手はスッポンを食したことがなく、恐る恐る食してみると、

> 『ウム、うまい！』私が思わず呟くと、右太衛門さん、得たりといつた顔付で、『どうです、この味は、一寸東京では味わゝれんでしょう』と、自信たつぷりな口振り。お世辞でなしにたしかに美味である。（…）それ以来、私はスッポンの熱烈なファンとなつた[5]

という、微笑ましいエピソードが残っている（**図41**）。

一方で三度の主演を務めた市川雷蔵も忘れがたい。特に山手作品二度目の主演となった大映製作『桃太郎侍』（昭和三二年一二月、三隅研次監督）は多くのファンに支えられ、現在でも根強い人気だ。本作では血の繋がった双子の兄弟を雷蔵が一人二役で演じており、その演じ分けも素晴らしい（**図42**）。雷蔵の後援会誌『よ志哉』に掲載された「予備知識」によれば、

> （…）この映画はストーリーがいいので、私が企画を提案し、まとまつたもの、僕は今年になつて、ユーモアのある二枚目半的な役がなかつたのでその意味でも大いに張り切つている。（…）結局は明るいということ、楽しい映画にしたいことだ[6]

と、雷蔵自身が製作の経緯を明らかにしている。同文では監督の三隅も、

> この映画は雷ちゃん自身が好きで企画を出したもの、（…）明朗活発な味を出してもらうために、セリフもなるべくつめてもらいテンポの速い中で感情が出なければいけない[7]

図42　映画『桃太郎侍』のスチール写真

図41　山手夫妻と市川右太衛門
（山手樹一郎記念会提供）

と答えている。雷蔵が映画化の企画を提案したことは興味深いが、他にも「ユーモア」や「明朗」といった山手原作における重要な要素が製作側にも共有されていたこと、その要素を出すためにテンポを速くするといった工夫がなされたことが看取できる。ちなみにこの映画化が縁で山手と雷蔵の交流が始まり、山手が還暦を迎えた際には、雷蔵が自ら注文して製作した桃太郎人形を贈っている（**図43**）。

さて、山手原作の映画が昭和三八年以降は製作されていないことは前述した。全六一本の内、子会社の第二東映を含め、三五本が東映の製作なのだが、筒井清忠は東映の時代劇映画の基調が「講談、浪曲、歌舞伎、大衆文学などを題材にしたエンターテイメント」であったとして、

昭和三八（一九六三）年に鶴田浩二主演、沢島忠監督の『人生劇場　飛車角』が高い興業収益をあげ、その三部作がすべてヒットすると、東映は『時代劇路線』から『任侠映画路線』へと路線の切り換えを図っていたのである(8)

と論じている。つまりこの路線変更が、山手原作の映画が昭和三八年以降に製作されなくなった要因の一つとして考えられる。いずれにせよ、占領の終焉期から三〇年代まで山手作品の映画化の集中具合は凄まじく、それは作品だけでなく、原作者としてクレジットされる「山手樹一郎」という名前が、映画界で氾濫していたことを意味している。

図43　（山手樹一郎記念会提供）

ラジオドラマ・テレビドラマ

映画ほどではないが『放送五十年史』(昭和五二年三月、日本放送協会)などの資料を見ると、山手作品のラジオドラマ化は現在までに「切餅」(昭和二四年六月)・「流れ星」(昭和二五年八月)・「朝焼け富士」(昭和二九年六月)・「あばれ頭巾」(昭和二九年六~九月)・「あばれ姫君」(昭和三二年一月)・「金四郎桜」(昭和三二年一〇月~三三年五月)・「あばれ剣法」(昭和三四年一一月~三五年一二月)・「尺八乞食」(昭和三四年一二月)・「うぐいす侍」(昭和三六年一月)・「こぞことし」(昭和四一年一月)の一〇本を数える。

テレビドラマ化については、残念ながら調査する体系的な資料が残っていない。しかし代表作である「桃太郎侍」に限ってみれば、『テレビドラマ原作事典』(平成二二年一月、紀伊国屋書店)などによると、昭和四二年から翌四三年に全二六話が日本テレビ系列で放送された尾上菊之助(現在の七代目尾上菊五郎)版、昭和五一年から五六年にかけて全二五八話を数えた日本テレビ系列の高橋英樹版がある。高橋版はその後、テレビ朝日系列で平成四年・五年・六年に単発ドラマとしても放送されている。さらに、平成一八年にテレビ朝日系列で高嶋政宏主演の「新・桃太郎侍」が全八話で放送されている。つまり、単発を含めれば「桃太郎侍」は六度テレビドラマ化されているわけだが、テレビ時代劇の名作として人々の記憶に残っているのは、約五年にわたる人気作となった高橋版だろう(**図44**)。高橋版では名前と父の身分が異なるが、本来は高貴な身分ながら、双子だったために腰元の子として育てられた弟が主人公という設定は原作通りだ。双子の兄弟は高橋の一人二役で、第一話には神島伊織と娘の百合、敵役の伊賀半九郎といった原作と同じ人物たちも登場する。一方で原作がお家騒動と道中物であるのに対し、ドラマ版は基本的に江戸市中を舞台にした一話完結型。また、当初は原作通りに敵を峰打ちにして諭すという話が中心的だったが、それに高橋自身が疑問を抱いていた。そんな折、主題歌を担当していた三波春夫とゴルフをした際に、ドラマが地味だと言われたことを契機に、チャンバラシーンを全面に押し出し、衣装も三波の舞台衣装を参考に派手な柄へ変更となった。このエピソードは、桶川市民ホールで開催された稿者とのトークイベント（令和四年二月五日）で、高橋自身が明らかにしている。

ここまでをまとめれば、映画だけでなくラジオ、また昭和四〇年代以降はテレビでも「山手樹一郎原作」という言葉が氾濫したことになる。こういった映像・音声メディアでの氾濫ぶりは目を見張るものがあるのと同時に、映画版やテレビドラマ版では、原作で志向された〈明朗〉調のキャラクター造形は残っているものの、敵を斬らないという要素は後景に追いやられ、時代劇の王道たるチャンバラシーンが前景化している。また映画化に際しては、原作からタイトルを変えることも少なくなかった。つまり山手作品を忠実にというよりも、山手のネームバリューを借りて映像化するといった製作方針と言える。

図44（株式会社エル・エージェンシー提供）

三　週刊誌ブーム

週刊誌

第四章で戦後の雑誌メディアの変遷は、敗戦直後のカストリ雑誌から占領下の小型雑誌へ、そして占領の終了前後から流行した週刊誌へというルートを辿ると述べた。週刊誌については数多くの先行研究の蓄積が存在する。そのいずれもが参考資料として引用するのが、週刊誌研究会『週刊誌 その新しい知識形態』(昭和三三年一二月、三一書房)だ。同書によれば、週刊誌は大正一一年二月二五日に『週刊朝日』が、同年四月二日に『サンデー毎日』が創刊されたことに端を発する。当初はタブロイド判だったが、戦時下の用紙統制の影響でB5判になった。そして、昭和二〇年から二四年には「時局的性格から中間誌的性格」へ移行(準備期)、二五年から二九年には「飛躍的な滲透と、内容の確立」へ、さらに『週刊朝日』・『週刊読売』・『サンデー毎日』・『週刊サンケイ』の四誌競合時代という発展期を経て、三〇年から三一年の安定期を迎えたとしている。そして週刊誌の定着は、敗戦後のラジオ放送文化が週単位という感覚を育てたこと、物神崇拝性が消えたことによる雑誌の消耗品化、イベントや流行を読者向けに特集する同調行動の提唱の三点に起因していると解説している。このような週刊誌について評論家の加藤秀俊は、「総合雑誌的な高尚な志向と娯楽一辺倒の精神とのすぐれた妥協」を持っており、「関心と無関心の中間にある好奇心という意味」での「高級文化と大衆文化との中間的形態をとる文化」、つまり「中間文化」を象徴した雑誌メディアであったと、的確な言葉で表現している。(9)

それまで時代小説ジャンルの檜舞台と言えば、『講談倶楽部』に代表される倶楽部雑誌と呼ばれた月刊誌だった。しかし、その舞台が昭和三〇年前後に月刊から週刊という、新しいサイクルを売り物にする週刊誌へと移行する。昭和三一年二月一九日に創刊された『週刊新潮』では、看板作品として五味の「柳生武芸帳」が、同年五月八日からは柴田の「眠狂四郎無頼控」がスタートしている。剣豪小説のブームをリードした両名の代表作が週刊誌で連載されたということも、昭和三〇年代の時代小説ジャンルが週刊誌という媒体に掲載されることで読者層を拡大したことを物語っている。第四章で占領下では「古い人」にカテゴライズされていた吉川英治もまた、週刊誌と密接に結びついた作家の一人だ。昭和二五年四月二日から三二年三月一七日にかけて『週刊朝日』に連載された「新・平家物語」が話題を集め、昭和二九年九月、同誌の発行部数一〇〇万部突破に大いに貢献したことはよく知られている。吉川は昭和三七年に逝去したので、昭和三〇年代に別冊も含めて週刊誌に掲載された小説数は読切二作・連載一作に留まっている。しかし同じ「古い人」世代の長谷川伸（昭和三八年逝去）は読切二作、白井喬二は読切一作・連載一作、大佛次郎は連載四作といった状況だ。数の上では大佛のが上だが、「おかしな奴」（『週刊新潮』昭和三一年二月一九日〜五月八日）・「鞍馬天狗　夜の客・黒い手型」（『週刊明星』昭和三三年一〇月一九日〜一一月三〇日）・「鞍馬天狗　西海道中記」（『週刊明星』昭和三三年一二月七日〜三四年二月二二日）・「孔雀長屋」（『週刊新潮』昭和三四年一一月二一日〜三五年六月二〇日）と比較して、先の「新・平家物語」は圧倒的な長期連載だ。吉川自身も「七年間の連載は稀有」であり、感想や励ましの手紙だけでなく、史料も含めて全国各地から「編集局宛てのものはべつにしても（…）この七年間に、おそらく数千通」の私信が読者から届いたと述べている。(10)このように吉川は戦前の「宮本武蔵」（『朝日新聞』）のみならず、戦後の「新・平家物語」

（『週刊朝日』）によって大変な好評を博したわけだが、この事実は昭和三五年の文化勲章の受賞にも影響しているだろう。

山手の週刊誌掲載作品

山手は読切六作・連載六作を週刊誌に掲載している。なかでも『週刊大衆』に連載した「浪人市場」は、連載期間が昭和三三年一〇月二〇日から三九年四月九日までと、約五年五ヶ月に及んでいて、山手の六〇〇作以上にのぼる小説でも最長を誇る。本作は浪人の大川忠介を中心に、彼を慕って次々と長屋に集う浪人たちが悪事を解決していくという、「水滸伝」の影響が見て取れる作品だ。もちろん「明らかに峰打ちのようだが、峰打ちでも強打されれば骨が折れる」(11)と強調したり、

忠介の一刀がきまったのだろう。「わあ」右の高股のあたりを切りあげられた傷態は、ひとたまりもなく絶叫しながらよろよろと左へよろけていって、そのまま神田川べりの土手下へどっと転落していく。（…）「傷は切っ先でかすっただけだ。命に別状はないだろう」(12)

と主人公が述べたりするなど、敵を斬らないという山手の〈明朗〉モチーフは一貫している。その後、一度だけ敵を斬るシーンが描かれる。

目の前で美弥が凶刃をあびせかけられ、無惨にものけぞり倒れるのを見た瞬間、忠介は自分の肩先へはっき

りと痛みを感じ、かっと灼熱するような五体の憤怒が一度に爆発してきた。（…）「えいっ」重兵衛の左肩をあざやかに切りさげていた[13]

眼前で最愛の女性を殺害されたことを受けて敵を斬るシーンなのだが、約五年五ヶ月の長期連載でチャンバラシーンは数多く描かれるものの、敵を斬るのはこの一シーンのみである。占領下での「夢介千両みやげ」のように全く敵を斬らないのではなく、峰打ちなどで極力斬るのを避けるが、それに見合った事由があるときは斬るという作品だ。この点で「浪人市場」は「桃太郎侍」の発展形と言えよう。つまり、本作には山手の志向した〈時代ユーモア小説〉の重要な要素である〈明朗〉モチーフの継続と進展が見られるわけだ。さらに同時代の剣豪小説のブームと比較すれば、〈明朗〉モチーフはより際立っていたであろう。

その一方で、倶楽部雑誌も姿を消したわけではない。昭和三五年に『面白倶楽部』、三七年に『講談倶楽部』が廃刊したものの、依然として『読物と講談』は出版社名を変えながらも刊行を続けていた。さらに『読切倶楽部』や『時代傑作小説』などの倶楽部雑誌は生き永らえながら、一定数の読者を抱えていたことも事実である。週刊誌という新しい雑誌メディアにおいて獲得した幅広い読者層に、古参のファンまでもが加わって山手作品は広く読まれていたということだ。

有名人との対談・家族写真

週刊誌には山手の作品以外も掲載されることが少なくなかった。すなわち有名人との対談や、家族写真の掲載という、いかにも週刊誌ならではの記事である。例えば、山手樹一郎記念会が保存しているアルバムには「昭和

図45　（山手樹一郎記念会提供）

三四年グラビア用」とメモ書きがされた、当時読売巨人軍の選手として二年目を迎えていた長嶋茂雄との対談風景を収めた写真が収められている。また同じアルバムには、山手が書斎で妻の秀と収まるグラビア用の写真も残っている（**図45**）。さらに平凡社から昭和二八年に贈られたアルバムには、掲載年月は不明だが「作家とお嬢さん」と題して山手の肩を

図46　（山手樹一郎記念会提供）

図47（山手樹一郎記念会提供）

図48（山手樹一郎記念会提供）

叩く五女の幸子との切り抜き（**図46**）や、「私の散歩道」と題して山手と秀、孫の洋子が散歩道を歩くページの切り抜きが貼られている（**図47**）。『週刊サンケイ』（昭和二九年一一月二一日）では、「むすめ自慢」と題して三女の明子の写真が、山手の文章と写真を添えた形で掲載されている（**図48**）。こういった有名人との対談写真や家族との日常風景を切り取ったような写真からは、作品だけでなく個人のプライベート、言い換えれば〈山手樹一郎ならどんなものでも〉知りたいという同時代の週刊誌や、その向こう側にいる読者の欲望が垣間見えるだろう。

四　『読書世論調査』と貸本業界

『読書世論調査』

ここまで占領の終焉から昭和三〇年代までの映画メディアや、週刊誌における山手の氾濫ぶりを見てきたが、肝心の作品はどの程度読まれていたのだろうか。その疑問に答えてくれる資料が、毎日新聞社が昭和二二年から始めた『読書世論調査』だ。これは全国の一六歳以上の男女を対象に、一ヶ月に読む書籍・雑誌の冊数や種類や、新聞・雑誌・単行本などを読む時間などを詳細に調査した資料だ。同調査については藤井淑禎が『高度成長期に愛された本たち』(平成二一年一二月、岩波書店）において先駆的な論考を提示しているが、本書でも同調査から見えてくる山手の人気ぶりを確認しよう。

同調査の「あなたの好む著者、執筆者は誰ですか」(のちに「好きな著者と好きな著書」となる）という項目で、山手は昭和二七年度に初めて全体の二三位でランクインする。ちなみに同年度の全体の一位は「横綱」と称されている吉川（四年連続）で、「『宮本武蔵』や『新平家物語』を始め連綿と続く吉川ものの人気から推して確固たるもの」[14]とコメントされている。山手は同年度のランクインを機に同項目の常連となるのだが、その詳細を見てみよう。昭和二八年度が全体の一四位、男性票で六位とランクアップ。その上昇ぶりは、全体の二五位から一二位にランクアップした富田常雄と共にピックアップされている。二九年度は同じく全体の一四位、三〇年度はランク外、三一年度は再び全体の一四位にランクイン。三二年度に全体の一九位、三三年度に全体の一〇位、三四年度は全体で八位と一桁台に上昇する。三五年度は全体の一一位と再び二桁台にダウンするが、「『桃太郎侍』『十六文からす堂』など大衆の人気は根強く、中でも郡部の読者に迎えられている」[15]と、注目すべき一人に挙げられている。三六年度は全体の一二位、三七年度と三八年度は全体の一四位、三九年度は全体の一八位、四〇年度は全体では番外（男性票で二八位）、四一年度は全体の三二位、四二年度は再び全体では番外（男性票で二六位）で、これを最後にランキングから姿を消す。

こうして見ていくと、武者小路実篤や谷崎潤一郎などのいわゆる純文学領域の作家、トルストイやドストエフスキーといった海外作家に対しても引けを取ることなく、特に三一年度から三九年度までは、三四年度の全体八位（男性五位・女性一一位）を頂点としてランクインが続いていることは、同時代において山手作品が広く読まれていたことを如実に証明している（**図49**）。さらに同調査には高校生に「あなたの好む作家、著述家は誰ですか」と質問をした項目もある。ここで山手は昭和三一年の高校二年生男子部門で一六位（石原慎太郎と同位）、昭和三二年の高校一年生男子部門で一六位（谷崎潤一郎・国木田独歩・樋口一葉・有島武郎らと同位）、同二年生部門で一五位（菊池寛・シェイクスピアと同位）、同三年生部門で一九位（ドストエフスキー・石川啄木と同位）にランクインしている。この点からも幅広い世代の読者を獲得していたことが分かるだろう。

好きな著者（男女計）	
1位	井上靖
2位	夏目漱石
3位	吉川英治
4位	石坂洋二郎
5位	武者小路実篤
6位	川端康成
7位	源氏鶏太
8位	山手樹一郎
9位	山本有三
10位	石川達三
11位	志賀直哉
12位	谷崎潤一郎
13位	島崎藤村
14位	松本清張
15位	三島由紀夫

図49　昭和34年度『読書世論調査』における「あなたの好む著者、執筆者は誰ですか」の上位15位

一方で柴田の順位だが、昭和二七年度から三五年度まではランク外。三六年度に全体の二六位にランクインし、三七年度は全体の二一位。三八年度は全体の一三位で、初めて山手の順位を上回る。三九年度は全体の三六位とランクダウンし、四〇年度は男性票で二八位、四一年度は姿を消し、四二年度に男性票で一七位といった具合だ。五味に至っては同期間、一度もランクインしていない。つまり、〈剣豪小説〉ブームの担い手とされている柴田だが、『読書世論調査』に限って見れば決して常連ではなく、山手の人気には及ばなかったということが分かる。

貸本業界

では『読書世論調査』で回答した人たちは、どのように山手作品を読んでいたのだろうか。もちろん雑誌や新聞での連載を追っていた、あるいは単行本を購入した人も多いだろう。しかし、その読まれぶりで注目すべきは貸本という読書形態だ。藤井は高度成長期における貸本業界での山手人気を調査して、「貸本界の帝王」[16]と評している。本書でもそれに準拠しつつ、藤井が用いている同時代の資料を参照してみよう。

例えば「貸本屋調査から」(『図書館雑誌』昭和三一年五月)は、

(1)貴館管下の貸本屋の活動は活発か(数の増加など)。(2)貸本屋の活動が図書館活動に影響を与えているか。(3)与えていればどのように、そしてその対策はどうしているか。或はどうすれば良いと思うか

という全国の図書館を対象に行ったアンケート結果をまとめたものだ。この中で福岡県田川市立図書館は、

貸本屋で読書の習慣をつけたものは容易に他の読者と見分けることができます。それはそのような種類の読者が山手樹一郎、吉川英治といった類の愛読者で、通俗小説以外には見向きもしません。そしてこういう読者は相当に多いのです。貸本屋の図書館奉仕への影響はまずこのような形であらわれています

と回答していて、山手と吉川がその代表格として名前を挙げられると共に、貸本屋が大衆文学を好む読者の拠り所になっていることを報告している。また、金沢市内の貸本屋調査を行った芳井先一「貸本屋調査から―公共図書館と民衆を結ぶもの―」（『図書館雑誌』昭和三一年六月）には、「人気作家・読まれる本」という調査結果がある。

蔵書構成はその地域の利用者の要求によってきまる。勿論山手樹一郎の作品はどんなものでも、という共通したものもあって、中はおおむね限定される。（…）どの貸本屋でも一位山手樹一郎、二位中野実で、三位からは遊興街を除いて、江戸川乱歩、富田常雄、横溝正史、吉川英治、源氏鶏太の順序となっている

ここでは「山手樹一郎の作品はどんなものでも」という、重要なキーワードを含んだ回答がなされている。「種類別にみた人気作家」も掲載されていて、時代小説では山手・吉川・角田喜久雄・野村胡堂・大林清・村上元三・陣出達朗・山岡荘八・大佛次郎・子母沢寛という順だ。

極めつけは社会心理研究所「大衆文学の読まれ方―貸本屋の調査から―」（『文学』昭和三二年一二月）である。この資料は昭和三二年当時の貸本屋を細かく調査したものだが、「好きな作家」のランキングでは漱石・乱歩・山手であると報告している。国民的な作家の漱石、あるいは現在でもテレビドラマ化・アニメーション化されている乱歩に次いで山手の名が挙がっていることは、貸本業界における山手人気を端的に物語っている。本書オリ

ジナルの資料としては、昭和三三年四月の『実話読物』を挙げたい。同誌では「文壇のセンセイ方のズバリ！日本一は？」と題した特集が組まれていて、作家の様々なナンバーワンが報道されているのだが、ここでも山手は「貸本屋日本一の作家」として挙げられている（**図50**）。さらに貸本業界での人気ぶりだけでなく、一年間の単行本出版点数が五七冊と、吉川（四五冊）・実篤（三五冊）・永井荷風（三三冊）・谷崎（三二冊）を抑えて一位に輝いている。「超人的」と評されている単行本の出版点数からも、同時期の山手の読まれ具合を推し量ることができるだろう。

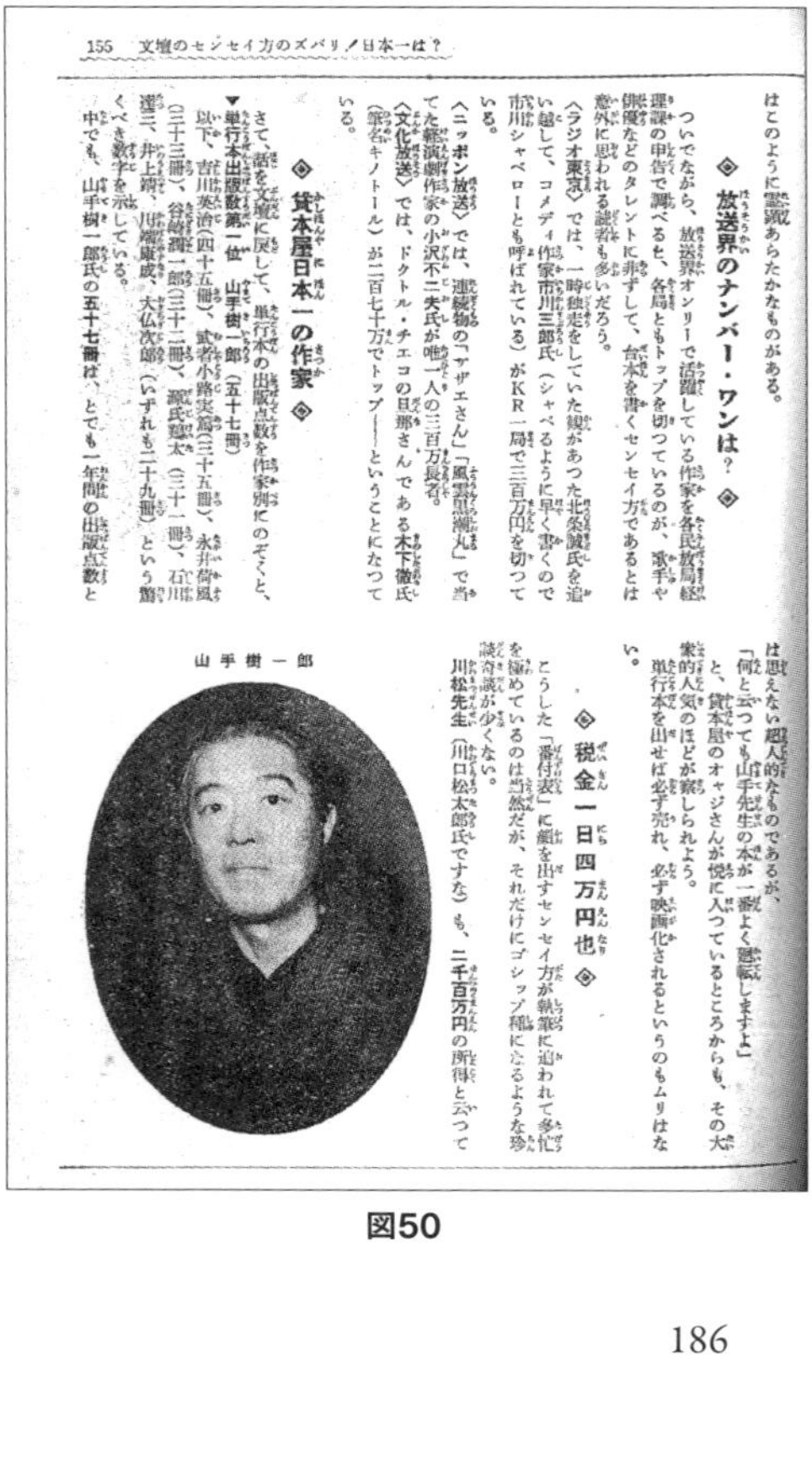
155　文壇のセンセイ方のズバリ！日本一は？

はこのように霊験あらたかなものがある。

◈ 放送界のナンバー・ワンは？ ◈

ついでながら、放送界オンリーで活躍している作家を各民放局経理課の申告で調べると、各局ともトップを切っているのが、歌手や俳優などのタレントに非ずして、台本を書くセンセイ方であるとは意外に思われる読者も多いだろう。

〈ラジオ東京〉では、一時独走をしていた観があった北条誠氏を追い越して、コメディ作家市川三郎氏（シャべるように早く書くので市川シャベローとも呼ばれている）がKR一局で三百万円を切っている。

〈ニッポン放送〉では、連続物の「サザエさん」「風雲黒潮丸」で当てた軽演劇作家の小沢不二夫氏が唯一人の三百万長者。

〈文化放送〉では、ドクトル・チエコの旦那さんである木下徹氏（筆名キノトール）が二百七十万でトップ――ということになっている。

◈ 貸本屋日本一の作家 ◈

さて、話を文壇に戻して、単行本の出版点数を作家別にのぞくと、

▼単行本出版点数第一位　山手樹一郎（五十七冊）

以下、吉川英治（四十五冊）、武者小路実篤（三十五冊）、永井荷風（三十三冊）、谷崎潤一郎（三十二冊）、源氏鶏太（三十一冊）、石川達三、井上靖、川端康成、大仏次郎（いずれも二十九冊）という驚くべき数字を示している。

中でも、山手樹一郎氏の五十七冊は、とても一年間の出版点数とは思えない超人的なものであるが、

「何と云っても山手先生の本が一番よく回転しますよ」

と、貸本屋のオヤジさんが悦に入っているところからも、その大衆的人気のほどが察しられよう。

単行本を出せば必ず売れ、必ず映画化されるというのもムリはない。

◈ 税金一日四万円也 ◈

こうした「番付表」に顔を出すセンセイ方が執筆に追われて多忙を極めているのは当然だが、それだけにゴシップ種になるような珍談奇談が少くない。

川松先生（川口松太郎氏ですな）も、二千百万円の所得と云って

山手樹一郎

図50

「山手樹一郎の作品はどんなものでも」

一方で、貸本業界での読まれ具合から見えてくる山手の人気には他の作家とは異なる点があった。昭和三〇年代に『読書世論調査』の常連だったことは先に見てきたが、その一方で「この一年間で読んだ本のうちでよいと

思ったものは」という項目では、一度も山手作品はランクインしていない。藤井はこの原因を「多作ゆえの分散した可能性」、「大衆文学への偏見のようなもの」と論じている。(17)しかし本書では、個別作品名が挙がらない点に着目したい。例えば前述した社会心理研究所が実施した貸本屋の調査では、貸本屋を利用しながらも単行本を購入した利用者たちが「読みすてるだけでなく、いつまでも自分がもっていたいから」と回答していることを挙げ、自身で書籍を購入する／しないを問わず、貸本屋を利用する行為が「読みすてる」という消費的な意識を伴っていると結論付けている。(18)さらに同調査には昭和三二年九月二一日から一〇月二〇日までの、一ヶ月間における貸出回数及び日数を基にした「貸出しベスト五」なる項目も設けられていて、単行本部門は「原田康子『挽歌』、三島由紀夫『美徳のよろめき』、山手樹一郎の著作、谷崎潤一郎『鍵』、井上靖『射程』」という結果だ。この結果は非常に興味深い。なぜなら山手のみが作品単を挙げられず、「山手樹一郎の著作」と十把一絡げにされているからだ。これは多作かつ、単行本の出版点数が「超人的」(19)なことに起因しており、貸し出された山手作品が分散しているということだ。そして、芳井による調査の「山手樹一郎の作品はどんなものでも」という回答と共通した現象と言える。さらに評論家の山田宗睦は山手の単行本を貸本屋で借りたが、「一度読んだのを、忘れて、また借りていく」、「前に読んでいたと、気づいても、それでもなお読ませる」(20)と回想している。

以上のことから、山手作品は幅広い層の読者を抱えていたが、その受容ぶりはこだわりや特筆すべきような特定の作品ではなく、「山手樹一郎の作品はどんなものでも」という特徴が指摘できる。同時にこの特徴は著作数の多さも起因しているものの、貸本や週刊誌に代表されるような「物心崇拝性が消えたことによる雑誌の消耗品化」(21)から生じた、「読み捨てる」という同時代の読書形態をも反映している。

五　大家へ

渦巻のような氾濫

本章では『読書世論調査』や、貸本業界の調査結果から見える山手作品の特筆すべき読まれぶりを明らかにした。それと同時に、山手自身の名前が様々な形で映画やラジオに代表される映像・音声メディア、週刊誌などの雑誌メディアを自在に横断したことから、占領の終焉から昭和三〇年代までを〈山手樹一郎氾濫時代〉と定義した。**図51**の資料は『デイリースポーツ』大阪版（昭和三二年一一月六日）に掲載された、雷蔵が主演を務めた映画『桃太郎侍』に関する記事である。[22] 本作が雷蔵自身の企画で、明るい時代劇を目指したという内容は、『よ志哉』と似通ったものだが、注目すべきは「気をよくした貸本屋の人気」という見出しだ。記事を引用してみよう。

図51

聞けばいま全国の貸本屋さんでは一番人気のある時代小説だそうですが、私としては自分が選んだ作品が、実は貸本屋さんではベスト・ワンだと聞いて少々気をよくしているところです

もちろん「桃太郎侍」が貸本業界で群を抜いて人気だったのではなく、「山手樹一郎の作品はどんなものでも」[23]であったわけだが、重要なのは貸本業界での人気が当代随一のスターも含めた同時代の人々に共有され、それが週刊誌的な視点で報道されているということだ。つまり原作の映画化・貸本業界における読まれぶり・週刊誌的報道が、それぞれに密接に関連することで、作品だけでなく「山手樹一郎」の名前が、まるで渦巻のように同時代に氾濫していったことになる。

文壇所得番付

このような相互的な反応による渦巻のような氾濫は、所得番付へのランクインという事象へと行きついた。次の資料は、昭和二九年度における作家の収入を伝える記事だ。

去年の文学者の収入（所得税がかけられる申告額）がこんな風になつている。吉川英治、川口松太郎、山手樹一郎、富田常雄、舟橋聖一、菊田一夫、丹羽文雄、伊藤整、大仏次郎、谷崎潤一郎、北条誠、野村胡堂、源氏鶏太、吉屋信子、山本有三、井上靖[24]

昭和二九年度におけるランキングにおいて山手は、「古い人」世代ながら週刊誌と結びついた吉川、大映の重

役も務めていた旧友の川口に次ぐ三位。さらにこの面々は『読書世論調査』における常連メンバーでもある。映画化も重要だが、やはり同時代の読者に読まれる、すなわち作品が連載され、単行本になるという出版流通が収入につながっているということだ。先に引用した『実話読物』（昭和三三年四月）も見てみよう。同誌には昭和三〇年度と、三一年度の所得番付ベストテンが掲載されている。三〇年度では引き続き吉川が一位、二位が舟橋、三位が富田。川口が六位で山手は八位とランクダウン。三一年度では川口が一位にランクアップ、二位に吉川、三位が山手という順位。これで同時期の文壇所得番付では吉川・川口・山手が常連だったことが分かるが、これには作品の映画化も影響していて、例えば昭和三二年では山手作品の映画化が六本に対して、吉川が九本、川口が八本と、これまた凄まじい競り合いだ。

そして昭和三三年度、推定二四〇〇万円という額で山手は文壇所得番付の首位に躍り出る。このニュースは週刊誌で大々的に報道されたが、例えば『週刊文春』（昭和三四年六月八日）は巻頭カラー二ページで特集を組んでいる。また『週刊読売』（昭和三四年五月二四日）では「二千万円の時代小説」と題し、巻頭八ページを割いて、その人気を探っている（**図52**）。同記事では近年の文壇の長者番付において吉川・川口・山手の三人が「クリーンナップトリオ」であること、また映画の「興行的には場外ホームランといった圧倒的なものではなく、確実にヒットするタイプ」であり、「ちかごろ流行の五味康祐、柴田錬三郎氏などのもの」と比較しても製作が楽で、観客が親しんでくれていると、東映京都撮影所製作部長の談が付されている。さらに「〝貸本屋〟

図52　『週刊読売』（昭和34年5月24日）

でのベスト・ワン」を誇り、文京区のＤ店では「必ず同じ本を二冊ずつ用意する」ほどで、「貸本屋としては上得意」であること、単行本は出版すれば桃源社では「一万五千から二万」、新潮社では「平均四万三千部」、講談社は「各冊平均十万」という売れ行きで、これらも首位の要因だと書いている。そして以上の内容が山手の家族写真や書斎、若い頃の写真など共に週刊誌的な視点で報道されている。書斎に座す山手の写真に「書斎の山手氏、ここから二千万円の時代小説が生れる」とコメントを付されているのが、まさにそれだろう。そしてこの特集自体そのものこそが、映画化の集中ぶり・貸本業界での人気・単行本の出版部数の多さ・週刊誌的報道といった事象が渦巻のように絡み合って引き起こした、〈山手樹一郎氾濫時代〉を象徴的に物語っている。

加えて同特集には、山手作品の主人公が「やたらに人を殺さない。たいていは峰打ちか当て身でことをすませる」とある。「やたらに人を殺さない」山手の〈時代ユーモア小説〉の要素が同時代読者にも共有され、それが剣豪小説の旗手たる柴田と対比されている点は、昭和三〇年代に山手が柴田と二枚看板的な人気を誇って、同時代の読者に受容されていたという稿者の見立てが正しいことを証明している。山岸郁子は昭和三〇年代の文壇なるものに週刊誌がもたらした影響を論じながら、「職業としての『作家』の内実から収入にまで興味が向けられる」ことで、「活字文化が作家をブランド化・タレント化させた」[25]と論じている。同時期の山手こそ、まさにその典型例であろう。

（１）尾崎秀樹『大衆文学の歴史』戦後篇（平成元年七月、講談社）
（２）牧野悠「五味康祐『喪神』から坂口安吾『女剣士』へ――剣豪小説黎明期の典拠と方法――」（『日本近代文学』平成二〇年八月）
（３）石井富士弥「娯楽小路の物語師（一）山手樹一郎・この作者と読者の共同作業の世界」（『小説会議』昭和五六年一一月）
（４）「さむらい人生―対談・山手樹一郎の世界⑪」（『山手樹一郎短編時代小説全集』第一一巻、昭和五五年一〇月、春陽堂書店）

（5）山手樹一郎「鮎とスッポンの話」（『講談雑誌』昭和二九年九月、博友社）
（6）『よ志哉』（昭和三二年一一月）。なお本資料は三輪昌子氏にご教示いただいた。
（7）注6に同じ。
（8）筒井清忠『時代劇映画の思想—ノスタルジーのゆくえ』（平成二〇年一〇月、株式会社ウェッジ）
（9）加藤秀俊「中間文化論」（『中央公論』昭和三二年三月）
（10）吉川英治「完結のことば」（『週刊朝日』昭和三二年三月一七日）
（11）『山手樹一郎長編時代小説全集』第四六〜五〇巻（昭和五四年三〜四月、春陽堂書店）
（12）注11に同じ。
（13）注11に同じ。
（14）『読書世論調査 第六回 一九五二年度』（昭和二八年三月、毎日新聞社）
（15）『読書世論調査 第一四回 一九六〇年度』（昭和三六年四月、毎日新聞社）
（16）藤井淑禎『高度成長期に愛された本たち』（平成二一年一二月、岩波書店）
（17）注16に同じ。
（18）社会心理研究所「大衆文学の読まれ方—貸本屋の調査から—」（『文学』昭和三二年一二月）
（19）「文壇のセンセイ方のズバリ！日本一は？」（『実話読物』昭和三三年四月）
（20）山田宗睦「解説」（『昭和国民文学全集』第一五巻、昭和五三年三月、筑摩書房）
（21）週刊誌研究会『週刊誌 その新しい知識形態』（昭和三三年一二月、三一書房）
（22）本資料は三輪昌子氏にご教示いただいた。
（23）芳井先一「貸本屋調査から—公共図書館と民衆を結ぶもの—」（『図書館雑誌』昭和三一年六月）
（24）なかの・しげはる「文芸時評—外とのつながり（二）—」（『新日本文学』昭和三〇年五月）
（25）山岸郁子「『文壇』の喪失と再生—『週刊誌』がもたらしたもの—」（『文学』平成一六年一一月）

第六章

大衆文学の大家／作家との交流

一　講談社版全集

大家への道程

第五章では占領の終焉から昭和三〇年代において、原作の映画化・貸本業界での人気・週刊誌的報道といった現象が、それぞれ密接に関連することで〈山手樹一郎氾濫時代〉が到来したと論じた。本章ではその氾濫ぶりと、文学の世界における大衆文学領域の地位の向上を追い風に、山手が大家となっていく過程を追っていく。また彼が所属した団体や、他の作家との交流も併せて見ていこう。

昭和三八年の『文芸年鑑』において武蔵野次郎は、「格別目立った動きと云つたものには欠けるが、一応の賑わい」[1]と時代小説ジャンルを概括している。続けて個別の作家に対してコメントしているのだが、柴田錬三郎については、

「柴錬立川文庫」（オール読物連載）と「江戸八百八町物語」（小説中央公論連載）、週刊誌で大看板の観がある「眠狂四郎殺法帖」（週刊新潮連載）と「剣と旗と城」（週刊サンケイ連載）があり、テレビ映画で大当りをとった「図々しい奴」の系譜をひく明治ものに「明治一代男」（文芸朝日連載）があった

と、評している。一方で「新鷹会」の面々については、

村上氏の新聞小説では、先の「大阪城物語」（文芸朝日連載）につづく観のある「戦国一切経」（東京新聞朝刊連載）があった。週刊誌では「天の火柱」（週刊現代連載）が始まった

時代小説が比較的少ない小説現代誌上でひとり奮戦の態であったのが、山手樹一郎の「放れ鷹日記」（小説現代連載）である。（…）クラブ雑誌でお馴染みの「十六文からす堂」（読切倶楽部連載）を活躍させている

山岡荘八には大作「徳川家康」の再開があるだけに、短篇もそう多くないが、「八弥の忠義」（オール読物五月号）、「坂崎出羽守」（同十一月号）などの好短篇があった。（…）氏もクラブ雑誌で長篇「異本太閤記」（小説倶楽部連載）を書きつづけているのは注目すべきである

と、変わらない活躍ぶりを伝えている。加えて同文には、昭和三〇年代後半から四〇年代にかけて活躍する次世代の作家も象徴的に取り上げられている。すなわち司馬遼太郎と池波正太郎だ。この年の司馬の活躍ぶりを「目をみはらせるものがあった」として、「新選組血風録」（『小説中央公論』昭和三七年五～一二月）、「竜馬がゆく」（『産経新聞』昭和三七年六月二一日～四一年五月一九日）などの具体的な作品名を挙げて、「まさに司馬遼太郎躍進の年であったというにふさわしい」と高く評価している。池波に関しても同様に肯定的な評価をしつつ、「一時に長篇の花が開いた観さえあったことも印象に残った」と述べており、司馬や池波などの次世代が躍進していく予兆が昭和三八年時点で示されている。

「自分の足跡」

作家としての地位を確立した山手は、昭和三五年九月、初めての個人全集を講談社から全四〇巻で刊行する。「桃太郎侍」や「夢介千両みやげ」などの代表作はもちろん、異色の三部作『崋山と長英』や当時まだ連載中だった「浪人市場」、さらに「うぐいす侍」などの短編も収録したラインナップだ。山手自身は講談社から全集刊行の依頼があった際、「出来不出来もあって、玉石混淆」なので辞退していたが、

（…）これまで書いたものを一応ここでまとめておくという、軽い気持で出してみてはどうかとすすめられ、ふっとその気になったのは、ともかくも二十年間筆一本にすがって生きてきたのと、出来不出来は別としてどれも苦労して書いてきた自分の足跡なのだと考えなおしたからである(2)

と思い直して、依頼を受けた。博文館を退職して専業作家になってから二一年目を迎えた山手の、まさに一つの区切りといった全集だ。それと同時に、全集を刊行できるだけの人気作家として認知されていたということも言えるだろう。同全集には毎巻月報が付録として付いてきたが、山手による作家人生を振り返る回想類だけでなく、「新鷹会」から山岡や村上元三、家族では妻の秀や長男の朝生などもエッセイを寄せている。貴重な情報が満載の月報は、全集刊行終了後に『山手樹一郎全集記念文集』として一冊にまとめられ、非売品として関係者に配布された（**図53**）。

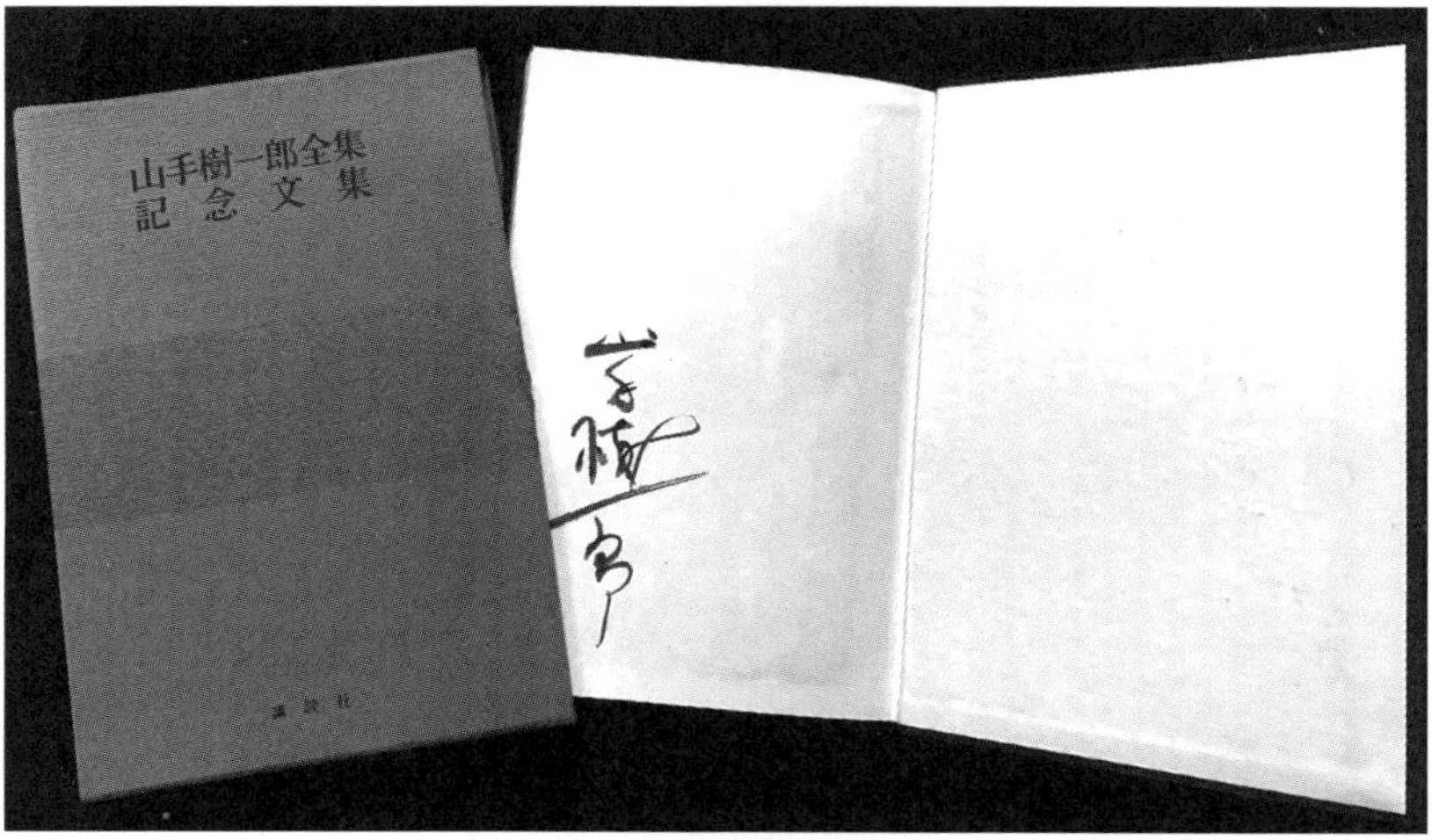

図53

二　時代小説ジャンルの権威化

文壇の崩壊

第五章で昭和三〇年代における週刊誌という雑誌メディアの隆盛を見たが、それと並行して中村光夫曰く「純文学の芸術性と、大衆文学の面白さを兼ね備へた中間小説」(3)が台頭し、それを受けて昭和三〇年代に、いわゆる純文学と大衆文学という領域の区分について再検討する機運が生じた。実際に評論家の十返肇は山手の名前を出しながら、

批評家は山本周五郎や海音寺潮五郎を、大衆文学の代表選手として取り上げているが、現実に読者をはるかに多くもつ山手樹一郎や川口松太郎には言及したことはない。これでは、現実の「大衆文学と純文学の関係」を正しく把握したことにはならないであろう(4)

と、同時代の批評家が取り上げる大衆文学領域の作家や作品と、実際に読者が読んでいるそれとに乖離があるこ

とを、「空転」という言葉を使って指摘している。しかしその一方で山岸郁子が、

（…）作家は「文壇」イデオロギーを意識する間もなく、きっかけさえつかめば多忙多収入な流行作家となることが可能になった。ここで言うイデオロギーとは、自然主義・私小説の中に浸透し、「文壇」の空気を支配していた「純文学」という概念といってもよい。（…）多チャンネル化することによって、それを統括するような従来型の〈場〉の生成が無効になるのである[5]

と論じているように、昭和三〇年代における週刊誌の流行によって文壇の大家であろうが、無名の新人であろうが、作品が週刊誌で話題になり、書籍が売れ、映画化されれば、その作家は小説家として認知され、収入が増えるという単純明快な市場原理が提示されたことも事実だ。

あるいは視点を変えるならば、文壇や純文学領域が同時期の議論で大衆文学領域を積極的に取り上げていることは、同領域の需要の高さを物語っている。曾根博義は昭和三〇年代から四〇年代までを、「文学全集の全盛期であると同時に新聞の文芸時評の全盛時代」[6]であるとし、同時期における評論の役割に注目している。新聞の文芸時評は『新潮』・『文学界』・『群像』などの純文学領域の雑誌に掲載された小説が中心であったが、大衆文学領域の拡大ぶりは留まることを知らず、それは『朝日新聞』を除いた各紙が『大衆文学時評』・『推理小説時評』・『中間小説時評』などを創設し、平野謙や小松伸六らに担当させていたことにも象徴されていると論じている。ここからも大衆文学領域、その主たる時代小説ジャンルが、相対的に文学のなかのシェアを拡大していることが分かる。

さらに先の十返の指摘にもあるように、同時代の大衆文学領域に関する議論において、山手の名が挙がっていることにも注目したい。例えば中村真一郎は、純文学領域は「養分」として大衆文学領域の虚構性を取り入れる

ことを提唱し、自身も「源氏鶏太を、山手樹一郎を、山本周五郎を、真面目に研究する」と述べている。[7]この中村の言葉を福田宏年は「アイロニー」[8]として受け取っているが、評論家が大衆文学領域を話題にする時、山手の名を挙げていること自体からも同時代における人気作家ぶりが垣間見える。そして、市場原理に基づいて文学のなかのシェアを拡大した昭和三〇年代の大衆文学領域と、その主たる時代小説ジャンルは、その時流に乗って権威化の様相を呈していく。

「部屋といわれる結束」

昭和三一年一月一日の『図書新聞』に掲載された大井広介「剣豪ブームの秘密 大衆文芸の史的背景を見る」は、時代小説ジャンルの歴史的な発展過程を辿り、同時期の〈剣豪小説〉ブームとの結びつきを指摘している。ここで大井は昭和三一年時点の時代小説ジャンルを概観して、

> 支配的なのは『遠山金さん』シリーズであり、『次郎長三国志』シリーズである。新講談である。作品がウケることを狙っているばかりでなく、――部屋といわれる結束が、更に繁栄を助長しているように感じられるのは私は厭だ

と批判している。テレビ時代劇の原作である神出達朗版は、昭和三〇年に東京文芸社から第一巻が刊行されたばかりなので、ここでいう「『遠山金さん』シリーズ」は山手版だろう。また『次郎長三国志』シリーズは村上の作品、「部屋といわれる結束」とは長谷川伸の下に集った「新鷹会」を指していることは容易に想像がつく。要

するに大井は、占領下に勢力を拡大した山手や村上らの「新鷹会」による作品を、「ウケること」を狙った「新講談」と批判しているのだ。しかしそれは同時に山手らが時代小説ジャンルにおいて、人気作家として君臨していることの証左とも言える。

『代表作時代小説全集』

同時期の時代小説ジャンルでは、権威化の動きも看取できる。それを象徴するのが『代表作時代小説全集』の発刊だ。同書は昭和三〇年一〇月から年一冊のペースで刊行されたが、創刊号の「まえがき」では尾崎士郎が、「戦後の日本文学」の「あたらしい方向を約束するための正しい標識」となることは疑う余地も無いと述べている。[9] 創刊号に収録されている作家は井上靖・井伏鱒二・井上友一郎・尾崎・海音寺・五味康祐・子母澤寛・富田常雄・中山義秀・中沢巠夫・長谷川・土師清二・松本清張・村上・村雨退二郎・山手・山岡・周五郎の一八名。「新鷹会」や戦時下の『文学建設』一派、〈剣豪小説〉の担い手たち、また純文学領域の作家も含めたラインナップだ（**図54**）。アンソロジーなので短編のみが収録されるからなのか、吉川英治や大佛次郎の名は創刊号以降も見当たらない。真鍋元之は、創刊号掲載の作家から井伏・井上・尾崎を除いて南条範夫と柴田を加えた作家

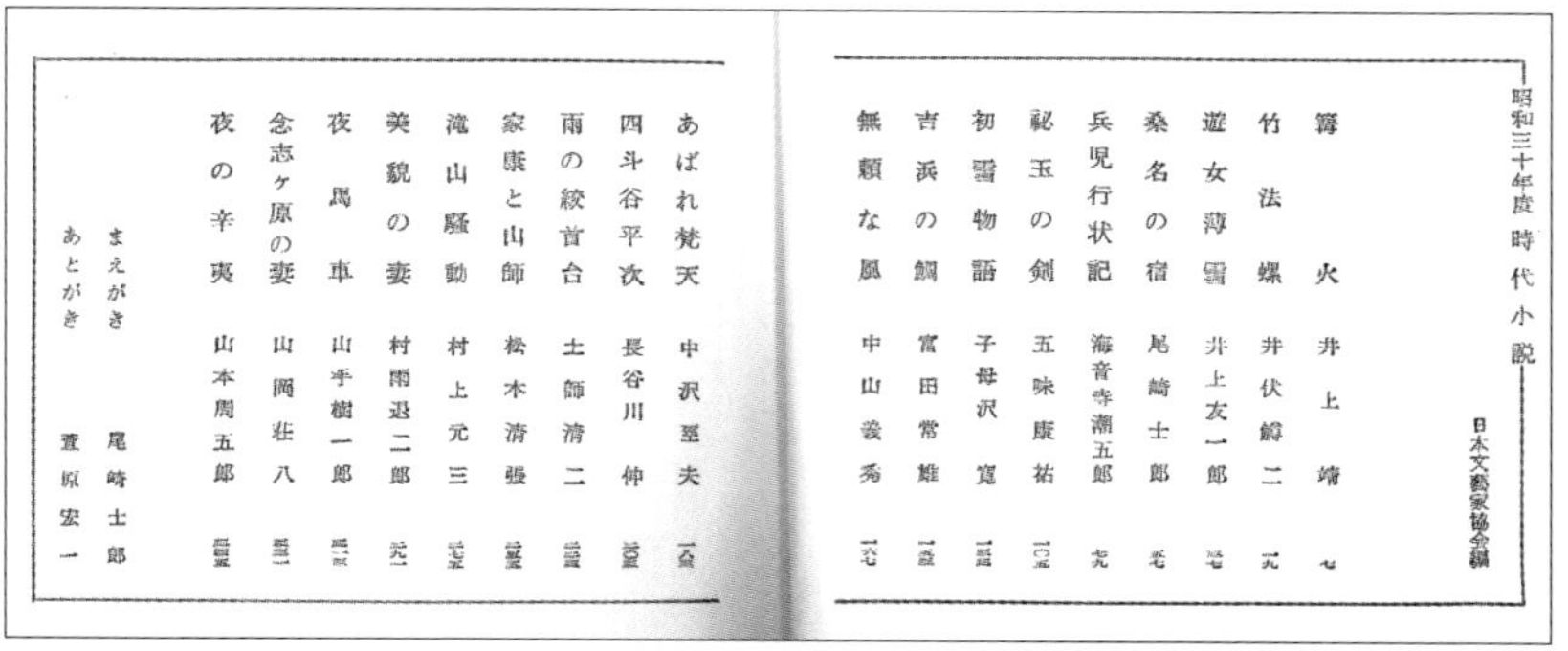
昭和三十年度 時代小説
日本文藝家協会編

篝火 井上靖
竹法螺 井伏鱒二
遊女薄雪 井上友一郎
桑名の宿 尾崎士郎
兵児行状記 海音寺潮五郎
秘玉の剣 五味康祐
初雪物語 子母沢寛
吉浜の鯛 富田常雄
無顔な凪 中山義秀
あばれ梵天 中沢巠夫
四斗谷平次 長谷川伸
雨の絞首台 土師清二
家康と山師 松本清張
滝山騒動 村上元三
美貌の妻 村雨退二郎
夜馬車 山手樹一郎
念志ヶ原の妻 山岡荘八
夜の辛夷 山本周五郎
まえがき 尾崎士郎
あとがき 萱原宏一

図54

陣が同書の「レギュラーメムバア」であり、「好むと好まざるに拘らず」、現在の大衆文学領域は「これらの作家たちによって支えられている」と述べている。[10] つまり同書はまるで教科書のように、また収録された作家は代表選手であるとともに、「あたらしい方向を約束するための正しい標識」であり、「これからの時代小説の水先案内」[11]であり、「これから時代小説を書こうとする人々にとつて、よいお手本」[12]として、同時代の読者に提示されたということだ。そして、その中心人物の一人として山手の名が挙げられているのである。

「日本作家クラブ」

占領下における捕物帳ブームの象徴として結成された「捕物作家クラブ」と、同クラブに山手が所属していたことは第四章で述べた。同クラブは、昭和三五年に文壇党派的な一切を排除と純文学至上主義と一線を画すことを掲げて「日本作家クラブ」へと形を変える。そして山手はもちろん、野村胡堂などの時代小説作家や、乱歩をはじめとした探偵小説作家も横滑りでここに所属した。初代会長には胡堂が就いたが、翌三六年には山手が第二代会長に就任する（**図55**）。三七年に吉川が、

日本作家クラブ

会長　山手樹一郎
理事長　城昌幸
副理事長　陣出達朗
同　佐文字雄策
事務局長　荻原秀夫
事業部
著作権協議委員会委員長　古長六郎
随筆手帖編集長　北園孝吉
名誉会員　土師清二
川口松太郎

常任理事
今村恒美　荻原秀夫　鹿島孝二　北園孝吉　志村立美　島田一男　名和弓雄　矢貴東司
理事
青山与平　加藤敏郎　木屋進　栗田信
監事
小林秀美　小山竜太郎　杉山幸一　谷屋充　中川秀秋　御正伸　宮本幹也　村松駿吉　横尾真一　守川孝　古長六郎

図55　山手が会長時代の日本作家クラブ会員名簿
（昭和44年6月）

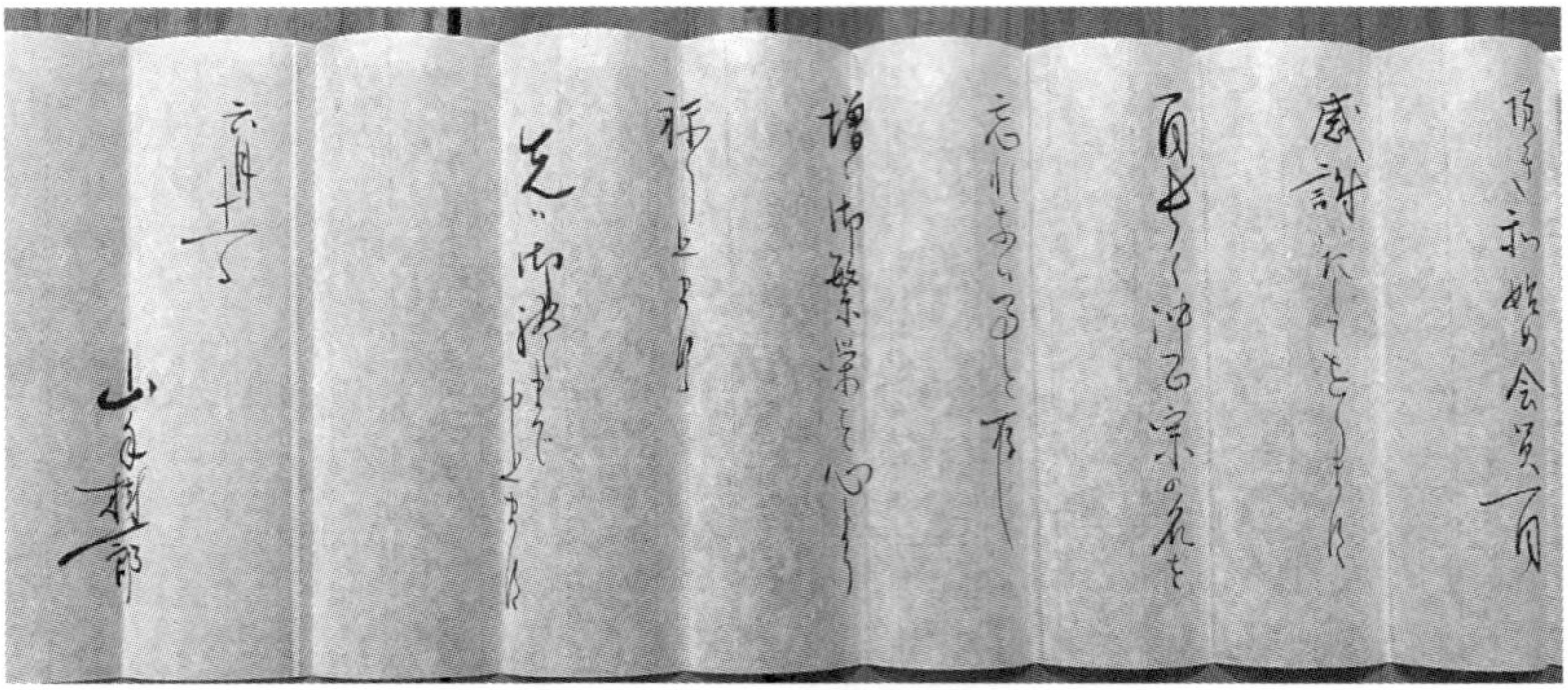

図56　日本作家クラブが昭和40年6月8日に米沢へ訪れた際に、お世話になった方に送った山手直筆の礼状

三八年に胡堂と長谷川が鬼籍に入るなかで、時代小説ジャンル、ひいては大衆文学領域の大家として山手が同クラブ会長に就任したことは、何ら申し分がなかったからと言えよう。これは同時に大衆文学領域の担い手たちが、「日本作家」と名乗ることに何ら異論が出ないほど、大衆文学が流通拡大を見せていたことの証左でもあろう。

山手は胡堂の遺志と姿勢を継承しつつ、全国各地でイベントを開催してクラブの活動を周知したり、昭和四八年には「日本作家クラブ賞」を制定したりするなど、クラブの発展に尽力した（図56）。同クラブは現在でも活発に活動しており、「野村胡堂文学賞」や「あらえびす文化賞」（あらえびすは胡堂の筆名）の創設や、直木賞候補の推薦など、時代小説ジャンルの発展に大いに貢献している。

三　「豊島文人会」・作家との交流

江戸川乱歩

山手は占領の終焉から昭和三〇年代にかけて〈山手樹一郎氾濫時代〉を迎えると共に、大衆文学領域、あるいはその主たる時代小説ジャンルの地位向上を背景に、同ジャンルの盟主として認知されていった。そして探偵小説ジャンルの盟主、乱歩との交流もこの時期に始まる。両者は現在の豊島区に長く在住していたこともあり、「豊島文人会」なる団体に所属していた。地域と作家の結びつきといえば、大正から昭和初期にかけて芥川龍之介や室生犀星らが居を構えていた田端文士村、あるいは萩原朔太郎や川端康成らが住んでいた馬込文士村などが有名だ。また豊島区域では、貸し住居付きアトリエ群と、そこに住む芸術家たちの活動拠点であった「池袋モンパルナス」がよく知られている。しかし同地域には乱歩と山手以外にも大下宇陀児や三角寛などの作家も多く居を構えており、個々には彼らの仕事ぶりは知られているが、その交流に関してはほとんど注目されることがなかった。また山手の作品系譜を見れば、同会が本格的に活動した昭和三〇年代前後に少年少女向け作品が散見されるが、「豊島文人会」結成前後に発表した作品には乱歩の影響が垣間見える。そこで乱歩を中心に、山手と他の作家たちとの交流の軌跡を追っていこう。

「豊島文人会」結成の経緯

「豊島文人会」の詳細や山手の交流については、乱歩の『貼雑年譜』から垣間見える。

時局のため文筆生活が殆んど不可能となつたので暫く休養する事にした。その依然にふとこの貼雑帖を拵へて置くことを思ひ立つた(13)

このような「序」から始まる『貼雑年譜』は、戦時下において探偵小説を発表する場を奪われた乱歩が、「暇つぶしかウサ晴らし」(14)に作成した自伝資料を整理したものである。元来の整理魔だったこともあり、その内容は「生誕以来の資料を貼りこみ、詳細な解説が加えられてある」(15)ことはよく知られており、戦後に多忙となってからも作成は続けられ、全九巻という膨大な量に及ぶ。現在判明している限りで乱歩と山手の接点は、昭和二四年に結成された「捕物作家クラブ」に始まる（第四章参照）。

乱歩は『貼雑年譜』で「豊島文人会」について、

この辺には文士とか画家、彫刻家などが多く住んでいる。最近はだんだん減りつつあるようだが、それでも豊島区に住んでいる人達で文士会というのがあって、ときどき集まるけれども、山手樹一郎、春山行夫、大下宇陀児などもそのメンバーだ

と書いている。また『探偵小説四十年』（昭和三六年七月、桃源社）では「昭和三十年度の主な出来事」として、

【三月】三十日、池袋「大江戸」で豊島文人会を開く。出席者、原久一郎、大下宇陀児、三角寛、春山行夫、阿部静枝、豊島新聞社長都会議員竹内雷男諸氏と私のほか数名

とあり、また翌年度は一月一八日に「大塚駅前『山海楼』にて豊島文人会」とあることから、不定期ながら集まっていたことが分かる。そもそも「豊島文人会」は当初、「豊島文人懇談会」という名で発足した。『貼雑年譜』第四巻には、先の「捕物作家クラブ」に関する資料と同ページに「乱歩大いにうたう 豊島文人懇談会」と見出しをつけた、昭和二五年一一月二五日の『豊島新聞』の記事が貼られている。同記事には、

豊島文人懇談会は江戸川乱歩、原久一郎、大下宇陀児、三角寛、山手樹一郎、春山行夫、瀬川駿、阿部静枝、花岡謙二、竹内雷男氏等の世話人の名で約四十名の文芸家に案内状を出され（…）二十三名が出席

とあり、乱歩や山手をはじめとした豊島区在住の文人で結成された団体だと分かる。さらに同記事には「なお豊島文芸家を打って一丸とする豊島文人会（仮称）結成」へ申し合わせを行った旨も書いてあることから、「豊島文人会」の前身にあたる団体だったのだろう。

さらに同巻の別のページには、昭和二五年一二月一七日の「豊島区在住作家忘年会」の記事が貼られている。これは豊島新聞社が音頭を取り、乱歩や山手、宇陀児などを中心に催された会であり、「豊島区在住の画家、彫刻家、詩人、俳人、新聞雑誌の関係者等」の一同が集って「文化人大歓談会」を結成することに意見が一致した

ことが記載されている。この「文化人大歓談会」も、「豊島文人会」を指しているだろう。そして、昭和二七年に「豊島文人会」が正式に発会を迎えた。昭和三〇年三月二七日の『豊島新聞』の記事に、同年三月三〇日午後六時から「豊島文人会」の集まりがあることが記載されている。ここでは同会が「昭和二十七年大塚寿々村」において「第一回の生ぶ声」をあげたとあり、「今日まで毎年」行われてきた「恒例」の会だということが分かる。同紙ではこの記事の他にも、昭和二八年二月一五日、三二年一月二七日にも同会の交流の模様が報道されている。さらに『貼雑年譜』第六巻には昭和三一年一月二二日、翌年一月二七日の同紙の記事もまとめられている。

つまり「捕物作家クラブ」のようなイベントを催したり、刊行物を発刊したりするなどの動きは無かったにせよ、「豊島文人懇談会」と「豊島区在住作家忘年会」を経て、「豊島文人会」が結成されたわけだ。その過程では、乱歩や山手のように居を構えていた文人らが集まることでその存在を明示しながら、豊島区に文化的な側面を植え付けることを狙い、その動きを同区のローカルメディアである豊島新聞社が報道することで、同会の存在を広めようしていた動きが看取できるだろう。その動きの中で、乱歩と山手の交流があったと推定できる。

『貼雑年譜』の痕跡

「捕物作家クラブ」や「豊島文人会」における乱歩と山手の交流を見てきたが、個人的なつながりはどのようなものだったのか。現在まで対談や、私信などの直接的なやり取りの痕跡は残念ながら発見されていない。しかし、関係性を窺い知ることは可能だ。

例えば『貼雑年譜』第六巻に貼られている昭和三二年五月一九日の『豊島新聞』の記事である。同記事は、前年度（昭和三一年度）の豊島区における高額所得番付を伝えている。見出しには「昨年に引き続いてトップは作家の山手樹一郎（本名井口長次）氏」とあり、「一八〇一万」とその金額も記されている。この山手についての箇所に乱歩は自身で赤線を引いている。自身もランクインしており、また山手以外の名前にも引いていることから、親交のある人物に赤線を引いていると判断して問題ないであろう。同じく第七巻に貼られている昭和三三年五月一九日の『豊島新聞』の記事にも、自身と山手など親交のあった人物の箇所に赤線を引いている。

還暦祝賀会

『貼雑年譜』以外にも、乱歩関連の資料から山手との関係性を推察することができる。そのひとつが昭和二九年一〇月三〇日に東京会館で催された、乱歩の還暦祝賀会の案内状だ。この会の発起人として山手が名を連ねている。

また昭和三四年四月五日に椿山荘で催された、山手の還暦祝賀会の招待状も乱歩のもとに届いており、こちらも立教大学江戸川乱歩記念大衆文化研究センターに保管されている。山手の還暦パーティーの模様は、『大衆小説』の臨時増刊号（昭和三四年七月）で詳細に報じられている。同誌には「還暦の花道」と題して巻頭グラビアが掲載されているが、乱歩が壇上で挨拶をしている写真もある（**図57**）。同じく壇上で挨拶しているとグラビアから判断できるのが、旧友の川口や、『少年少女譚海』からの付き合いで「新鷹会」

図57

図58　還暦祝賀会での山手と秀

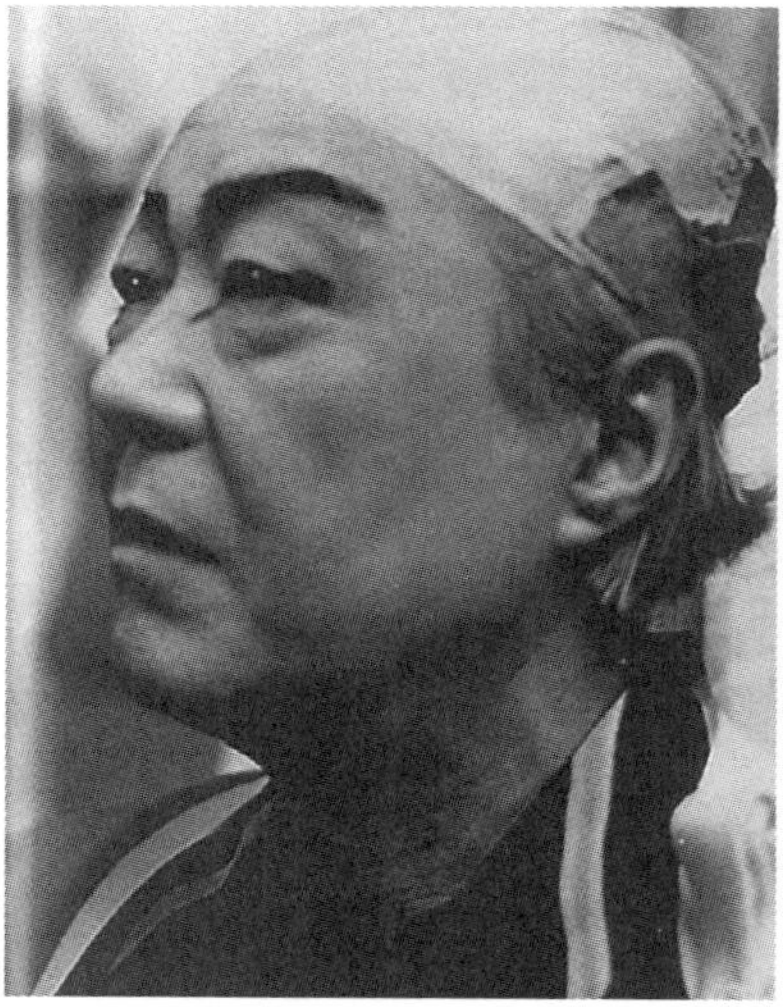

図59　遠山の金さんに扮する山手
（山手樹一郎記念会提供）

メンバーの山岡、自作の映画化で最多主演を務めた市川右太衛門であることからも、彼らと同程度の親交があるからこそ、乱歩も登壇しているのだろう。

式次第を見ると、司会は山岡と土師清二。午後五時三〇分に第一部が開始され、記念品贈呈、来賓と主催の挨拶などがあったようだ。乱歩の登壇もおそらく第一部だろう。第二部は噺家たちによる奇術や神楽、第三部は挿絵画家による画家劇と文士劇。文士劇は「還春桜遠山全通し」と題され、村上が十六文からす堂、大林清が桃太郎侍を演じるなど、山手作品の主人公たちが勢ぞろいする内容で、山手自身は遠山の金さんを演じている（**図58・59**）。式次第によれば、「べつだんに筋はこれなく、山手樹一郎氏作品中よりなじみの人物を登場いたさせる」内容だったそうだ。

山手版『少年探偵団』

山手の作品系譜からも両者の交流の影響は看取できる。第一章で大正六年に旧制明治中学校を卒業後、小学新報社に入社した山手こと井口長次が、鹿島鳴秋や清水かつら等と共に『少女号』や、『少女文芸』などの編集に携わりながら自身も作品を掲載していたことは述べた。専業作家となってからも、官軍と幕軍が争う中で父を探す旅に出る民介をめぐる中編「錦の旗風」（『少年倶楽部』昭和一六年一〜一二月）を連載したりするなど、昭和一〇年代においても少年少女向け作品の発表は続いていた。占領下の躍進期を含む二〇年代にはほとんど書かなくなるが、占領終了前後から「江戸少年隊」（『少年クラブ』昭和二七年一〜一二月）や、「若殿天狗」（『少女クラブ』昭和二八年四月〜二九年三月）などの連載を手掛けるなど、再び少年少女向け作品を執筆するようになる。一方で、同時期は「豊島文人会」が活動を始めた時期でもあり、乱歩においては「青銅の魔人」（『少年』昭和二四年一〜一二月）を皮切りとして、『少年探偵団』シリーズを復活させていた時期だ。ならば、乱歩から山手への少年少女向け作品の影響があったと推察することもできるのではないだろうか。その仮説を裏付けるのが「少年の虹」という作品だ。

昭和三三年一月二日から一二月四日にかけて『朝日新聞ジュニア版』に連載された本作は、賢一・又太郎・弥太・三太という一〇代の少年剣士たちと、江戸を荒らす「まぼろし組」なる盗賊団との戦いを描いた中編である（**図60**）。作品冒頭で駿河の岡部から江戸へと向かう賢一は、

「はい。じつは昨夜おとまりになった娘さんですが、年は十三で、ひとり旅なんです。（…）どうでしょう、宇津谷峠をこえるあいだだけでも、道づれになってやっていただ

図60

けませんでしょうか」(16)

と依頼をされ、巡礼の娘と共に宿を立つ。そして宇津谷峠へ差し掛かると敵に襲われるのだが、この宇津谷峠に差し掛かると敵に襲撃されるという展開は、「桃太郎侍」以来の山手作品におけるお得意のパターンであり、それが本作にも踏襲されている。また、

「わあっ」ひざのあたりをしたたかに切りはらわれた敵の刀は、あぶなく賢一の頭のすぐ上でがくんととまって、熊十郎は悲鳴をあげながら大きくのけぞっていました(17)

と、なるべく斬り合いを避けながら、ケガを負わせるに留まるという〈明朗〉モチーフも取り入れられている。

一方で本作の最大の特徴が、遠山左衛門尉の存在である。

「遠山左衛門尉さまがおいでになった」そういう人々のささやきがつぎからつぎへとつたわって、金紋うった陣笠に馬乗り袴、手にむちをもった遠山奉行が、与力数人をしたがえて、すっとそこへすがたを見せました(18)

遠山左衛門尉は作中にたびたび登場し、賢一らの窮地には自ら助太刀に参じる。第四章で言及したが、占領下において山手は『遠山の金さん』シリーズを捕物帳として執筆しているが、作中では奉行職に就く以前の遊び人であった。その金さんが昭和三〇年代になって奉行となり、少年少女向け作品に登場するという仕掛けになっており、山手作品を通読している読者に向けての一種のサービスのような趣向だ。さらに遠山奉行は、

「そちは、千葉の道場で牛若丸というあだ名があるそうだが、先夜のはたらきはまことにみごとであった。こののちとも修行をおこたらず、あっぱれな剣士になるように。」と、ほめられました。そればかりでなく、遠山奉行はなおもことばをついで、「奉行がそちに感心していることは、腕まえもさることながら、そちが弥太と三太の親友になって、ふたりをよい人間にみちびいてくれたその心がけである。その友情である。奉行からもあつく礼をいうぞ。」[19]

と、賢一らに助太刀するだけでなく、見守り、教え導く存在として描かれている。まさに賢一ら少年剣士が少年探偵団、怪盗「まぼろし組」が怪人二十面相、遠山左衛門尉が明智小五郎という、乱歩の『少年探偵団』シリーズと同じ作品構造なのだ。同作の連載時期と先に引用した『貼雑年譜』に収められた記事などの資料も併せて考えれば、『少年探偵団』シリーズで少年少女向け作品の書き手としても人気を博していた乱歩から、山手が影響を受けたとする仮説も十分に成り立つのではないだろうか。

他の少年少女向け山手作品には、単行本書き下ろしの『八犬伝物語』（昭和二七年一二月、大日本雄弁会講談社）がある。これは『世界名作全集』の第五〇巻で、

原本の内容は、（…）固苦しい義理人情やむずかしい因果応報など、いわゆる善をすすめて悪をいましめる一種の教訓読物である。この「八犬伝物語」は、そうした滝沢馬琴の「南総里見八犬伝」にむりにとらわれず、原本に登場する人物や、その活躍する舞台の筋を追いながら、むしろ自由に、もっとたのしい物語として、新しい時代の「八犬伝」を展開してみた

と山手自身が解説に書いているように、馬琴の原本を下敷きにして、子供向けに分かりやすく書き換えた作品だ。同社からは『講談社の絵本ゴールド版』もシリーズ化されているが、山手は「安寿と厨子王」(昭和三八年三月)を担当している。これらの少年少女向けの作品群には小学新報社、あるいは博文館時代に培った経験が生きているだろう。

その他の作家との交流

昭和三六年四月二七日、長谷川の喜寿を祝う会が椿山荘で催された。山手も参加したが、そこで思わぬ人に再会する。その人物は「水筒を肩からかけている、柔和な顔の紳士」[20]の横溝だった。山手と横溝は博文館での同僚で、昭和五年頃に別れてから約三〇年ぶりの再会だったと、山手は回想している。意外な交流としては、昭和二六年に文芸家協会主催の文士劇で共演した三島由紀夫を挙げることができる。演目は菊池寛「父帰る」で、作家では北条誠も共演したようだ(図61)。

それ以外では、ご遺族が保管しているファイルを見ると、作家では志賀直哉(図62)・舟橋聖一・白井喬二・池波正太郎といった面々からの年賀状が残っている。昭和三六年の司馬からの年賀状には、「旧年じゅうはごやつかいをおかけして申しわけございませんでした」(図63)と気になる言葉も残されており、この後輩作家との交流の解明は今後の課題としたい。

図61　（山手樹一郎記念会提供）

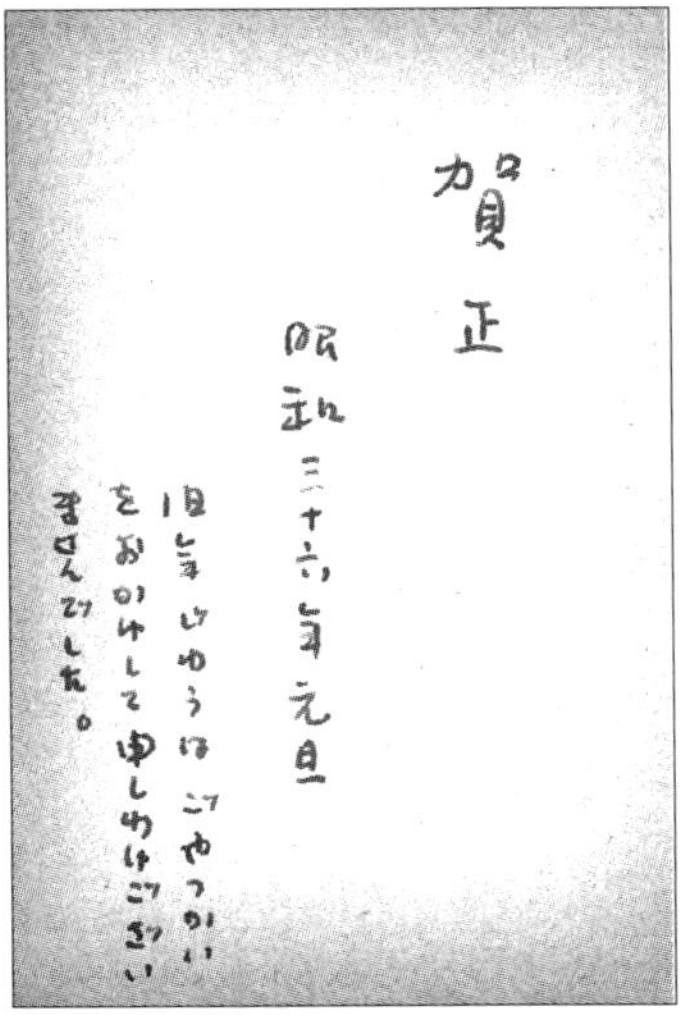
賀正
昭和三十六年元旦
旧年中はごやっかいをおかけして申しわけございませんでした。

図63　司馬遼太郎からの年賀状
（昭和36年、山手樹一郎記念会提供）

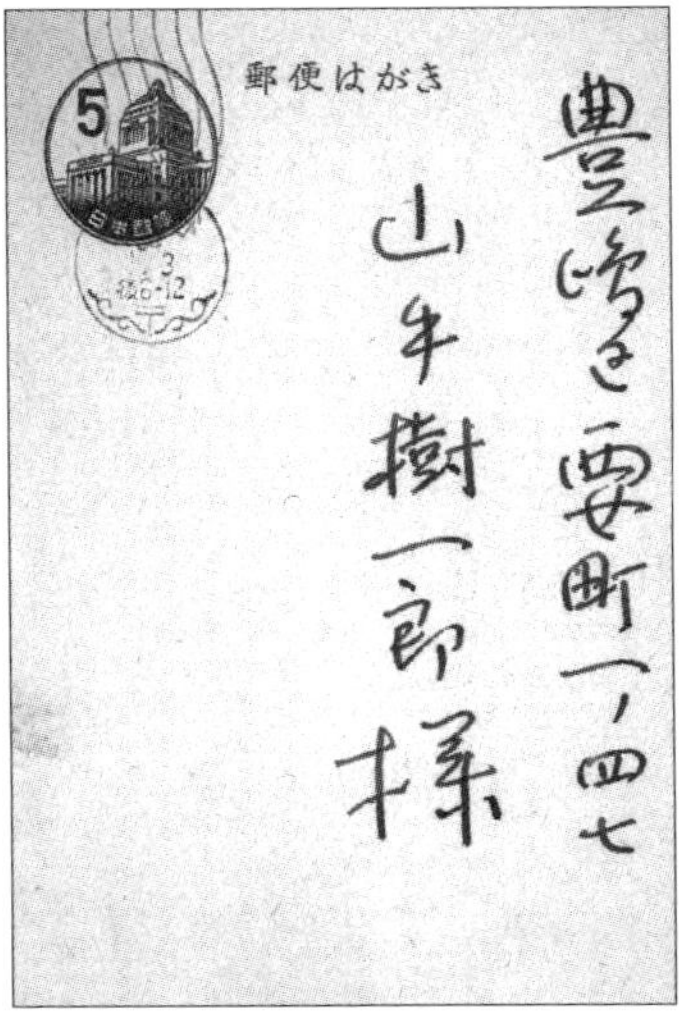
郵便はがき
豊島区要町一ノ四七
山手樹一郎様

図62　志賀直哉からの年賀状
（昭和36年、山手樹一郎記念会提供）

四　随筆や対談類の増加

『旅』・『医家芸術』

この時期、山手の仕事における随筆や対談の割合が増加する。そしてそれらは文芸誌や週刊誌はもちろん、業界雑誌にも掲載された。例えば『旅』は日本交通社が刊行元で、全国各地の観光地案内や名物紹介、また日本観光旅館連盟に所属している旅館の一覧などを掲載していた。山手は同誌に随筆を三度寄稿しているが、「道中・路銀・手形」（昭和二七年一〇月）・「道中・雲助・役者のこと」（昭和三四年六月）・「歴史小説のネタさがし」（昭和三五年二月）と、タイトルからも分かるように、時代小説を執筆するうえで必要な江戸時代の旅に関する知識を紹介する内容だ。

また『医家芸術』は芸術を愛好する各科の専門医や大学の研究者、医療関係者が自主的に運営していた「日本医家芸術クラブ」が刊行していた雑誌だ。同クラブの初代委員長は式場隆三郎が務めている。山手は同誌の企画で式場と岩井清吉なる人物と鼎談を行っている（昭和四〇年二月）。「ペンと人」と題されたそれは山手邸で催され、戦時下ではパイロットだったが現在ではシェファーの万年筆を使用していることや、三〇本以上ある万年筆コレクションを陳列したケース、それらと共に書斎に座る山手の写真が掲載されている。

『あまカラ』・『あじくりげ』・『温泉』

『あまカラ』は昭和二六年八月から三四年五月まで、大阪の甘辛社が刊行していた月刊誌だ。いわゆるタウン誌的な内容で、「たべもの・のみもの・のたのしい雑誌」を標榜し、著名人の美食ぶりや食のこだわりを掲載していた。[21]作家では谷崎潤一郎や佐藤春夫などが寄稿している。山手は「食いねえ食いねえ」(昭和三三年一月)と題した随筆を寄せているが、一日二食の生活であること、結婚をして家を出た子供たちは近所に住んでいるので代わる代わる晩酌の相手をしてくれること、赤貝の酢の物に凝っていたことなどを書いている。

同じように美食や、食のこだわりをテーマにしたタウン誌としては『あじくりげ』がある。こちらは昭和三一年六月から平成二八年五月まで、名古屋の東海志にせの会が発刊していた月刊誌。この会は名古屋を中心とした飲食店や食品会社の老舗で構成されていて、定期購読者もいたが、ほとんどは会員店舗へ無料で配っていた。作家では乱歩や壷井栄らが寄稿している。山手は同誌に「豆腐の味」(昭和三五年一〇月)に始まって、「耄碌除け」(昭和四七年五月)まで合計一一回も寄稿している。

わびしさや豆腐買わせて雪となる　いつだったか私はこんな句を作ったことがあるが、貧乏時代は湯豆腐で晩酌をやるのが一番たのしかった。その湯豆腐は鍋に板昆布をしいて、真ん中に薬味を入れ醤油茶わんをおくだけの、ごくありふれたものである[22]

そのうち四回が湯豆腐の話題と、これまた目を見張る集中具合なのだが、その他は基本的に晩酌の話題で、たえず口へ運ぶのには、私は一番豆類がいい。(…) 後は吸物。刺身、野菜の煮つけ、焼魚、肉類、台所でこしらえてくれるものを、なんでもござれ、口にあいさえすれば片っ端から腹のふくれるまで食う[23]

といったように、もはや作家としての山手とは関係のない内容だ。しかし一一回も原稿依頼があったことは、むしろそれだけ人気作家の山手の私生活に関心のある読者が多く、さらには、山手の随筆を掲載すること自体が雑誌の箔付けになっていたと考えられる。

続いて日本温泉協会が刊行元の『温泉』も見てみよう。「霞の奥の伊香保」(昭和四五年四月) と題された随筆は、伊香保に初めて赴いたのが旧制明治中学校の卒業時であったことから始まる。そして「大先輩の徳富蘆花終焉の地」、「先年物故された林芙美子の『浮雲』にも伊香保が出てきます」などと文学がらみの言及もあるものの、あくまでも中心は中学校時代の思い出で占められている。そして、

私はもともと温泉は好きな方ですが、東京駅からの海道筋の温泉よりも、上野駅からの北関東や東北の温泉に魅力を感じます

と、関係者へのアピールも忘れていない。これなども『あじくりげ』の場合と同様、山手のネームバリューが書かせた随筆と言えるだろう。

私生活ということでは母についての文章もある。山手の母は、昭和三七年一一月五日に鬼籍に入ったが、これを山手は「母の死をみつめて」と題して、『婦人生活』(昭和三八年三月) に随筆の形で発表した。

五　叙勲と逝去

昭和四〇年代の作品

山手の昭和四〇年代における小説作品数は二〇作を数える。三〇年代の八二作からは、かなりの減少だ。しかし「素浪人案内」（『週刊大衆』昭和四〇年一月一四日～四一年一〇月六日）など、依然として週刊誌に連載を持ち、「虹に立つ侍」（『河北新報』昭和四二年五月一七日～四三年四月九日）・「福の神だという女」（『北国新聞』昭和四五年一月一一日～二五日）・「さむらい山脈」（『信濃毎日新聞』昭和四六年四月二一日～四七年一月二五日）など連載期間は短いながらも新聞媒体にも作品を発表している（**図64**）。

一方で、対談や推薦文などを除く随筆は六五作に

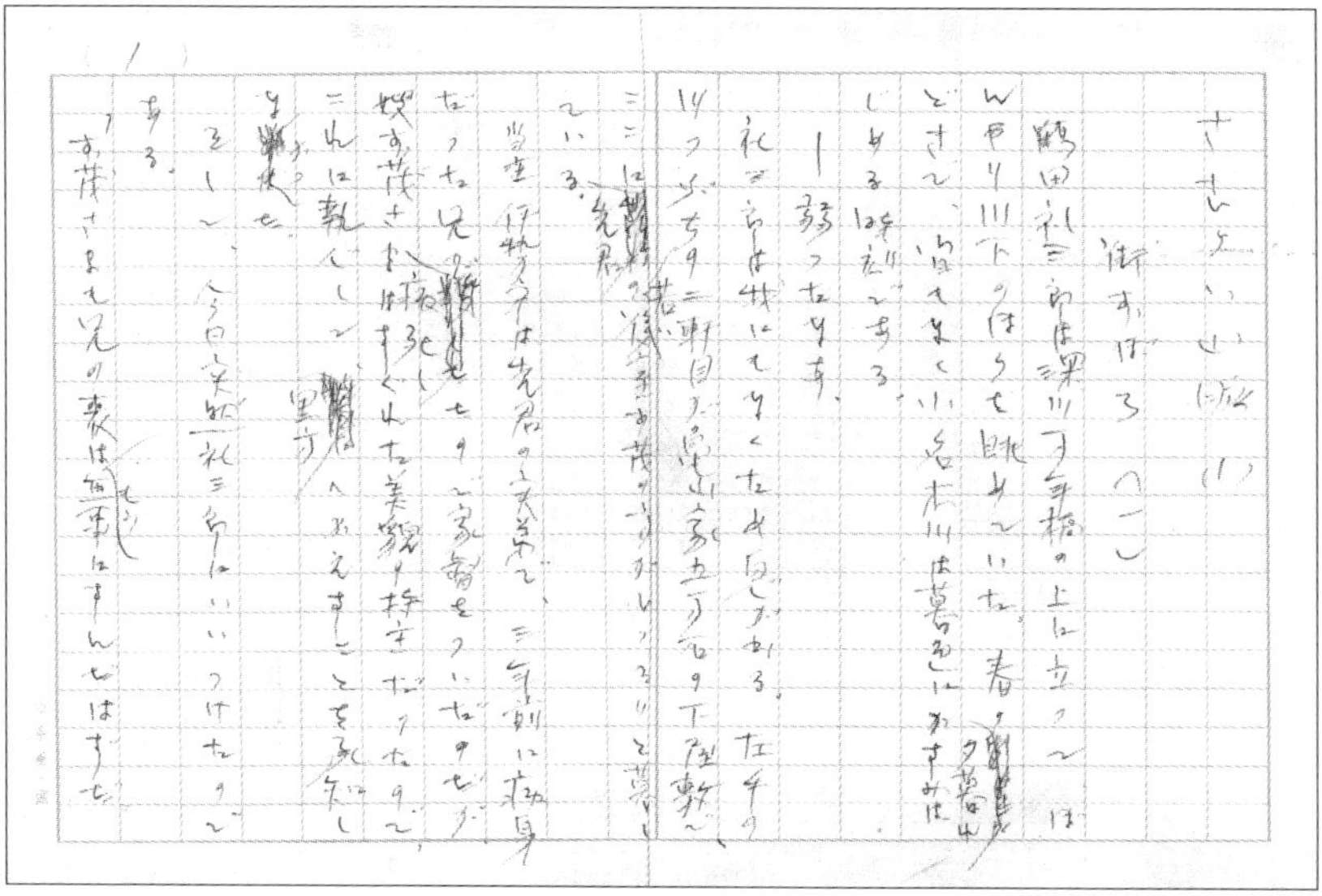

図64　「さむらい山脈」原稿（山手樹一郎記念提供）

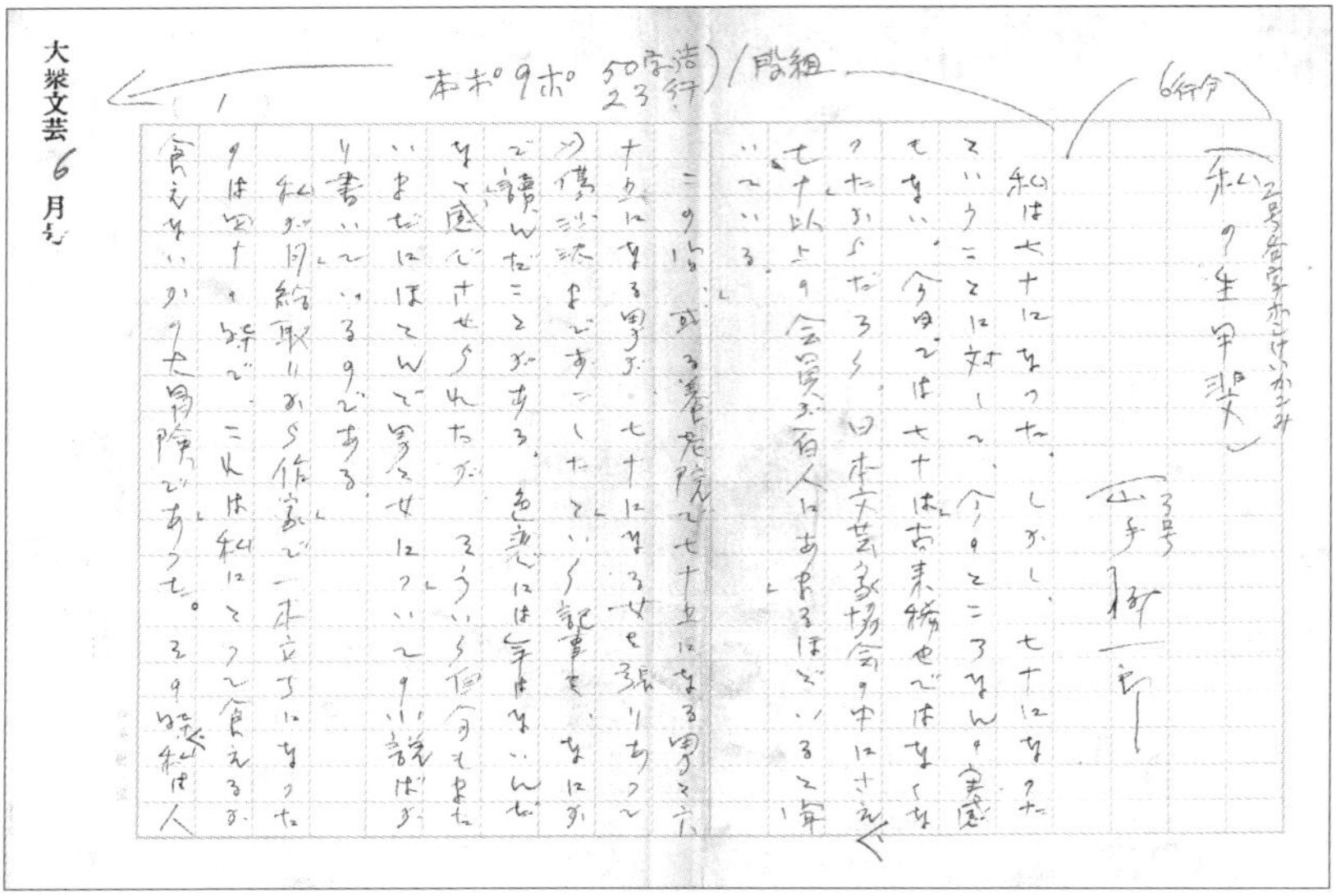

大衆文芸 6月号

本ポ9ポ 50字詰 23行)/1段組

6行分

私の生甲斐

二号活字ではかこみ

山手樹一郎

私は七十になった。しかし、七十になった
ということに対して、今のところなんの実感
もない。今日では七十は古来稀でもなくな
ったからだろう。日本文芸家協会の中にさえ
七十以上の会員が百人にあまるほどいると聞
いている。
この間、或る養老院で七十五になる男と六
十五になる男が、七十になる女を張りあって
刃傷沙汰までおこしたという記事を、なにか
で読んだことがある。色恋には年はないんだ
なと感じさせられたが、そういう個人もまた
いまだにはてんで男女について小説ばか
り書いているのである。
私が月給取りから作家で一本立ちになった
のは四十の時で、これは私にとって食えるか
食えないかの大冒険であった。その時私は人

図65 「私の生甲斐」の直筆原稿

図66 昭和47年の山手（山手樹一郎記念会提供）

も及び、「タクシー嫌い」(『サッポロ』昭和四三年八月)・「酒のあれこれ」(『都道府県展望』昭和四四年七月)・「紅梅の鉢」(『自然と盆栽』昭和四五年三月)など、業界雑誌への掲載はむしろ勢いを増している。相変わらずのネームバリューの高さを物語っているだろう。

昭和四四年に山手は古稀を迎え、還暦の時と同様に椿山荘で祝賀会が開催された。その模様は第三次『大衆文芸』(昭和四四年六月)に掲載されているが、同号には「私の生甲斐」と題して、それまでの人生を回顧した随筆も併載されている(**図65**)。三年後の昭和四七年六月二一日、山手は体調を崩して日本大学医学部附属板橋病院に入院(**図66**)。四八日間の入院だったが、日々俳句の形で原稿用紙に日記をつけていた(**図67**)。それを『入院四十八日』(昭和四八年二月)としてまとめ、友人に配布している。これ以降、山手は入退院を繰り返す。

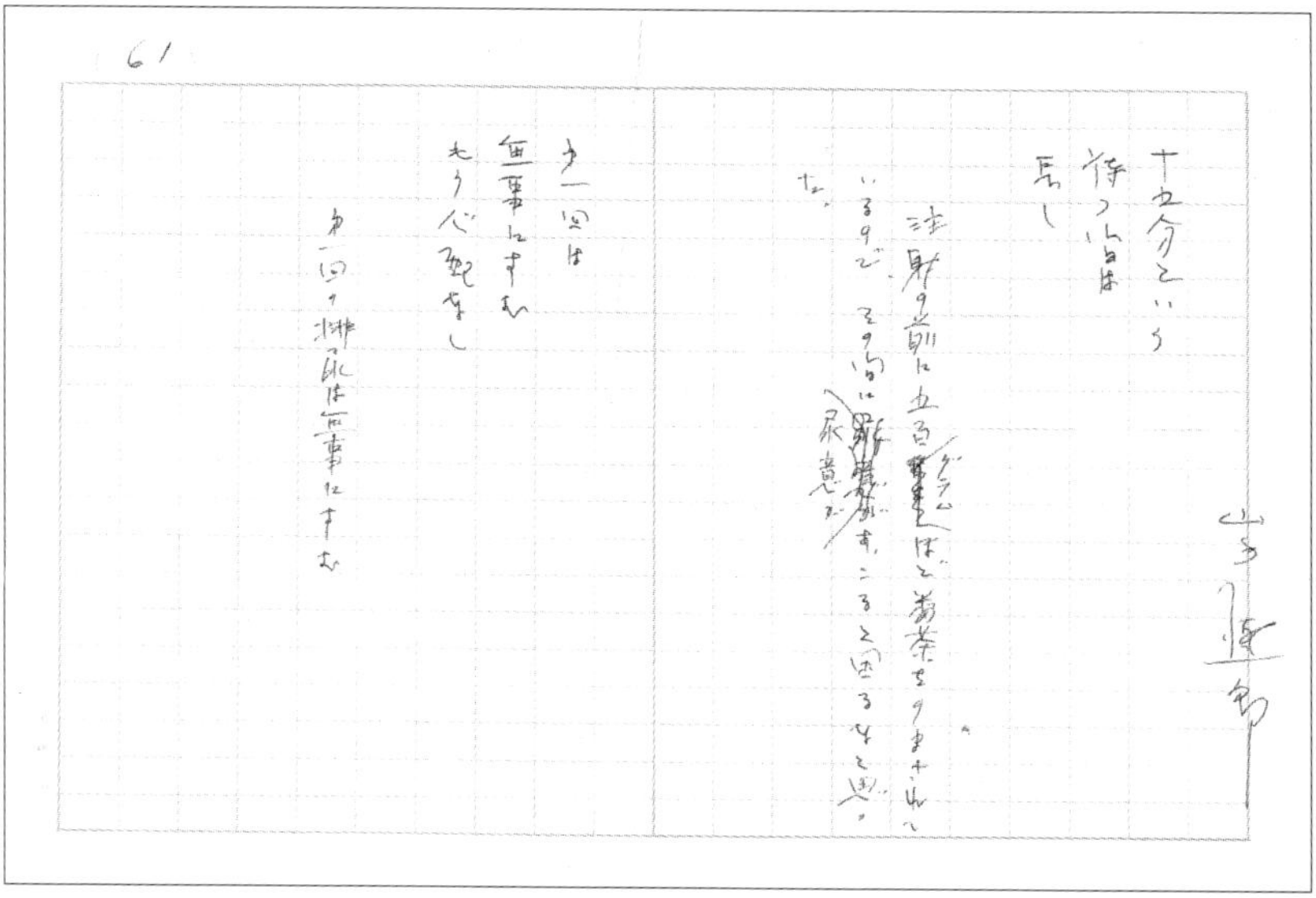

図67　(山手樹一郎記念会提供)

春陽堂版全集

昭和五〇年代の山手の執筆は、推薦文一本と随筆四作のみに留まる。昭和五二年一一月には、春陽堂書店から『山手樹一郎長編時代小説全集』と題して全八四巻に及ぶ全集刊行が始まった。すでに春陽堂文庫として山手作品は同社から刊行されていたが、乱歩のそれと並んで特に売れ行きが良く、その甲斐あって銀座に本社ビルが建ったという逸話も残っている。春陽堂文庫の宣伝目的で配布された『春陽文庫の作家たち』を見ると、山手作品の主人公を「明朗闊達な性質の持主」と紹介していて、やはり〈明朗〉モチーフが同時代の人々に共有されていたことが分かる。

春陽堂版の全集は二段組でありながら全八四巻と、講談社版に比べれば遥かに多くの作品を収録している。その一方で、作品の書誌情報は未整理のままだ。その後、昭和五五年五月から『山手樹一郎短編時代小説全集』が全一二巻で刊行され始める。

叙勲と逝去

昭和五二年五月には、これまでの功績が認められ、勲三等瑞宝章を受章するに相成った（図68）。しかし、翌年の昭和五三年三月一六日、春陽堂版全集の刊行終了を待たずして山手は肺癌で逝去する。享年八〇。二三日に告別式が催され、「新鷹会」の面々や弟子たちが弔辞を読んだ。その生涯で六〇〇作以上の小説を執筆し、〈明朗〉モチーフを全面に押し出した〈時代ユーモア小説〉で大衆読者の喝采を博した山手樹一郎は、今も東京都世田谷区の宗福寺に眠っている。そんな山手の印象的な言葉で本章を終わろう。

私は小説というものは必ずしも机の前に坐って読まなくてもいいものだと、いつも考えている。しかし気楽な気持で、寝ころびながら読んでいるうちに、坐って読みたくなるような小説が書ければ、それが本物なのだと心がけている(24)

（1）武蔵野次郎「昭和三十八年時代小説概説」（『文芸年鑑』昭和三九年六月、新潮社）
（2）山手樹一郎「あのことこのこと（二十）」（『山手樹一郎全集』第三九巻付録、昭和三七年四月、講談社）
（3）中村光夫「中間小説論」（『文学』昭和三二年一二月）
（4）十返肇「批評家の空転　実感的文学論その一」（『文学界』昭和三七年一月）
（5）山岸郁子「『文壇』の喪失と再生―『週刊誌』がもたらしたもの―」（『文学』平成一六年一一月）
（6）曾根博義「文芸評論と大衆―昭和三〇年代の評論の役割」（『文学』平成二〇年三月）

図68（山手樹一郎記念会提供）

（7）中村真一郎「大衆小説と文学との関係―『文学の擁護』〈その十〉―」（『文学界』昭和三七年六月）
（8）福田宏年「文芸時評」（『風景』昭和三七年七月）
（9）尾崎士郎「まえがき」（『代表作時代小説全集』昭和三〇年一〇月、日本文芸家協会）
（10）真鍋元之「大衆文学の現状とその問題点」（『文学』昭和三三年一二月）
（11）土師清二「まえがき」（『代表作時代小説全集』昭和三一年一〇月、日本文芸家協会）
（12）十返肇「まえがき」（『代表作時代小説全集』昭和三四年八月、日本文芸家協会）
（13）江戸川乱歩『貼雑年譜』
（14）平井隆太郎『乱歩の軌跡―父の貼雑帖から』（平成二〇年七月、東京創元社）
（15）注14に同じ。
（16）山手樹一郎『少年の虹』（昭和三四年一月、東都書房）
（17）注16に同じ。
（18）注16同じ。
（19）注16に同じ。
（20）山手樹一郎「あのことこのこと（十）」（『山手樹一郎全集』第一一巻付録、昭和三六年六月、講談社）
（21）増田周子「『あまカラ』細目（一）」（『関西大学文学論集』平成一七年一〇月）
（22）山手樹一郎「湯豆腐の味」（『あじくりげ』昭和三七年二月）
（23）山手樹一郎「飲み・食い・飲む」（『あじくりげ』昭和四〇年一一月）
（24）山手樹一郎「あのことこのこと（二十）」（『山手樹一郎全集』第三九巻付録、昭和三七年四月、講談社）

おわりに

〈時代ユーモア小説〉で大衆読者の喝采を博し、一世を風靡した山手樹一郎。本書ではその文学的営為を、同時代のメディアとの相関関係に注目しながら、大衆文学領域の動向・出版状況・読者・人間関係にも着目して論じた。〈明朗〉モチーフを全面に押し出した〈時代ユーモア小説〉によって数多くの同時代読者を魅了し、映画やテレビなどのメディアでも圧倒的な支持を得ながら、山手は日本近代文学史上には定位されていない。確かにいわゆる純文学領域の作家、あるいは大衆文学領域の江戸川乱歩や横溝正史など、現在でも多くの読者を擁する作家に関する研究は盛んだ。しかし、現在では忘れ去られた感がありながらも、ある時代では広く読まれていた作家たちも研究対象として扱わなくてはならないし、その土壌となる資料等の整備は急務だ。山手の文学的営為を実証的な手法で、また同時代メディアとの相関関係にも力点を置いて考察した本書を、日本近代文学における時代小説ジャンル及び、大衆文学領域の実相を明らかにするための第一歩としたい。

なお本書は、令和二年一一月に立教大学に提出した博士学位論文「山手樹一郎を中心とした時代小説と同時代メディアとの相関関係に関する研究」を基にしている（令和三年三月に学位取得）。各章の基盤となった初出は以下の通りだが、いずれも大幅に再構成、並びに加筆、修正を行っている。

第一章　「『豊島文人会』と池袋―『麦畑』から『アプレ盛り場』へ―」（『立教大学日本文学』第一一一号、平成二六年一月）
第二章　「娯楽と芸術を架橋する〈明朗〉―山手樹一郎『桃太郎侍』論」（『さいたま文学館紀要』創刊号、令和三年四月）
第三章　「〈通俗〉への忌避と〈歴史〉への接近―昭和十年代における大衆文学言説」（『立教大学日本文学』第一二五号、令和三年三月）
第四章　「占領下の時代小説ジャンルにおける〈新古交代〉言説」（『大衆文化』第二四号、令和三年三月）
第五章　「明朗時代小説 山手樹一郎の世界」（『文芸』第二六号、令和五年三月）
第六章　「『貼雑年譜』に見る江戸川乱歩と山手樹一郎の交流」（『大衆文化』第一一号、平成二六年九月）

山手樹一郎、というより「桃太郎侍」との出会いは、小学校に入学する以前の四歳頃だろう。両親が共働きで父方の祖母に育てられた稿者は、テレビで再放送していた高橋英樹版の「桃太郎侍」を祖母の膝の上で見るのが日課だった。子供でも理解できる明快なストーリーはもちろん、ドラマ終盤のチャンバラシーンに夢中になった。祖母に連れられて近所の東急百貨店に行くのも日課だったが、一階のジュース売り場で「バシッ、ビシッ」と、一人で見様見真似のチャンバラを演じていたのを朧げに覚えている（祖母曰く、店員さんからは拍手喝采だったそうだ）。それから時は流れ、立教大学大学院二年目の春だった。指導教授の藤井淑禎先生が「今年のゼミでは、ヤマテキイチロウを扱う」と発言されたのだが、その時は「そんな作家もいるのか」と思った程度だった。その後、ゼミ発表の一人目に選ばれた稿者の担当作品は「桃太郎侍」。幼少期に夢中になった作品の原作者だったのかと驚いたのと同時に、不思議な縁を感じて、そのまま研究を始めて一二年が経った。その間に修士論文・博士論文の執筆、さいたま文学館での「山手樹一郎展」の開催、これらの活動を評価していただき、山手も会長を務めた「日本作家クラブ」の「あらえびす文化賞」特別賞受賞を経て、本書の刊行に至る。

本書を執筆するにあたり、まずは大学院で指導教授を務めて下さった藤井淑禎先生と、金子明雄先生に深謝申し上げたい。藤井先生には大学院で文学研究とは何たるかをご教示いただき、山手樹一郎という研究テーマと巡り合わせていただいた。常に懐深く、また暖かく見守っていただき、そのご指導とご助言に何度も救われた。本書の執筆に際しても、多大なご助力とご支援をいただいた。改めて御礼申し上げる。金子先生には博論を執筆するうえで、より広い視座に立ったご指導をいただいた。論文指導や学会発表の際には懇切丁寧に、また忍耐強く面倒を見て下さった。頭の中で未だ固まっていない論旨を伝えると、その都度、適切な答えを提示して下さったことが多々ある。厚く御礼申し上げたい。

博論審査で副査を引き受けて下さった紅野謙介先生と、川崎賢子先生には厳しくも的確なご助言を頂戴した。拝謝申し上げる。また大学院生時代に初めてお褒めの言葉を掛けて下さり、本書を執筆するきっかけを与えて下さった筒井清忠先生に対しても万謝の念に堪えない。さらに学芸員時代から様々な面で激励して下さった川島幸希先生、学部生時代に文学研究のイロハを教えて下さった瀧田浩先生にも深甚なる謝意を表したい。学部と院生時代の知友たちにも感謝している。共に文学研究に取り組み、食事や飲みに行った日々は何物にも代えがたい財産だ。

本書の刊行に際しては、多くの施設や出版社等から資料の提供や掲載の許可をいただいた。深く感謝したい。また刊行元の株式会社埼玉新聞社の宮下達也氏、大塚祐司氏、安野竜平氏、高山展保氏、校正にご協力いただいた髙橋美貴氏、辻美舟氏、扉のイラストを提供していただいた寧々氏、帯文に言葉を寄せて下さった俳優の高橋英樹氏にも拝謝申し上げげたい。

そして、何よりも山手樹一郎のご息女であられる石塚明子氏と町田幸子氏、ご令孫の井坂洋子氏をはじめとしたご遺族と記念会の方々からは、貴重な資料の提供はもちろん、有形無形の芳恩を数多く賜った。心からの御礼を申し上げる。要町のご自宅に伺い、山手の書斎に足を踏み入れた時の感動を今も鮮烈に覚えている。

最後に大学教員の先輩である父、存命であれば一番大騒ぎをして喜んでくれたであろう泉下の母、そして「桃太郎侍」に出会わせてくれた泉下の祖母に「ありがとう」と伝えたい。

令和七年一月

影山　亮

付録　「新・山手樹一郎著作年譜」

【凡例】

○本年譜は「『新・山手樹一郎著作年譜』およびその制作過程」（『立教大学大学院日本文学論叢』第一三号、平成二五年一〇月）及び、同誌に不定期で掲載した補遺Ⅰ～Ⅳ、さらに新たなに発見した著作を追加したものである。

○八木昇「山手樹一郎年譜」（『大衆文学大系』第二七巻、昭和四八年七月、講談社）及び、井口朝生 編『山手樹一郎随筆集 あのことこのこと』（平成二年一二月、光風社）を参考にした。

○ゴシック体の太字で書かれている著作は、先行する著作年譜や資料には記載がなく、稿者が発見したものである。

○同年同月同日に発表された著作は、五〇音順に並べた。

○「※」がついている著作は、広告などによって著作名や紙誌が判明したが、実際にその紙誌を確認出来なかったものである。

○連載作品の初出紙誌月日の巻号が「?」になっている場合がある。これは連載開始時、あるいは終了時の巻号は判明したものの、どちらかの巻号が確認出来なかったものである。

○月日が「?」になっている著作は、八木昇「山手樹一郎年譜」を参考に発表年・発表誌紙は特定出来たものの、実際にその誌紙を確認することが出来なかったものである。

○発表年・発表紙誌が不明の著作は、最後に「発表年月日・発表紙誌不明作品」としてまとめている。

○同じタイトルの作品がいくつかあるが、内容は異なっている。

○後年に雑誌や単行本に作品が再録された際、タイトルが変更されている場合が数多くあるが、それらについても可能な限り注で説明している。

○紙誌の刊行元は一覧にした。

年	月	日	著作名	執筆名	種類	初出紙誌	巻・号
大正6（1917）	10	6	鸚鵡の声	井口ちようじ	小説	幼年世界	7・11
大正8（1919）	10	1	図面の行方	井口長二	小説	少女号	4・10〜?
	10	1	編集室より	井口長二	後記	少女号	4・10
大正9（1920）	1	1	銀の鍵	井口長二	小説	少女号	5・1〜?
	1	1	編集室より	井口長二	後記	少女号	5・1
	2	1	編集室より	井口長二	後記	少女号	5・2
	4	1	お頭の赤い糸	井口長二	小説	少女号	5・4
	4	1	編集室より	井口長二	後記	少女号	5・4
	4	?	姉サマオモヒ　※	井口長二	小説	幼女号	四月号
	6	1	海辺の家	井口長二	小説	少女号	5・6
	6	1	編集室より	井口長二	後記	少女号	5・6
	6	1	保田へ行った話	長二・鳴秋・かつら・青花	随筆	少女号	5・6
	8	1	大磯—平塚	長二・かつら	随筆	少女号	5・8
	8	1	編集室より	井口長二	後記	少女号	5・8
	8	1	闇の光	井口長二　他	小説	少女号	5・8〜
	8	?	十三本の針　※	井口長二	小説	小学画報	八月号
	9	1	帰らぬ少女	井口長二	小説	少女号	5・9〜10
	9	1	編集室より	井口長二	後記	少女号	5・9
	9	?	怪しい船　※	井口長二	小説	小学画報	九月号
	11	1	青い窓	井口長二	小説	少女号	5・11
	11	1	編集室より	井口長二	後記	少女号	5・11
	12	1	最後の格闘（闇の光）	井口長二	小説	少女号	5・12
	12	1	編集室より	井口長二	後記	少女号	5・12

年	月	日	著作名	執筆名	種類	初出紙誌	巻・号
大正10（1921）	2	1	悪口のいじまひ	井口長二	後記	少女号	6・2
	2	1	おかさぬ罪	井口長二	小説	少女号	6・2〜3
	2	?	地獄谷 ※	井口長二	小説	小学画報	二月号
	3	1	春をまつ	井口長二	後記	少女号	6・3
	4	1	黒い影	井口長二	小説	少女号	6・4〜9
	5	1	ステツキの話	井口長二	後記	少女号	6・5
	5	1	逗子と葉山	長二・かつら	随筆	少女号	6・5
	6	1	一大事	井口長二	後記	少女号	6・6
	7	1	ばうふらの踊	井口長二	後記	少女号	6・7
	7	?	二陣笠ノ試合 ※	井口長二	小説	小学画報	七月号
	8	1	メートル	井口長二	後記	少女号	6・8
	9	1	惜しいばうふら	井口長二	後記	少女号	6・9
	9	?	重太郎ヒヒ退治 ※	井口長二	小説	小学画報	九月号
	9	1	惜しいばうふら	井口長二	後記	少女号	6・9
	10	1	秋風	井口長二	後記	少女号	6・10
	10	1	あきらめ	井口長二	小説	少女号	6・10〜12
	11	1	ゆで栗	井口長二	後記	少女号	6・11
	11	?	オ城ノキツネ ※	井口長二	小説	小学画報	一一月号
	12	1	コーヒーの香	井口長二	後記	少女号	6・12
大正11（1922）	1	1	宿なし犬	井口長二	後記	少女号	7・1
	1	1	焚火	井口長二	小説	少女号	7・1
	3	1	たなおろし	井口長二	後記	少女号	7・3
	3	1	またくる春に	井口長二	小説	少女号	7・3〜6

大正11（1922）	4	1	ある春のこと	井口長二	後記	少女号	7・4
	4	1	記者より	長二	後記	小学新報	第一三号
	4	1	歯ノオ山　※	井口長二	小説	小学画報	3・4
	6	1	胃袋の失敗	井口長二	後記	少女号	7・6
	6	?	僕ガホエタラ　※	井口長二	小説	小学画報	六月号
	7	1	「どういふんだらう」	井口長二	後記	少女号	7・7
	7	1	母の胸	井口長二	小説	少女号	7・7
	7	?	迷子ノ君代サン　※	井口長二	小説	小学画報	七月号
	9	1	飛行機と飛行船	井口長二	後記	少女号	7・9
	9	1	夢の少女	井口長二	小説	少女号	7・9
	9	?	故郷の山　※	井口長二	小説	少年少女文庫	?
	9	?	タイコチガヒ　※	井口長二	小説	小学画報	九月号
	10	1	秋の声	井口長二	小説	少女号	7・10
	10	1	焼屋根に水	井口長二	後記	少女号	7・10
	10	?	カヘリウチ　※	井口長二	小説	小学画報	一月号
	11	1	泣きまね	井口長二	小説	少女号	7・11
	11	1	涙の味	井口長二	後記	少女号	7・11
	11	?	タイヘンナワケ　※	井口長二	小説	小学画報	一一月号
	12	1	踏切番の娘	井口長二	小説	少女号	7・12
	12	1	来年のこと	井口長二	後記	少女号	7・12
	12	?	先生ノヲバサン　※	井口長二	小説	小学画報	一二月号
大正12（1923）	1	1	おしまひの原稿	井口長二	後記	少女号	8・1
	1	1	塒なき鳥	井口長二	小説	少女号	8・1〜?
	2	1	フランス語	井口長二	後記	少女号	8・2

年	月	日	著作名	執筆名	種類	初出紙誌	巻・号
大正12（1923）	2	1	忘れぬおもかげ	井口長二	詩	少女号	8・2
	3	1	木村重成	山手樹一郎	小説	小学画報	4・3
	3	1	ボーイのために	井口長二	後記	少女号	8・3
	3	?	磯畑伴蔵　※	井口長二	小説	少年少女文庫	?
	4	1	松葉屋の娘	井口長二	小説	郊外	1・1
	5	1	このごろの話	井口長二	後記	少女号	8・5
	6	1	義士ヲアイテニ	井口長二	小説	小学画報	4・6
	9	1	シヤツクリ・デー	井口長二	後記	少女号	8・9
	10	1	おれい	井口長二	後記	少女号	8・10
	10	1	谷風ノカコブ	井口長二	小説	小学画報	4・10
大正13（1924）	2	1	おしせまって	井口長二	後記	少女号	9・2
	2	1	切腹ノケイコ	井口長二	小説	小学画報	5・2
	2	1	よし江の心配	井口長二	小説	少女号	9・2
	3	1	大軍ノ中へ	井口長二	小説	小学画報	5・3
	3	1	天才のうはさ	井口長二	随筆	郊外	2・5
	4	1	少年ノチエ	井口長二	小説	小学画報	5・4
	4	1	すつてんころり	ゐぐち・ちやうじ	後記	少女号	9・4
	4	1	引越しの日に	井口長二	小説	少女号	9・4
	4	1	雪の玉川	ゐぐち・ちやうじ	短歌	少女号	9・4
	5	1	虎ヲタイジタ槍	井口長二	小説	小学画報	5・5
	6	1	大水ノ中へ	井口長二	小説	小学画報	5・6
	7	1	バカナサンゾク	井口長二	小説	小学画報	5・7
	8	1	運動熱	ゐぐち・ちやうじ	後記	少女号	9・8

大正13（1924）	8	1	女ながらも	井口長二	小説	少女号	9・8
	8	1	女ニマケテ	井口長二	小説	小学画報	5・8
	8	?	オイシヤト大臣　※	井口長二	小説	幼女号	八月号
	9	1	なつかしい散歩	ゐぐち・ちやうじ	後記	少女号	9・9
	9	1	馬上ノヰネムリ	井口長二	小説	小学画報	5・9
	10	1	手ノ中ノオ銭	井口長二	小説	小学画報	5・10
	10	1	畑あらし	ゐぐち・ちやうじ	後記	少女号	9・10
	11	1	足ノウリモノ	井口長二	小説	小学画報	5・11
	12	1	強イ清正	井口長二	小説	小学画報	5・12
大正14（1925）	1	1	彦左衛門ト梅	井口長二	小説	小学画報	6・1
	2	1	いそがしいく	ゐぐち・ちやうじ	後記	少女号	10・2
	2	1	ハダカノオ医者	井口長二	小説	小学画報	6・2
	2	1	雪の夜	井口長二	小説	少女号	10・2
	2	?	小サイ天才　※	井口長二	小説	幼女号	二月号
	3	1	ミクニノタメニ	井口長二	小説	小学画報	6・3
	4	1	逃ゲルガ勝	井口長二	小説	小学画報	6・4
	5	1	カタキハ樽	井口長二	小説	小学画報	6・5
	7	1	重兵衛ノ早業	井口長二	小説	小学画報	?
	7	1	ないしよ話	井口長二	後記	少女号	10・7
	7	1	闇をゆく影	井口長二	小説	少女号	10・7〜?
	8	1	峠ノ山賊	井口長二	小説	小学画報	6・8
	8	1	有名なお鼻	ゐぐち・ちやうじ	後記	少女号	10・8
	9	1	カジマン	井口長二	小説	小学画報	6・9
	10	1	ランバウナ侍	井口長二	小説	小学画報	6・10

年	月	日	著作名	執筆名	種類	初出紙誌	巻・号
大正14（1925）	11	1	お話二つ	ゐぐち・ちやうじ	後記	少女号	10・11
	11	1	三ツ目ノオ化	井口長二	小説	小学画報	6・11
	12	1	狼退治	井口長二	小説	小学画報	6・12
	12	1	おしまいに	井口長二	後記	少女号	10・12
	12	5	生まれるまで［注1］		随筆		
	12	15	ワウジノユメ	井口長二	小説	小学画報	新年増刊
大正15（1926）	1	1	腕ダメシ	井口長二	小説	小学画報	7・1
	2	1	雀のお宿［注2］	井口長二	小説	少女号	11・2
	2	1	冬には冬の	井口長二	後記	少女号	11・2
	2	1	古猫退治	井口長二	小説	小学画報	7・3
	2	1	雪の日物語（粉雪）	井口長二	小説	少女号	11・2
	2	1	ロビンソン物語	井口長二	小説	タカラノクニ	8・10〜?
	2	?	スクヒノ舟 ※	井口長二	小説	小学画報	二月号
	3	1	凧の話	井口長二	後記	少女号	11・3
	3	1	春の雪	井口長二	小説	少女号	11・3
	3	1	又右衛門ノ武勇 ※	井口長二	小説	小学画報	7・3
	4	1	雨の日の少女	井口長二	小説	少女号	11・4
	4	1	喧嘩の名人	井口長二	小説	小学画報	7・4
	4	1	そのころ	井口長二	小説	少女文芸	1・1
	4	1	長短と価値	井口長二	随筆	少女文芸	1・1
	4	1	初恋	井口長二	随筆	少女文芸	1・1
	4	1	ひとりごと	井口長二	随筆	少女文芸	1・1
	4	1	よい考えが	井口長二	後記	少女号	11・4

大正15（1926）	5	1	青いお窓より	井口長二	後記	少女号	11・5
	5	1	いたづら	井口長二	小説	少女号	11・5
	5	1	一小景	井口長二	随筆	少女文芸	1・2
	5	1	丘の上	井口長二	小説	少女号	11・5
	5	1	蚊	井口長二	随筆	少女文芸	1・2
	5	1	馬鹿にされた話	井口長二	小説	少女文芸	1・2
	5	1	鼻	井口長二	随筆	少女文芸	1・2
	5	1	見事ナ仇討	井口長二	小説	小学画報	7・6
	6	1	アブナイ勝負	井口長二	小説	小学画報	7・7
	7	1	本能寺	井口長二	小説	小学画報	7・8
	8	1	卑怯ナ先生	井口長二	小説	小学画報	7・9
	9	1	編輯の後	井口長二	後記	少女文芸	1・6
	9	1	負ケタ豪傑	井口長二	小説	小学画報	7・10
	9	1	秋風立ちて　※	井口長二	小説	少女号	11・9
	10	1	殺生の報い	井口長二	小説	少女号	11・10
	10	1	無題［注3］	ゐぐち・ちやうじ	後記	少女号	11・10
	10	1	弱イ侍　強イ百姓	井口長二	小説	小学画報	7・11
昭和2（1927）	1	1	正月を待つ	井口長二	後記	少女号	12・1
	1	1	真剣勝負　※	井口長二	小説	小学画報	8・1
	2	1	ハゲシイ気合	井口長二	小説	小学画報	8・2
	4	1	辻斬ノ失敗	井口長二	小説	小学画報	8・4
	6	1	捕手ニカコマレテ	井口長二	小説	小学画報	8・6
	7	1	少年水夫	井口長二	小説	少年世界	32・7〜10
昭和3（1928）	4	1	滑稽水戸黄門漫遊記	井口長二	小説	少年少女 譚海	9・4

年	月	日	著作名	執筆名	種類	初出紙誌	巻・号
昭和3（1928）	4	1	スイートホーム探検	井口長二	小説	少女世界	23・4
	5	1	シュークリームの効きめ	井口長二	小説	少女世界	23・5
	5	1	歴史画伝岩見重太郎	井口長二	小説	少年少女 譚海	9・5
	6	1	新歴史画伝高浪八郎	井口長二	小説	少年少女 譚海	9・6
	6	1	二人の理屈屋	井口長二	小説	少女世界	23・6
	7	1	大剣聖荒木又右衛門	井口長二	小説	少年少女 譚海	9・7
	7	1	変相お通夜物語	井口長二	小説	少女世界	23・7
	9	1	西瓜の爆弾	井口長二	小説	少女世界	23・9
	11	1	孝子渡邊崋山	井口長二	小説	少年世界	34・11
	12	1	又兵衛の山賊退治	井口長二	小説	少年世界	34・12
昭和4（1929）	5	1	子供故に春を販ぐ女	井口長二	小説	文芸倶楽部	35・5
	12	1	松さんの禁酒	口井蝶耳	小説	朝日	1・12
昭和5（1930）	5	1	眞田大助の孝心母を救う	井口長二	小説	少年少女 譚海	11・5
	8	1	白子屋お駒	井口長二	小説	文芸倶楽部	36・8
昭和8（1933）	8	1	空撃三勇士	山手樹一郎	小説	少年少女 譚海	14・8
	9	1	天野屋利兵衛	山手樹一郎	小説	少年少女 譚海	14・9
	11	1	一年余日	山手樹一郎	小説	サンデー毎日	12・50
	?	?	矢一筋	井口朝二	小説	大衆文学	
	?	?	生きて行ける男	山手樹一郎	小説	大衆文学	
	?	?	外道第一歩	山手樹一郎	小説	大衆文学	
昭和9（1934）	4	1	丹波路曇り	山手樹一郎	小説	大衆倶楽部	2・4
	8	19	泣虫康	山手樹一郎	小説	サンデー毎日	13・37
	10	1	彌次郎走る	山手樹一郎	小説	大衆倶楽部	2・10

昭和10（1935）	4	1	大井川先陣	山手樹一郎	小説	大衆倶楽部	3・5〜6
	9	15	十五夜勝負	山手樹一郎	小説	婦人画報	373
昭和11（1936）	3	1	飛燕一殺剣	山手樹一郎	小説	少年少女譚海	17・3〜5
	5	1	清水次郎長	山手樹一郎	小説	新少年 付録	5月号付録
	6	10	関取供養盃	山手樹一郎	小説	相撲	1・2
	6	10	身すぎ恋慕	山手樹一郎	小説	サンデー毎日	15・29
	7	1	辛鼠小僧	山手樹一郎	小説	新青年	17・8
	8	10	文政相撲鑑	山手樹一郎	小説	相撲	1・4
	9	1	刺青一刀流	山手樹一郎	小説	少年少女譚海	17・9
昭和12（1937）	1	1	かげろう草紙	山手樹一郎	小説	少女画報	26・1〜8
	1	1	蛍の光　窓の雪	井口長二	小説	コドモニッポン	4・1〜6
	3	5	喧嘩大名銘々伝	山手樹一郎	小説	新青年	18・4
	4	1	うぐいす侍	山手樹一郎	小説	サンデー毎日	16・16
	4	1	雪の別れ	山手樹一郎	小説	畜産	23・4
	5	1	渡邊崋山	山手樹一郎	小説	畜産	23・5
	6	1	名人の心掛	山手樹一郎	小説	畜産	23・6
	7	1	武将の誉	山手樹一郎	小説	畜産	23・7
	8	1	春日の局	山手樹一郎	小説	畜産	23・8
	9	1	いろごと忠義	山手樹一郎	小説	講談雑誌	24・9
	9	1	孝子の願ひ	山手樹一郎	小説	畜産	23・9
	10	1	木村重成	山手樹一郎	小説	畜産	23・10
	11	1	恋討手	山手樹一郎	小説	サンデー毎日	16・58
	11	1	将軍の心がけ	山手樹一郎	小説	畜産	23・11
	12	1	兄弟雪の別れ	山手樹一郎	小説	畜産	23・12

年	月	日	著作名	執筆名	種類	初出紙誌	巻・号
昭和12（1937）	12	1	さむらい鑑	山手樹一郎	小説	少年少女 譚海	18・11
昭和13（1938）	1	1	編集室だより	井口長二	後記	新少年	4・1
	1	5	赤蛙腹斬り啖呵	山手樹一郎	小説	少年少女 譚海	19・2
	2	1	編集室だより	井口長二	後記	新少年	4・2
	3	6	逝く春死化粧	山手樹一郎	小説	新青年	19・6
	4	1	賭者小町一本勝負 ※	山手樹一郎	小説	少年少女 譚海	19・4
	4	1	元禄片恋い娘［注4］	山手樹一郎	小説	日の出	7・4
	4	1	辻斬り人魂	山手樹一郎	小説	奇譚	4
	4	1	艶姿女親分	山手樹一郎	小説	講談雑誌	25・4
	5	1	山内一豊	山手樹一郎	小説	畜産	24・5
	6	1	剣奸暴れ剣法	山手樹一郎	小説	新少年	4・6～12
	7	1	江戸名残り雨	山手樹一郎	小説	奇譚	7
	7	1	紅だすき一刀流［注5］	山手樹一郎	小説	講談雑誌	25・7
	7	1	道連れ色珊瑚	山手樹一郎	小説	日の出	7・7
	8	5	御意討名月	山手樹一郎	小説	少年少女 譚海	19・11
	9	1	海賊昔話	山手樹一郎	小説	新青年	19・14
	9	1	山縣有朋	山手樹一郎	小説	畜産	24・9
	10	1	ただ母のために 大角岑生大将	山手樹一郎	評伝	主婦の友 付録	10月号付録
	10	1	柿取り腕白 寺内寿一大将	山手樹一郎	評伝	主婦の友 付録	10月号付録
	10	1	真つ黒草紙 宇垣一成大将	山手樹一郎	評伝	主婦の友 付録	10月号付録
	10	1	尊い芋弁当 野村吉三郎大将	山手樹一郎	評伝	主婦の友 付録	10月号付録
昭和14（1939）	1	1	忘恩三年	山手樹一郎	小説	新少年	5・1
	1	5	頓馬小姓	山手樹一郎	小説	少年少女 譚海	20・2

昭和14（1939）

1	**11**	**叱られ祝言**	**山手樹一郎**	**小説**	**冒険とユーモア 奇譚**	**1・1**
2	**1**	**一樹の陰**	**山手樹一郎**	**小説**	**婦女界**	**59・2**
2	1	これっきり無籟	山手樹一郎	小説	講談雑誌	26・2
2	**1**	**獅子吼大納言**	**山手樹一郎**	**小説**	**新少年**	**5・2**
3	**1**	**出世座頭**［注6］	**山手樹一郎**	**小説**	**新少年**	**5・3**
3	1	将棋主従	山手樹一郎	小説	日の出	8・3
5	1	念流恋い小町	山手樹一郎	小説	講談雑誌	26・5
5	**1**	**海の軍神廣瀬中佐**	**山手樹一郎**	**評伝**	**主婦之友 付録**	**5月号付録**
5	**1**	**川添しま子**	**山手樹一郎**	**評伝**	**主婦之友 付録**	**5月号付録**
5	**1**	**戦車の軍神西住大尉**	**山手樹一郎**	**評伝**	**主婦之友 付録**	**5月号付録**
5	**1**	**空の軍南郷住大尉**	**山手樹一郎**	**評伝**	**主婦之友 付録**	**5月号付録**
5	**1**	**白衣の観音竹内喜代子**	**山手樹一郎**	**評伝**	**主婦之友 付録**	**5月号付録**
5	**1**	**病院船の天使大熊よし子**	**山手樹一郎**	**評伝**	**主婦之友 付録**	**5月号付録**
5	**1**	**陸の軍神橘大隊長**	**山手樹一郎**	**評伝**	**主婦之友 付録**	**5月号付録**
6	1	果し状由来［注7］	山手樹一郎	小説	日の出	8・6
7	1	道行き忠義	山手樹一郎	小説	富士	12・9
7	1	名君修行	山手樹一郎	小説	大衆文芸	1・5
8	?	首　※	山手樹一郎	小説	サンデー毎日臨時増刊	
10	1	喰わされ弥太郎	山手樹一郎	小説	講談雑誌	26・10
10	1	抜かれ剣客［注8］	山手樹一郎	小説	奇譚	10
10	1	槍さび一代男	山手樹一郎	小説	講談雑誌	10月増大号
10	5	恋明月	山手樹一郎	小説	少年少女 譚海	20・10
11	1	侍の道	山手樹一郎	小説	日の出	8・11
11	2	桃太郎侍	山手樹一郎	小説	合同新聞	〜翌年5月30日

年	月	日	著作名	執筆名	種類	初出紙誌	巻・号
昭和14（1939）	11	5	草笛一刀流	山手樹一郎	小説	少年少女 譚海	20・11
	12	1	侍ごよみ	山手樹一郎	小説	新青年	20・16
	12	1	弥生十四日	山手樹一郎	小説	大衆文芸	1・10
	12	?	右衛門七恋慕 ※	山手樹一郎	小説	講談雑誌	
	?	?	師走十五日	山手樹一郎	小説	大衆文学	
	?	?	剣客八景	山手樹一郎	小説	?	
昭和15（1940）	1	1	供養祝言	山手樹一郎	小説	講談倶楽部	30・1
	1	1	春風街道	山手樹一郎	小説	科学と国防 譚海	21・1
	1	1	約束	山手樹一郎	小説	大衆文芸	2・1
	1	**10**	**春宵つるぎ供養**	**山手樹一郎**	**小説**	**婦女界**	**61・2**
	2	1	暴れ姫君	山手樹一郎	小説	講談雑誌	27・2
	2	**1**	**片岡千恵蔵に喰はれる**	**山手樹一郎**	**随筆**	**映画ファン**	**5・2**
	2	1	藪鶯	山手樹一郎	小説	新青年	21・3
	3	1	桜餅	山手樹一郎	小説	婦女界	61・5
	3	**1**	**春恨**	**山手樹一郎**	**小説**	**少女の友**	**33・3**
	3	**1**	**飛燕桜吹雪**	**山手樹一郎**	**小説**	**科学と国防 譚海**	**21・3**
	4	1	うどん屋剣法	山手樹一郎	小説	富士	13・4
	4	1	売出し遠山桜	山手樹一郎	小説	講談雑誌	27・4
	4	1	梅樹	山手樹一郎	小説	大衆文芸	2・4
	5	**1**	**お千加茶屋**［注9］	**山手樹一郎**	**小説**	**少女の友**	**33・5**
	5	**1**	**緋牡丹伝法** ※	**山手樹一郎**	**小説**	**科学と国防 譚海**	**21・5**
	6	**1**	**魂で読め**	**山手樹一郎**	**小説**	**新満州**	**4・6**
	6	1	まごころ女房	山手樹一郎	小説	講談雑誌	27・6

昭和15（1940）						
7	**1**	**武道土産妻**	**山手樹一郎**	**小説**	**科学と国防 譚海**	**21・7**
7	1	夜潮	山手樹一郎	小説	新青年	21・9
8	**1**	**精限り根限り**	**山手樹一郎**	**小説**	**新満州**	**4・8**
9	1	頑張り武道［注10］	山手樹一郎	小説	日の出	9・9
9	**1**	**道は近きにあり**	**山手樹一郎**	**小説**	**新満州**	**4・9**
10	1	品川砲台	山手樹一郎	小説	新青年	21・12
10	**1**	**彰義隊破る日**	**山手樹一郎**	**小説**	**科学と国防 譚海**	**21・10**
11	1	さむらい絵図	山手樹一郎	小説	講談雑誌	27・12
11	**1**	**武士と刀剣**	**山手樹一郎**	**小説**	**科学と国防 譚海**	**21・11**
12	**1**	**義士の妹**	**山手樹一郎**	**小説**	**少女の友**	**33・12**
12	1	死処	山手樹一郎	小説	大衆文芸	2・12
?	?	薫風の旅	山手樹一郎	小説	?	
昭和16（1941）						
1	**1**	**生甲斐**	**山手樹一郎**	**小説**	**畜産・肥料**	**1月号**
1	1	錦の旗風	山手樹一郎	小説	少年倶楽部	28・1〜12
1	1	戊辰脱走記	山手樹一郎	小説	新青年	22・1
1	**11**	**作者の言葉**	**山手樹一郎**	**随筆**	**合同新聞**	
1	12	戊辰進軍譜［注11］	山手樹一郎	小説	合同新聞	〜10月24日
2	**1**	**維新夜話 ※**	**山手樹一郎**	**小説**	**科学と国防 譚海**	**22・2**
3	1	無名戦士	山手樹一郎	小説	大衆文芸	3・3
3	**1**	**黎明絵巻**	**山手樹一郎**	**小説**	**講談雑誌**	**?〜3・3**
4	1	鴛鴦春秋	山手樹一郎	小説	科学と国防 譚海	22・4
5	**1**	**兄の声**	**山手樹一郎**	**小説**	**少女の友**	**34・5**
5	1	五月雨供養	山手樹一郎	小説	富士	14・5
5	1	土の花嫁	山手樹一郎	小説	講談雑誌	27・5

年	月	日	著作名	執筆名	種類	初出紙誌	巻・号
昭和16（1941）	6	10	泥人形	山手樹一郎	小説	サンデー毎日	20・26
	7	1	腕一本の春	山手樹一郎	小説	新青年	22・7
	7	1	梅雨晴れ	山手樹一郎	小説	大衆文芸	3・7
	7	15	阿部正弘	山手樹一郎	評伝	単行本書き下ろし	
	7	15	一休和尚	山手樹一郎	評伝	単行本書き下ろし	
	7	15	伊藤博文	山手樹一郎	評伝	単行本書き下ろし	
	7	15	牛若丸	山手樹一郎	評伝	単行本書き下ろし	
	7	15	勝海舟	山手樹一郎	評伝	単行本書き下ろし	
	7	15	楠木正行	山手樹一郎	評伝	単行本書き下ろし	
	7	15	菅原道真	山手樹一郎	評伝	単行本書き下ろし	
	7	15	曾我兄弟	山手樹一郎	評伝	単行本書き下ろし	
	7	15	徳川光圀	山手樹一郎	評伝	単行本書き下ろし	
	7	15	中江藤樹	山手樹一郎	評伝	単行本書き下ろし	
	7	15	名和長年	山手樹一郎	評伝	単行本書き下ろし	
	7	15	二宮金次郎	山手樹一郎	評伝	単行本書き下ろし	
	7	15	乃木希典	山手樹一郎	評伝	単行本書き下ろし	
	7	15	橋本左内	山手樹一郎	評伝	単行本書き下ろし	
	7	15	日吉丸	山手樹一郎	評伝	単行本書き下ろし	
	7	15	松平長四郎	山手樹一郎	評伝	単行本書き下ろし	
	7	15	元就ノ子供	山手樹一郎	評伝	単行本書き下ろし	
	7	15	立派な人々の話	山手樹一郎	評伝	単行本書き下ろし	
	8	1	伊能忠敬	山手樹一郎	小説	科学と国防 譚海	22・8
	8	1	鉄舟とその妻	山手樹一郎	小説	講談雑誌	8月号

昭和16（1941）						
8	**1**	**敗走の夜**	**山手樹一郎**	**小説**	**講談倶楽部**	**31・8**
8	**1**	**明月の妻**	**山手樹一郎**	**小説**	**少女の友**	**34・8**
9	1	江川太郎左衛門	山手樹一郎	小説	科学と国防 譚海	22・9
10	**1**	**愚直登用** ［注12］	**山手樹一郎**	**小説**	**講談倶楽部**	**31・10**
10	1	高島秋帆	山手樹一郎	小説	科学と国防 譚海	22・10
10	1	幕末軍艦役 ［注13］	山手樹一郎	小説	新青年	22・10
10	**30**	**くろがね会結成経過**	**山手樹一郎**	**随筆**	**くろがね会報**	**1・1**
10	**30**	**事務室記**	**山手樹一郎**	**後記**	**くろがね会報**	**1・1**
11	1	坦庵と秋帆	山手樹一郎	小説	科学と国防 譚海	22・11
12	**1**	**感激の江田島**	**山手樹一郎**	**随筆**	**講談雑誌**	**12月号**
?	?	家出ざくら	山手樹一郎	小説	講談雑誌	27・?
昭和17（1942）						
1	1	暁の雪	山手樹一郎	小説	新青年	23・1
1	**1**	**勝名乗**	**山手樹一郎**	**小説**	**戦線文庫**	**39**
3	1	信濃の春	山手樹一郎	小説	新青年	23・3
3	1	密使合戦	山手樹一郎	小説	講談雑誌	3月号
3	1	余香抄	山手樹一郎	小説	大衆文芸	4・3
5	1	梨枝夫人	山手樹一郎	小説	新青年	23・5
6	**1**	**大納言嵐**	**山手樹一郎**	**小説**	**家の光**	**18・6**
7	1	赤穂日記	山手樹一郎	小説	大衆文芸	4・7〜9
7	1	輝く海軍の父	山手樹一郎	評伝	科学と国防 譚海	23・7
7	**1**	**勝関武士**	**山手樹一郎**	**小説**	**講談雑誌**	**7月号**
8	1	薩摩武士	山手樹一郎	小説	新青年	23・8
9	**1**	**櫛**	**山手樹一郎**	**小説**	**少女の友**	**35・9**
9	1	道連れ天狗	山手樹一郎	小説	講談雑誌	9月号

年	月	日	著作名	執筆名	種類	初出紙誌	巻・号
昭和17（1942）	10	1	流れ雲	山手樹一郎	小説	新青年	23・10
	11	1	小父さん志士	山手樹一郎	小説	芸能文化	9・11
	11	1	競争者	山手樹一郎	小説	科学と国防 譚海	23・11
	12	1	十四日の朝	山手樹一郎	小説	科学と国防 譚海	23・12
	?	?	東征序曲［注14］	山手樹一郎	小説	北海道新聞	
昭和18（1943）	1	1	江戸追放	山手樹一郎	小説	新青年	24・1
	1	**1**	**尊攘街道**	**山手樹一郎**	**小説**	**海の村**	**8・1〜9**
	1	1	羽織	山手樹一郎	小説	大衆文芸	5・1
	2	**1**	**文久の秋**	**山手樹一郎**	**小説**	**講談倶楽部**	**33・2**
	2	1	夜明の唄	山手樹一郎	小説	講談雑誌	2月号
	3	1	銀の虎	山手樹一郎	小説	講談雑誌	30・3
	4	1	密航手順	山手樹一郎	小説	科学と国防 譚海	24・4
	5	1	男の槍［注15］	山手樹一郎	小説	講談雑誌	5月号
	5	**1**	**三月十日**	**山手樹一郎**	**随筆**	**大衆文芸**	**5・5**
	5	**20**	**逃亡五日**	**山手樹一郎**	**小説**	**読切雑誌**	**6・6**
	6	1	天の火	山手樹一郎	小説	新青年	24・6
	7	1	獄中記	山手樹一郎	小説	大衆文芸	5・7〜12
	7	**1**	**幕末海軍の創生**	**山手樹一郎**	**評伝**	**科学と国防 譚海**	**24・7**
	8	1	吹雪く桜田門	山手樹一郎	小説	科学と国防 譚海	24・8
	9	1	御殿山焼打	山手樹一郎	小説	科学と国防 譚海	24・9
	10	1	青い空	山手樹一郎	小説	新青年	24・10
	11	1	寺田屋事件	山手樹一郎	小説	科学と国防 譚海	24・11
	12	1	桑名入城	山手樹一郎	小説	日の出	12・12

年	月	日	作品名	著者	分類	掲載誌	巻号
昭和18（1943）	12	1	薩英戦争	山手樹一郎	小説	科学と国防 譚海	24・12
	12	1	伜	山手樹一郎	小説	富士	19・12
昭和19（1944）	**2**	**1**	**作品合評**	**山手樹一郎 他**	**合評**	**大衆文芸**	**6・2**
	2	1	花嫁太平記	山手樹一郎	小説	日の出	13・2
	3	1	鯛	山手樹一郎	小説	新青年	25・3
	4	1	艦送記	山手樹一郎	小説	大衆文芸	6・4〜5
	4	1	志士の道	山手樹一郎	小説	日の出	13・4
	5	**1**	**母の手拭**	**山手樹一郎**	**小説**	**少女の友**	**37・5**
	6	1	蟄居記	山手樹一郎	小説	大衆文芸	6・6〜10
	8	1	別盃	山手樹一郎	小説	新青年	25・7
昭和20（1945）	2	1	餞別	山手樹一郎	小説	新青年	26・2
	2	**10**	**新雪**	**山手樹一郎**	**小説**	**大陸**	**2・2**
	9	18	明治元年［注16］	山手樹一郎	小説	中部日本新聞	〜12月8日
	10	1	ざんぎり	山手樹一郎	小説	大衆文芸	7・4
	11	**1**	**水盃**	**山手樹一郎**	**小説**	**漫画日本増刊**	**40・5**
昭和21（1946）	1	1	群盲	山手樹一郎	小説	大衆文芸	8・1
	6	**1**	**緑陰放談輯**	**山手樹一郎**	**座談会**	**大衆文芸**	**8・6**
	7	1	明日の風	山手樹一郎	小説	講談雑誌	32・6
	10	**1**	**手向草**	**山手樹一郎**	**俳句**	**大衆文芸**	**8・9**
	10	**15**	**山の会同人**	**山手樹一郎**	**俳句**	**福祉**	**1・10**
	10	**25**	**天保剣客伝**	**山手樹一郎**	**講談**	**新演芸**	**第2号**
	11	**1**	**産衣**	**山手樹一郎**	**小説**	**新読物**	**1・3**
	11	**1**	**山の会・復活句座**	**山手樹一郎**	**俳句**	**ゆく春**	
	12	**1**	**罰金一万三千円**	**山手樹一郎**	**随筆**	**大衆文芸**	**8・11**

年	月	日	著作名	執筆名	種類	初出紙誌	巻・号
昭和22（1947）	1	1	万年青は告げる	山手樹一郎	小説	読物と講談	2・1
	2	1	春の雪	山手樹一郎	小説	新読物	2・2
	2	15	山の会句座（一）	山手樹一郎	俳句	福祉	2・2
	3	1	おいらん俥	山手樹一郎	小説	ホープ	2・3
	4	16	地獄ごよみ	山手樹一郎	小説	埼玉新聞	〜9月29日
	5	1	梅の香	山手樹一郎	小説	新読物	2・5
	7	1	百姓丸太の大輔	山手樹一郎	小説	月刊岡山	3・7
	9	1	初恋の女	山手樹一郎	小説	読物と講談	2・9
	9	1	蜜柑	山手樹一郎	小説	ダイヤ	第8・9号
	10	1	山の会の記	山手樹一郎	随筆	ゆく春	
	12	1	流れ雲	山手樹一郎	小説	国民の友	〜翌年新年号
昭和23（1948）	1	1	恋の酒	山手樹一郎	小説	講談雑誌	34・1
	1	1	名奉行伝	山手樹一郎	小説	読物と講談	3・1
	2	1	夢介千両みやげ	山手樹一郎	小説	読物と講談	3・2〜7・7
	3	1	鬼むすめ	山手樹一郎	小説	ストーリー	3・3
	3	1	輝しき朝	山手樹一郎	小説	地熱	1・2
	3	1	金さんと岡っ引	山手樹一郎	小説	小説の泉	3
	3	1	女菩薩	山手樹一郎	小説	新読物	3・3
	3	2	自己紹介	山手樹一郎	随筆	富士	5・8
	3	2	柔	山手樹一郎	小説	富士	5・8
	4	1	五千両の門出	山手樹一郎	小説	冒険少年	1・4
	4	1	青春行路	山手樹一郎	小説	読切講談	
	4	30	推薦の言葉	山手樹一郎	随筆	近代ロマン	1・2

昭和23（1948）

5	1	金さんと女難	山手樹一郎	小説	小説の泉	5
5	1	女郎蜘蛛	山手樹一郎	小説	新青年	29・4
5	1	まごころの旅	山手樹一郎	小説	面白世界	5月号
6	1	鼠のにが笑ひ	山手樹一郎	小説	日本ユーモア	3・4
6	1	花の雨	山手樹一郎	小説	大衆文芸	10・6
6	20	新吉田御殿	山手樹一郎	小説	大都会	別冊
7	1	おせん	山手樹一郎	小説	新読物	3・7
7	1	万年青の秘密	山手樹一郎	小説	傑作倶楽部	7
7	1	青春暴れ剣法	山手樹一郎	小説	新講談	別冊
7	1	貞女［注17］	山手樹一郎	小説	月刊中国	3・7
7	1	春ふたたび	山手樹一郎	小説	キング	24・7
7	1	恋慕酒	山手樹一郎	小説	オール読物	1・4
7	5	緋牡丹の夢	山手樹一郎	小説	日本ユーモア	別冊
7	8	作者の言葉	山手樹一郎	随筆	夕刊とうほく	
7	13	鬼姫しぐれ	山手樹一郎	小説	夕刊とうほく	～12月25日
7	15	旗本の娘	山手樹一郎	小説	大衆小説界	2・7
8	1	隠密奉行	山手樹一郎	小説	仮面	臨時増刊号
8	1	柳生又十郎	山手樹一郎	小説	小説と講談	1・2
9	1	うきよ硯	山手樹一郎	小説	小説と講談	1・3
9	1	男の土俵	山手樹一郎	小説	講談と実話	1・3
9	1	お染小僧	山手樹一郎	小説	別冊富士	9月号
9	1	悲恋女掏摸	山手樹一郎	小説	天狗	1・2
9	15	女のよそおい	山手樹一郎	小説	講談世界	1・2
9	15	明暗三年試合	山手樹一郎	小説	講談と小説	別冊

年	月	日	著作名	執筆名	種類	初出紙誌	巻・号
昭和23（1948）	9	?	多恵姫行状記	山手樹一郎	小説	大衆読物	創刊号
	10	1	姉御小町	山手樹一郎	小説	小説ファン	第2集
	10	1	花魁やくざ	山手樹一郎	小説	クラブ	3・9
	10	1	おしどり街道	山手樹一郎	小説	新講談	?〜2・3
	10	1	月に濡れる女	山手樹一郎	小説	新青年	29・7
	10	1	藤の茶屋	山手樹一郎	小説	小説文庫	3・6
	10	1	水戸光圀	山手樹一郎	小説	読物の泉	2・5
	10	1	めをと鏡	山手樹一郎	小説	国民の友	一〇月号
	10	20	一夜妻	山手樹一郎	小説	小説の国	第2集
	10	25	密使の恋	山手樹一郎	小説	時代読切傑作集	第1集
	11	1	お国流皆伝	山手樹一郎	小説	講談雑誌	34・7
	11	1	おのろけ武道記	山手樹一郎	小説	人情講談	創刊号
	11	1	お姫さま妻	山手樹一郎	小説	富士	1・10
	11	1	女役者	山手樹一郎	小説	サロン	3・11
	11	1	恋の芽	山手樹一郎	小説	名作読物	第1集
	11	1	後家さんげ	山手樹一郎	小説	月刊さきがけ	4・11
	11	1	さむらひ日記	山手樹一郎	小説	地熱	1・6
	11	1	狙われた名刀	山手樹一郎	小説	旬刊ニュース	第3号
	11	1	剥がれた若様	山手樹一郎	小説	小説倶楽部	臨時増刊
	11	1	山男は怒る	山手樹一郎	小説	小説と講談	1・5
	11	1	夕立小町	山手樹一郎	小説	大衆雑誌	1・2
	11	15	御名代ぶり	山手樹一郎	小説	読物時代	1・2
	11	15	手ごめ妻	山手樹一郎	小説	読物界	1・6

昭和23（1948）	11	20	遠山金さん刺青桜	山手樹一郎	小説	講談の泉	第1集
	11	25	幕末娘気質	山手樹一郎	小説	時代読切傑作集	第2集
	12	1	一平浮世ばなし	山手樹一郎	小説	読切読物	1・12〜2・4
	12	1	男というもの	山手樹一郎	小説	ルビー	1・2
	12	1	黒髪地獄	山手樹一郎	小説	小説の泉	5
	12	1	恋がたき	山手樹一郎	小説	新読物	3・12
	12	1	紅顔秘帖	山手樹一郎	小説	ユーモア	12・12
	12	1	侍かたぎ	山手樹一郎	小説	モダン日本	19・12
	12	1	新編 八犬伝	覆面作家［注18］	小説	講談倶楽部	〜3年後9月1日
	12	1	艶聞土かつぎ記	山手樹一郎	小説	新文庫	2・9
	12	1	狙はれ小町	山手樹一郎	小説	講談と娯楽	1・1
	12	1	花嫁位牌	山手樹一郎	小説	読物の泉	2・6
	12	5	をしどり日記	山手樹一郎	小説	オール講談	1・3
	12	15	蛙の子	山手樹一郎	小説	小説特集	新春特大号
	12	15	小町芸者	山手樹一郎	小説	小説ファン	第3集
	12	20	金さんと拗ね小町	山手樹一郎	小説	講談の泉	第2集
	12	25	竹刀婿	山手樹一郎	小説	講談界	
	?	?	五十両の夢	山手樹一郎	小説	実話と読物	
昭和24（1949）	1	1	葵は散りぬ	山手樹一郎	小説	日本ユーモア別冊	3・10
	1	1	枯葦	山手樹一郎	小説	実話と講談	2・1
	1	1	九年の恋	山手樹一郎	小説	読切雑誌	3・1
	1	1	地獄から来た浪士	山手樹一郎	小説	ルビー	2・1〜2
	1	1	花嫁をんな大学	山手樹一郎	小説	娯楽よみもの	1・1
	1	1	春風道中	山手樹一郎	小説	娯楽倶楽部	2・1

年	月	日	著作名	執筆名	種類	初出紙誌	巻・号
昭和24（1949）	1	1	春の潮	山手樹一郎	小説	読切小説特集	2・2
	1	1	みちゆき峠	山手樹一郎	小説	人情講談	2・1
	1	1	村一番の男	山手樹一郎	小説	大衆小説	2・1
	1	1	雪あかり	山手樹一郎	小説	読物と漫画	新年増大号
	1	1	若様行状記	山手樹一郎	小説	新読物	1〜6月号
	1	15	新しき門出	山手樹一郎	小説	読物界	2・1
	1	15	日本晴侍	山手樹一郎	小説	花形作家傑作集	第2輯
	1	20	丸太の大輔	山手樹一郎	小説	海	3・1
	2	1	江戸の文	山手樹一郎	小説	月刊読売	7・2
	2	1	恩愛一刀流	山手樹一郎	小説	少年少女 譚海	2・2
	2	1	素浪人日記	山手樹一郎	小説	新青年	30・2
	2	1	花笠浪人	山手樹一郎	小説	花馬車	2月号
	2	1	美少年散華非聞	山手樹一郎	小説	大衆雑誌	2・2
	2	1	梅の雨	山手樹一郎	小説	実話と読物	
	2	25	久楽屋の娘	山手樹一郎	小説	時代読切傑作集	第4集
	3	1	死損い記	山手樹一郎	小説	大衆文芸	11・3
	3	1	幕末恋模様	山手樹一郎	小説	娯楽よみもの	1・2
	3	1	武蔵野の花	山手樹一郎	小説	新風	4・3
	3	1	女狐月夜	山手樹一郎	小説	小説と講談	2・3
	3	30	恋の芽	山手樹一郎	小説	読切小説集	第3集
	3	?	斬つた男	山手樹一郎	小説	好奇読物	2・1
	4	1	江戸地獄	山手樹一郎	小説	小説と講談	2・4〜?
	4	1	恋ぞめ頭巾	山手樹一郎	小説	読物と漫画	4〜9月号

昭和24（1949）

4	1	五年目の花嫁	山手樹一郎	小説	朝日	4・2
4	1	さみだれの女	山手樹一郎	小説	面白倶楽部	2・4
4	1	旅のまごころ	山手樹一郎	小説	ふれつしゆ別冊	2・2
4	10	あばれ酒	山手樹一郎	小説	小説の華	第3集
4	30	推薦の言葉	山手樹一郎	随筆	近代ロマン	2・1
5	1	金を貸す花嫁	山手樹一郎	小説	蜘蛛	2・5
5	1	五月雨の曲	山手樹一郎	小説	少女の友	42・5
5	1	鳶のぼんくら松	山手樹一郎	小説	読切読物	2・5〜3・11
5	1	めおと雪	山手樹一郎	小説	キング	25・5
5	5	後家ざんげ	山手樹一郎	小説	南海	4・5
5	10	花嫁変化	山手樹一郎	小説	青春タイムス	2・4
5	25	柳橋お仙の恋	山手樹一郎	小説	読物と講談別冊	大快作特選集
5	30	めおと春秋	山手樹一郎	小説	近代ロマン	2・2
6	1	おのろけ供養	山手樹一郎	小説	読切講談世界	2・6
6	1	形見草	山手樹一郎	小説	ポケット文庫	1・2
6	1	恋馬車	山手樹一郎	小説	大衆小説	2・6
6	1	新三しぐれ	山手樹一郎	小説	探偵よみもの	39
7	1	千両小町	山手樹一郎	小説	読切読物	2・8
7	1	恋慕街道	山手樹一郎	小説	人情講談	2・8〜？
7	5	出流天狗	山手樹一郎	小説	傑作読切	2・5
7	5	牢獄の鬼	山手樹一郎	小説	時代読切傑作集	第7集
7	8	夕立の女	山手樹一郎	小説	小説の泉	7
7	10	いさみ肌祝言	山手樹一郎	小説	講談春秋	創刊号
7	15	女の盃	山手樹一郎	小説	読切講談世界	2・8

年	月	日	著作名	執筆名	種類	初出紙誌	巻・号
昭和24（1949）	8	1	美女峠	山手樹一郎	小説	夕刊とうほく	～12月27日
	8	1	兵助夫婦	山手樹一郎	小説	大衆文芸	11・8
	9	1	恋雨無情	山手樹一郎	小説	講談読物	第3号
	9	1	昔の旅	山手樹一郎	随筆	ユーモア	13・9
	9	1	遠山の金さん	山手樹一郎	小説	評判講談の泉	2
	9	15	私のペンネーム	山手樹一郎	随筆	キング	秋の増刊
	9	25	妻恋情話	山手樹一郎	小説	小説ファン	第10集
	10	1	女ごころ	山手樹一郎	小説	小説倶楽部	記念特集号
	10	1	きつね美女	山手樹一郎	小説	ホープ	4・10
	10	10	怨讐の果てに	山手樹一郎	小説	小説の華	10月号
	11	20	青い月影	山手樹一郎	小説	傑作読切集	第2集
	11	?	天狗くずれ	山手樹一郎	小説	読物街	6集
	12	1	強情主従	山手樹一郎	小説	任侠講談	1・1
昭和25（1950）	1	1	人情長屋	山手樹一郎	小説	四国春秋	5・1
	1	20	哀恋柿つぶて	山手樹一郎	小説	別冊読物と講談	5・1
	1	20	解説	山手樹一郎	随筆	単行本書き下ろし	
	2	1	淡雪	山手樹一郎	小説	講談時事	2
	2	1	街に出た若殿	山手樹一郎	小説	実話と読物	22・2～?
	4	10	豆腐屋剣法	山手樹一郎	小説	講談倶楽部	春の臨時増刊
	5	1	男の啖呵	山手樹一郎	小説	読切小説	3・5
	5	1	むすめ伝法	山手樹一郎	小説	評判講談の泉	5～7?
	5	1	夜の花道	山手樹一郎	小説	キング	26・5
	5	10	花魁刺青	山手樹一郎	小説	小説読物街別冊	読切小説豪華集

昭和25（1950）						
6	1	さくら月夜	山手樹一郎	小説	講談雑誌	40・6
6	1	自他共に許す	山手樹一郎	随筆	丸	3・6
6	1	つがい鷗	山手樹一郎	小説	面白倶楽部	3・6
6	1	むすめ剣法	山手樹一郎	小説	小説倶楽部	花形作家傑作小説特大号
6	1	私の写真自叙伝	山手樹一郎	随筆	評判講談の泉	6
6	20	又四郎笠	山手樹一郎	小説	夕刊とうほく	～翌年1月16日
7	1	金さん捕物帖	山手樹一郎	小説	キング	26・7～27・6
9	1	秋の女	山手樹一郎	俳句	大衆文芸	12・6
9	10	うなされる女	山手樹一郎	小説	別冊サンデー毎日	秋の大衆文芸
11	1	春の虹	山手樹一郎	小説	青年	35・8～36・1
11	1	舞鶴屋お鶴	山手樹一郎	小説	講談雑誌	36・11～12
12	1	十六文からす堂	山手樹一郎	小説	小説の泉	12～?
昭和26（1951）						
1	1	青空浪人	山手樹一郎	小説	家の光	27・1～28・12
1	1	おとめ街道	山手樹一郎	小説	少女クラブ	29・1～30・3
2	1	武士魂は白雪の如く	山手樹一郎	小説	花形講談	4・2
2	10	おはぐろ恋慕	山手樹一郎	小説	読切ロマンス	新春特別号
3	1	恋つぶて浪人旅	山手樹一郎	小説	読切小説倶楽部	3
3	1	山の会師走句記	山手樹一郎	随筆・俳句	ゆく春	24・3
5	1	江戸の闇	山手樹一郎	小説	読切小説集	6・5
5	1	江戸の田吾作	山手樹一郎	小説	読切小説倶楽部	5
5	20	櫛	山手樹一郎	小説	京都新聞	
7	1	木枯しの関	山手樹一郎	小説	オール読物	6・7
7	1	春雷	山手樹一郎	小説	面白倶楽部	4・7
7	1	愉しからずや恋	山手樹一郎	小説	読切小説倶楽部	4・5～?

年	月	日	著作名	執筆名	種類	初出紙誌	巻・号
昭和26（1951）	8	1	江戸むらさぎ	山手樹一郎	小説	読切小説集	3・8〜?
	8	5	太郎ざむらい［注19］	山手樹一郎	小説	埼玉新聞	〜翌年1月4日
	9	1	お荷物女房	山手樹一郎	小説	面白倶楽部	4・9
	9	10	生霊に追われる男	山手樹一郎	小説	サンデー毎日	30・37
	10	1	美女を射る	山手樹一郎	小説	実話と講談	4・10
	10	23	はだか大名	山手樹一郎	小説	時事新報	〜翌年7月14日
	11	1	女冥利	山手樹一郎	小説	にっぽん読切小説読物	14・12
	11	1	恋慕ぐるま	山手樹一郎	小説	読切読物	11月号〜?
	11	23	私のおしゃれ	山手樹一郎	随筆	毎日新聞	
	12	15	一年余日の思い出	山手樹一郎	随筆	富士	4・13
昭和27（1952）	1	1	江戸少年隊	山手樹一郎	小説	少年クラブ	39・1〜14
	1	1	紅梅行燈	山手樹一郎	小説	平凡	〜11月5日
	1	1	夫婦八景	山手樹一郎	小説	主婦と生活	1〜12
	1	1	浪人まつり	山手樹一郎	小説	講談倶楽部	
	2	1	梅の宿	山手樹一郎	小説	キング	28・2
	2	1	追われ天狗	山手樹一郎	小説	文芸倶楽部	2月号
	3	15	花の雨について	山手樹一郎	随筆	富士	5・3
	4	6	浪人横丁	山手樹一郎	小説	週刊サンケイ	〜10月12日号
	4	15	死神	山手樹一郎	小説	別冊小説新潮	4・2
	5	1	女ひとりの家	山手樹一郎	小説	にっぽん読切小説読物	傑作特大号
	5	1	やん八弁天	山手樹一郎	小説	オール読物	7・5
	6	1	おことわり	山手樹一郎	随筆	読切小説集	4・6
	7	1	お艶恋模様	山手樹一郎	小説	読切小説集	4・7

年	月	日	作品名	著者	種別	掲載誌	号数等
昭和27（1952）	8	14	朝焼け富士	山手樹一郎	小説	都新聞	～翌年5月27日
	9	1	紫忠兵衛	山手樹一郎	小説	講談雑誌	38・9～39・9
	9	1	貞女	山手樹一郎	小説	週刊朝日	新秋読物号
	10	1	朝霧峠	山手樹一郎	小説	明星	1・1～2・5
	10	1	道中・路銀・手形	山手樹一郎	随筆	旅	10月号
	11	1	江戸屋敷の決闘	山手樹一郎	小説	りべらる	7・14
	12	1	万作青春記	山手樹一郎	小説	小説倶楽部	12月号
	12	1	夜霧の激情	山手樹一郎	小説	にっぽん読切小説読物	12・8
	12	25	八犬伝物語	山手樹一郎	小説	単行本書き下ろし	
昭和28（1953）	1	1	姉御ざくら	山手樹一郎	小説	読切小説集	5・2～？
	1	1	いろは剣法	山手樹一郎	小説	実話と講談	6・1～9
	1	1	花魁仁義	山手樹一郎	小説	実話講談の泉	1月号
	1	1	少年剣士	山手樹一郎	小説	少年画報	6・1
	1	1	青春道場	山手樹一郎	小説	家の光	29・1～14
	1	1	野ざらし姫	山手樹一郎	小説	講談倶楽部	～12月号
	1	1	むすめ月夜［注20］	山手樹一郎	小説	面白倶楽部	6・1
	2	28	一切不明	山手樹一郎	随筆	毎日新聞	
	3	1	泣蟲街道	山手樹一郎	小説	読切読物倶楽部	68
	4	1	若殿天狗	山手樹一郎	小説	少女クラブ	31・5～32・4
	5	1	無題	山手樹一郎	随筆	大衆文芸	13・2
	8	1	おぼろ月	山手樹一郎	小説	オール読物	8・8
	8	1	素人の弁	山手樹一郎	随筆	近代将棋	4・8
	8	24	鉄火奉行	山手樹一郎	小説	毎日新聞	～翌年2月28日
	9	1	江戸の恋風	山手樹一郎	小説	読物と講談	8・13～？

年	月	日	著作名	執筆名	種類	初出紙誌	巻・号
昭和28（1953）	9	1	月の路地	山手樹一郎	小説	キング	29・11
	9	1	ぼんくら千両	山手樹一郎	小説	小説倶楽部	6・9〜7・10
	10	1	巷説荒木又右衛門	山手樹一郎	小説	キング	29・12〜31・11
	10	1	春駒街道	山手樹一郎	小説	講談雑誌	39・10
	10	**1**	**浪人安兵衛**	**山手樹一郎**	**小説**	**実話と講談**	**6・10〜12**
	?	**?**	**たゆまぬ努力**	**山手樹一郎**	**序文**	**単行本書き下ろし**	
昭和29（1954）	**1**	**1**	**今年も余日**	**山手樹一郎**	**随筆**	**大衆文芸**	**14・1**
	1	1	山陽の妻	山手樹一郎	小説	小説の泉	1
	1	**1**	**細井廣澤と安兵衛**	**山手樹一郎**	**小説**	**実話と講談**	**7・1**
	1	25	紅梅峠	山手樹一郎	小説	労働文化	5・2〜5
	2	1	壁すがた	山手樹一郎	小説	講談倶楽部	2月特別号
	2	**1**	**木の香　肌の香**	**山手樹一郎**	**小説**	**講談雑誌**	**40・2**
	2	1	素浪人日和	山手樹一郎	小説	実話と講談	7・2〜11
	3	**1**	**十両という金**	**山手樹一郎**	**随筆**	**地上**	**3月号**
	3	**1**	**風来坊**	**山手樹一郎**	**小説**	**読切倶楽部**	**3・3**
	3	10	生命の灯	山手樹一郎	小説	サンデー毎日	33・11
	3	14	和蘭囃子	山手樹一郎	小説	サンデー毎日	33・13〜29
	4	1	春秋あばれ獅子	山手樹一郎	小説	面白倶楽部	7・4〜8・5
	5	1	藤棚の女	山手樹一郎	小説	傑作倶楽部	5
	5	1	夜鷹	山手樹一郎	小説	オール読物	9・5
	6	1	宿場女郎	山手樹一郎	小説	小説の泉	6
	6	1	妻と子	山手樹一郎	小説	読切小説倶楽部	6
	6	**1**	**なつかしい講談**	**山手樹一郎**	**随筆**	**単行本書き下ろし**	

昭和29（1954）	7	17	江戸の虹	山手樹一郎	小説	産業経済新聞	〜翌年5月20日
	9	1	青空剣法	山手樹一郎	小説	講談倶楽部	〜3年後12月1日
	9	**1**	**鮎とスッポンの話**	**山手樹一郎**	**随筆**	**講談雑誌**	**40・9**
	10	10	おぶい紐	山手樹一郎	小説	サンデー毎日	33・49
	11	1	木枯しの旅	山手樹一郎	小説	オール読物	9・11
	11	**21**	**むすめ自慢**	**山手樹一郎**	**随筆**	**週刊サンケイ**	**11月21日号**
	12	1	雪の駕籠	山手樹一郎	小説	主婦の友	38・12
昭和30（1955）	1	1	紅顔夜叉	山手樹一郎	小説	面白倶楽部	9・1〜10・13
	1	**1**	**深夜の顔**	**山手樹一郎**	**随筆**	**読物娯楽版**	**1・1**
	1	**1**	**花嫁土俵**	**山手樹一郎**	**小説**	**小説サロン**	**創刊号**
	2	**14**	**歴史物を目ざして**	**山手樹一郎**	**随筆**	**毎日新聞**	
	2	**20**	**晩酌の肴**	**山手樹一郎**	**随筆**	**毎日新聞**	
	3	18	恋染め笠	山手樹一郎	小説	埼玉新聞	〜12月16日
	4	15	夜馬車	山手樹一郎	小説	別冊小説新潮	9・6
	5	1	財布の命	山手樹一郎	小説	オール読物	10・5
	5	**20**	**後記 めくら蛇の記**	**山手樹一郎**	**後記**	**全集書き下ろし**	**1**
	6	**20**	**あとがき**	**山手樹一郎**	**後記**	**全集書き下ろし**	**2**
	7	**5**	**朝寝坊と晩酌**［注21］	**山手樹一郎**	**随筆**	**暮しの手帖**	**3・30**
	7	**5**	**塩原の民謡詩人**	**山手樹一郎**	**序文**	**単行本書き下ろし**	
	7	**15**	**あとがき**	**山手樹一郎**	**後記**	**単行本書き下ろし**	
	7	15	槍一筋	山手樹一郎	小説	別冊小説新潮	9・10
	7	**25**	**あとがき**	**山手樹一郎**	**後記**	**単行本書き下ろし**	
	8	1	青年安兵衛	山手樹一郎	小説	平凡	〜翌年12月
	8	**20**	**あとがき**	**山手樹一郎**	**後記**	**全集書き下ろし**	**4**

年	月	日	著作名	執筆名	種類	初出紙誌	巻・号
昭和30（1955）	8	20	江戸群盗記	山手樹一郎	小説	週刊東京	1・1〜2・48
	9	**20**	**あとがき**	**山手樹一郎**	**後記**	**全集書き下ろし**	**5**
	10	1	念流中興の剣豪［注22］	山手樹一郎	小説	小説新潮	9・13
	10	**10**	**「夜馬車」について**	**山手樹一郎**	**後記**	**単行本書き下ろし**	
	10	15	唐人一揆	山手樹一郎	小説	別冊小説新潮	9・14
	10	**20**	**あとがき**	**山手樹一郎**	**後記**	**全集書き下ろし**	**6**
	11	**1**	**うかつに口はきけない**	**山手樹一郎**	**随筆**	**映画と演芸**	**16**
	11	1	巷説水戸黄門	山手樹一郎	小説	キング	31・13〜33・3
	12	1	江戸ざくら	山手樹一郎	小説	小説倶楽部	8・12〜9・12
	12	1	借りた蚊帳	山手樹一郎	小説	オール読物	10・12
	12	**1**	**どんな・・・**	**山手樹一郎**	**後記**	**小説サロン**	**12月号**
	12	10	道場小町	山手樹一郎	小説	小説春秋	1・1
	12	17	青雲の鬼	山手樹一郎	小説	朝日新聞	〜翌年6月20日
	?	?	変化大名	山手樹一郎	小説	地方紙数紙	
昭和31（1956）	1	1	青春峠［注23］	山手樹一郎	小説	小説サロン	〜2年後8月1日
	2	1	三郎兵隊衛の恋	山手樹一郎	小説	小説公園	7・2
	4	**10**	**一色左近**	**山手樹一郎**	**小説**	**小説と読物**	**春の傑作小説集**
	5	1	若殿ばんざい	山手樹一郎	小説	家の光	32・5〜33・6
	7	**10**	**呪われた花嫁**	**山手樹一郎**	**小説**	**小説倶楽部**	**夏の大増刊**
	8	**12**	**「大名囃子」の主人公**	**山手樹一郎**	**対談**	**神戸新聞**	
	8	14	大名囃子	山手樹一郎	小説	神戸新聞	〜翌年3月28日
	9	1	霧の中	山手樹一郎	小説	オール読物	11・9
	9	21	のっそりと参上	山手樹一郎	小説	旬刊ラジオ	〜12月21日

年	月	日	題名	著者	種別	掲載	備考
昭和31（1956）	10	25	「三郎兵衛の恋」について	山手樹一郎	後記	単行本書き下ろし	
	11	1	苦難を越えて優勝へ	山手樹一郎	座談会	野球界	46・11
	12	1	東映ファンの弁	山手樹一郎	随筆	時代映画	12月号
	12	10	幕末の北朝輪王寺宮の悲劇	山手樹一郎	随筆	特集人物往来	12月号
	?	?	新妻	山手樹一郎	小説	産業経済新聞	
昭和32（1957）	1	1	遠山政談	山手樹一郎	小説	小説倶楽部	10・1〜11・7
	1	1	晩酌の味	山手樹一郎	随筆	中央公論	1月号
	2	1	柳生流秘太刀	山手樹一郎	小説	小説春秋	3・3
	2	?	父のねがい	山手樹一郎	序文	単行本書き下ろし	
	3	1	花の青空	山手樹一郎	小説	平凡	〜翌年3月1日
	3	16	朝晴れ鷹　※	山手樹一郎	小説	三社連合紙	〜翌年2月13日
	3	28	映画　大名囃子の感想	山手樹一郎	対談	神戸新聞	
	4	1	笊医者	山手樹一郎	小説	週刊朝日別冊	傑作時代小説集
	6	1	書かない苦労	山手樹一郎	随筆	茶の間	6月号
	6	15	私の酒	山手樹一郎	随筆	講談倶楽部	9・8
	7	1	女の城	山手樹一郎	小説	小説と読物	7月特大号〜？
	8	1	女房というもの	山手樹一郎	小説	小説新潮	11・11
	9	18	浪人八景	山手樹一郎	小説	産業経済時事	〜翌年7月20日
	9	30	作者のことば	山手樹一郎	後記	単行本書き下ろし	
	?	?	秋しぐれ	山手樹一郎	小説	週刊サンケイ別冊	
	?	?	春待月	山手樹一郎	小説	産業経済新聞	
昭和33（1958）	1	1	江戸の朝風	山手樹一郎	小説	講談倶楽部	〜翌々年12月1日
	1	1	小説の嘘	山手樹一郎	随筆	地上	1月号
	1	1	士こね記	山手樹一郎	小説	オール読物	13・1

年	月	日	著作名	執筆名	種類	初出紙誌	巻・号
昭和33（1958）	1	1	わんぱく公子	山手樹一郎	小説	面白倶楽部	11・1〜13・13
	1	2	少年の虹	山手樹一郎	小説	朝日新聞ジュニア版	〜12月4日
	1	5	食いねえ食いねえ	山手樹一郎	随筆	あまカラ	77
	4	20	天保紅小判	山手樹一郎	小説	週刊読売	〜翌年5月3日
	8	1	微禄お長屋	山手樹一郎	小説	オール読物	13・8
	8	1	夕立の女	山手樹一郎	台本	放送文化	13・8
	8	3	素人の弁	山手樹一郎	随筆	読売新聞	
	9	1	作者のことば	山手樹一郎	後記	単行本書き下ろし	
	10	10	辻斬り未遂	山手樹一郎	小説	サンデー毎日特別号	22
	10	20	浪人市場	山手樹一郎	小説	週刊大衆	〜39年4月9日
	11	1	江戸花火	山手樹一郎	小説	家の光	34・11〜35・11
	?	?	江戸に出た若殿	山手樹一郎	小説	地方紙	
昭和34（1959）	1	10	大島圭介脱走記	山手樹一郎	随筆	特集人物往来	1月号
	1	30	無題［注24］	山手樹一郎	後記	単行本書き下ろし	
	2	1	五十両騒動	山手樹一郎	小説	オール読物	14・2
	2	1	尺八乞食	山手樹一郎	小説	週刊朝日別冊	時代小説傑作号
	5	1	私の還暦	山手樹一郎	随筆	大衆文芸	19・5
	5	24	所得税額と作家	山手樹一郎	随筆	朝日新聞	
	6	1	道中・雲助・役者のこと	山手樹一郎	随筆	旅	6月号
	7	1	私の貸家	山手樹一郎	随筆	文芸春秋	37・7
	7	15	背番号は三〇	山手樹一郎	対談	大衆小説	5・11
	8	1	戸塚の夜雨	山手樹一郎	小説	オール読物	14・8
	8	15	作者のことば	山手樹一郎	後記	単行本書き下ろし	

年	月	日	題名	著者	種別	掲載誌等	巻号等
昭和34（1959）	9	10	香代おぼえ書	山手樹一郎	小説	サンデー毎日特別号	32
	10	1	八幡鳩九郎	山手樹一郎	小説	夕刊タイムズ	～翌々後1月9日
昭和35（1960）	1	1	あばれ剣法	山手樹一郎	小説	少年画報	13・1～?
	1	1	天保浮世硯	山手樹一郎	小説	オール讀物	15・1～10
	1	10	拾った女房	山手樹一郎	小説	サンデー毎日特別号	47
	1	20	序	山手樹一郎	序文	単行本書き下ろし	
	2	10	狼谷の血闘	山手樹一郎	小説	小説倶楽部	13・3
	2	20	歴史小説のネタさがし	山手樹一郎	対談	旅	35・3
	4	1	花のお江戸で	山手樹一郎	小説	小説倶楽部	13・5～14・15
	4	5	作者のことば	山手樹一郎	随筆	平凡	16・4
	5	5	鶴姫やくざ帖	山手樹一郎	小説	平凡	16・5～17・6
	7	1	今も昔も	山手樹一郎	随筆	婦人公論	524号
	7	1	隠密返上	山手樹一郎	小説	週刊朝日別冊	緑陰特別号
	7	25	序にかえて	山手樹一郎	序文	単行本書き下ろし	
	8	10	皆伝行安	山手樹一郎	小説	小説倶楽部	13・11
	8	15	作者のことば	山手樹一郎	後記	単行本書き下ろし	
	9	1	あのことこのこと（一）	山手樹一郎	随筆	全集書き下ろし	1
	9	15	畏友山本周五郎へ	山手樹一郎	随筆	時代傑作小説	夏の臨時増刊号
	9	15	山手樹一郎略年譜	山手樹一郎	年譜	時代傑作小説	夏の臨時増刊号
	10	1	あのことこのこと（二）	山手樹一郎	随筆	全集書き下ろし	2
	10	1	豆腐の味	山手樹一郎	随筆	あじくりげ	53
	11	1	あのことこのこと（三）	山手樹一郎	随筆	全集書き下ろし	3
	12	1	あのことこのこと（四）	山手樹一郎	随筆	全集書き下ろし	4
	12	1	上野と私	山手樹一郎	随筆	上野	20・12

年	月	日	著作名	執筆名	種類	初出紙誌	巻・号
昭和35（1960）	12	1	極楽一丁目	山手樹一郎	小説	家の光	12・1～12
	12	**4**	**ある日私は**	**山手樹一郎**	**随筆**	**週刊読売**	**19・50**
昭和36（1961）	1	1	あのことこのこと（五）	山手樹一郎	随筆	全集書き下ろし	5
	1	1	隠密三国志	山手樹一郎	小説	講談倶楽部	～翌年11月1日
	2	1	あのことこのこと（六）	山手樹一郎	随筆	全集書き下ろし	6
	3	1	あのことこのこと（七）	山手樹一郎	随筆	全集書き下ろし	7
	4	1	あのことこのこと（八）	山手樹一郎	随筆	全集書き下ろし	8
	4	**1**	**狙われた名刀**	**山手樹一郎**	**小説**	**エロティックミステリー**	**2・4**
	4	16	江戸へ百七十里	山手樹一郎	小説	週刊読売	～翌年6月3日
	5	1	あのことこのこと（九）	山手樹一郎	随筆	全集書き下ろし	9
	5	1	江戸の顔役	山手樹一郎	小説	週刊サンケイ別冊	54～72
	5	1	下郎の夢	山手樹一郎	小説	オール読物	16・5
	6	1	あのことこのこと（十）	山手樹一郎	随筆	全集書き下ろし	10
	6	10	天の火柱	山手樹一郎	小説	山陽新聞	～翌年4月9日
	7	1	あのことこのこと（十一）	山手樹一郎	随筆	全集書き下ろし	11
	8	1	あのことこのこと（十二）	山手樹一郎	随筆	全集書き下ろし	12
	8	**1**	**湯わり酒**	**山手樹一郎**	**随筆**	**随筆サンケイ**	**8月号**
	9	1	あのことこのこと（十三）	山手樹一郎	随筆	全集書き下ろし	13
	9	**25**	**作者のことば**	**山手樹一郎**	**後記**	**単行本書き下ろし**	
	10	1	あのことこのこと（十四）	山手樹一郎	随筆	全集書き下ろし	14
	11	1	あのことこのこと（十五）	山手樹一郎	随筆	全集書き下ろし	15
	12	1	あのことこのこと（十六）	山手樹一郎	随筆	全集書き下ろし	16
	12	**10**	**この物語について**	**山手樹一郎**	**後記**	**単行本書き下ろし**	

昭和36（1961）	12	19	侍の灯	山手樹一郎	小説	報知新聞	～翌々年3月10日
昭和37（1962）	1	1	あのことこのこと（十七）	山手樹一郎	随筆	全集書き下ろし	17
	1	10	お助け河岸物語［注25］	山手樹一郎	小説	サンデー毎日特別号	52～61
	2	1	あのことこのこと（十八）	山手樹一郎	随筆	全集書き下ろし	18
	2	1	湯豆腐の味	山手樹一郎	随筆	あじくりげ	69
	2	3	俺たちの青春	山手樹一郎	小説	新週刊	～6月6日
	2	15	侍	山手樹一郎	随筆	大衆小説	8・3
	3	1	あのことこのこと（十九）	山手樹一郎	随筆	全集書き下ろし	19
	3	10	世話物書き雑記	山手樹一郎	随筆	歴史読本	37・3
	3	24	わが小説	山手樹一郎	随筆	朝日新聞	
	4	1	あのことこのこと（二十）	山手樹一郎	随筆	全集書き下ろし	20
	4	21	たのまれ源八	山手樹一郎	小説	週刊漫画サンデー	～翌々年4月8日
	5	1	ただそれだけのこと	山手樹一郎	随筆	小説倶楽部	15・8
	8	23	ばかむこの記	山手樹一郎	小説	文芸朝日	1・5
	9	15	作者のことば	山手樹一郎	後記	単行本書き下ろし	
	10	15	残暑	山手樹一郎	随筆	大衆文学研究	5
	11	12	竹光と女房	山手樹一郎	小説	週刊文春	特大号
	11	27	千石鶴	山手樹一郎	小説	北海道新聞	～翌年11月3日
	?	?	時計と頭	山手樹一郎	随筆	単行本書き下ろし	
昭和38（1963）	2	1	去年今年	山手樹一郎	随筆	小説倶楽部	16・2
	2	1	放れ鷹日記	山手樹一郎	小説	小説現代	1・1～11
	3	1	母の死をみつめて	山手樹一郎	随筆	婦人生活	3月号
	3	20	安寿と厨子王	山手樹一郎	小説	単行本書き下ろし	
	4	17	胡堂さんをいたむ	山手樹一郎	随筆	北国新聞	

年	月	日	著作名	執筆名	種類	初出紙誌	巻・号
昭和38（1963）	6	1	いつも楽しく……	山手樹一郎	随筆	単行本書き下ろし	
	6	1	ほろ酔い量	山手樹一郎	随筆	あじくりげ	85
	6	15	序	山手樹一郎	序文	単行本書き下ろし	
	7	1	左衛門河岸の女	山手樹一郎	小説	潮	38～40
	7	6	恩師の出棺の日に	山手樹一郎	随筆	週刊大衆	7月6日号
	7	10	浪人雑話	山手樹一郎	随筆	歴史読本	38・7
	8	1	あのことこのこと	山手樹一郎	随筆	大衆文芸	23・8
	8	1	残暑の道	山手樹一郎	小説	オール読物	18・8
	9	15	作者のことば	山手樹一郎	後記	単行本書き下ろし	
	10	1	籠の鳥	山手樹一郎	随筆	大衆文芸	23・10
	11	1	上野というところ	山手樹一郎	随筆	上野	55・11
	?	?	後家の春	山手樹一郎	小説	サンデー毎日特別号	
昭和39（1964）	1	5	青春に杯を	山手樹一郎	小説	毎日グラフ	～12月27日号
	3	14	作者のことば	山手樹一郎	随筆	北国新聞	
	3	21	青雲燃える	山手樹一郎	小説	北国新聞	～翌年3月2日
	4	10	名将悔あり	山手樹一郎	小説	小説倶楽部	17・6
	5	1	池袋で買ったステッキ	山手樹一郎	随筆	月刊いけぶくろ	20
	5	1	河岸の柳	山手樹一郎	小説	週刊読売	23・22～30
	5	1	薬酒の味	山手樹一郎	随筆	あじくりげ	96
	5	17	娯楽読物に徹する	山手樹一郎	随筆	朝日ジャーナル	5月17日号
	6	1	長谷川伸一周忌	山手樹一郎他	座談会	大衆文芸	24・6
	8	1	作家の年輪	山手樹一郎	随筆	小説現代	八月号
	8	1	少年三剣士	山手樹一郎	小説	こども家の光	1・1～2・7

年	月	日	題名	著者	種別	掲載	備考
昭和39（1964）	9	1	監修のことば	山手樹一郎	序文	単行本書き下ろし	
	9	15	作者のメモ	山手樹一郎	後記	単行本書き下ろし	
	11	1	湯豆腐に当てられる	山手樹一郎	随筆	あじくりげ	102
	11	1	私の広告	山手樹一郎	随筆	文芸朝日	3・11
	11	15	門下生の一人として	山手樹一郎	序文	単行本書き下ろし	
	11	30	悼句	山手樹一郎	俳句	単行本書き下ろし	
	12	10	剣客の実力	山手樹一郎	随筆	歴史読本	39・12
昭和40（1965）	1	1	春待月	山手樹一郎	随筆	大衆文芸	25・1
	1	3	三百六十五日	山手樹一郎	小説	毎日グラフ	～12月19日号
	1	5	親馬鹿二代	山手樹一郎	随筆	親と子	12・1
	1	11	一夜明ければ	山手樹一郎	小説	週刊サンケイ	新春特大号
	1	14	素浪人案内	山手樹一郎	小説	週刊大衆	～翌年10月6日
	2	1	ペンと人	山手樹一郎他	鼎談	医家芸術	9・2
	3	31	さむらい読本	山手樹一郎	小説	週刊漫画サンデー	～12月29日号
	7	25	私の小説作法	山手樹一郎	随筆	毎日新聞	
	8	14	江戸に夢あり	山手樹一郎	小説	週刊新潮	～翌年4月2日
	10	1	私の大きな息子	山手樹一郎	随筆	小説現代	一〇月号
	10	13	幸福を売る侍［注26］	山手樹一郎	小説	週刊大衆	～翌年11月23日
	11	1	飲み・食い・飲み	山手樹一郎	随筆	あじくりげ	114
昭和41（1966）	2	1	実作者の立場から	山手樹一郎	随筆	単行本書き下ろし	
	3	18	おれの青空	山手樹一郎	小説	週刊スポーツマガジン	～6月10日
	6	11	万年筆コレクション	山手樹一郎	随筆	週刊新潮	6月11日
	7	1	あのことこのこと（1）	山手樹一郎	随筆	大衆文芸	26・7
	7	1	酒豪作家の心意気	山手樹一郎	対談	新世	20・7

年	月	日	著作名	執筆名	種類	初出紙誌	巻・号
昭和41（1966）	7	18	さむらい根性	山手樹一郎	小説	サンケイスポーツ	〜翌年6月10日
	8	1	あのことこのこと（2）	山手樹一郎	随筆	大衆文芸	26・8
	9	1	徂春翁と山の会	山手樹一郎	随筆	ゆく春	39・9
	11	1	牝犬	山手樹一郎	小説	小説倶楽部	19・14
	?	?	愉しからずや青春 [注27]	山手樹一郎	小説	新生	
昭和42（1967）	1	10	黒部君と楠田君のこと	山手樹一郎	随筆	随筆手帖	創刊号
	2	15	自説をまげぬ相談相手	山手樹一郎	随筆	山梨日日新聞	
	2	15	わが友周五郎君のこと	山手樹一郎	随筆	信濃毎日新聞	
	3	1	酒の肴	山手樹一郎	随筆	あじくりげ	130
	5	17	虹に立つ侍	山手樹一郎	小説	河北新報	〜翌年4月9日
	6	1	うちのお嫁さん	山手樹一郎	随筆	小説現代	六月号
	6	1	一つの門	山手樹一郎	随筆	家の光	43・6
	6	10	万歩計	山手樹一郎	随筆	随筆手帖	第2号
	7	24	三日女房 [注28]	山手樹一郎	小説	週刊サンケイ	7月24日号
	9	1	九月一日のこと	山手樹一郎	随筆	上野	101・9
	9	20	周五郎君のこと	山手樹一郎	随筆	大衆文学研究	20
	10	18	富田常雄君を悼む	山手樹一郎	随筆	毎日新聞	
	11	10	私の手相	山手樹一郎	随筆	随筆手帖	第3号
	12	31	心あらたまる年に	山手樹一郎	随筆	内外タイムス	12月31日号
昭和43（1968）	1	1	わたしの書き初め	山手樹一郎	随筆	婦人生活	1月号
	4	1	目にしみた青麦畑	山手樹一郎	随筆	月刊いけぶくろ	
	5	15	持って生れた星	山手樹一郎	随筆	随筆手帖	第4号
	8	10	タクシー嫌い	山手樹一郎	随筆	サッポロ	納涼特集号

昭和43（1968）	9	1	御書簡	山手樹一郎	随筆	ゆく春	41・8
	10	?	終戦の日	山手樹一郎	随筆	随筆手帖	第5号
	11	1	貞丈さんを惜しむ	山手樹一郎	随筆	単行本書き下ろし	
	11	1	銭勘定	山手樹一郎	随筆	あじくりげ	150
	11	11	曲がりかどの女	山手樹一郎	小説	週刊サンケイ	11月11日号
	12	1	道遠し	山手樹一郎	随筆	佼成	19・12
	?	?	まだ夏休み気分	山手樹一郎	随筆	朝日新聞	
昭和44（1969）	1	1	非情なる事情	山手樹一郎	小説	別冊サンデー毎日	新春特大号
	1	1	私の正月	山手樹一郎	随筆	潮	105
	3	1	仇討ちくずれ	山手樹一郎	小説	小説ＣＬＵＢ	3月号
	3	1	妻へひとこと	山手樹一郎	随筆	新生	23・3
	4	1	老年前期に入る	山手樹一郎	随筆	小説現代	四月号
	4	7	古稀になって	山手樹一郎	随筆	読売新聞	
	6	1	私の生甲斐	山手樹一郎	随筆	大衆文芸	29・5
	6	?	友情の旅	山手樹一郎	随筆	随筆手帖	第6号
	7	1	酒のあれこれ	山手樹一郎	随筆	都道府県展望	7・130
	10	10	作者のことば	山手樹一郎	後記	単行本書き下ろし	
	12	13	争えぬ事実	山手樹一郎	随筆	東京新聞	
	12	?	冷汗をかく	山手樹一郎	随筆	随筆手帖	第7号
昭和45（1970）	1	1	二十年目の情熱	山手樹一郎	小説	小説新潮	24・1
	1	1	渡辺崋山	山手樹一郎	随筆	ＰＨＰ	1月号
	1	11	福の神だという女	山手樹一郎	小説	北国新聞	〜1月25日
	2	1	一度あった転機	山手樹一郎	随筆	佼成	21・2
	3	1	あのことこのこと	山手樹一郎	随筆	山紫水明	第37号

年	月	日	著作名	執筆名	種類	初出紙誌	巻・号
昭和45（1970）	3	1	思い出すままに	山手樹一郎	随筆	あじくりげ	166
	3	20	紅梅の鉢	山手樹一郎	随筆	自然と盆栽	1・1
	4	1	霞の奥の伊香保	山手樹一郎	随筆	温泉	38・4
	5	1	春雪忌	山手樹一郎	随筆	小説会議	32
	5	25	時代ユーモアの創始	山手樹一郎他	対談	単行本書き下ろし	
	7	1	健筆家山本周五郎	山手樹一郎	随筆	新潮日本文学	26
	9	1	伝奇小説の第一人者	山手樹一郎	随筆	全集書き下ろし	
	9	16	わたしの心	山手樹一郎	随筆	読売新聞	
	10	30	作者のことば	山手樹一郎	後記	単行本書き下ろし	
	12	1	筍	山手樹一郎	随筆	旅の味どころ	12月号
昭和46（1971）	1	1	門に柳	山手樹一郎	随筆	芸術新潮	22・1
	1	15	一つの門	山手樹一郎	随筆	酒林	随筆特集
	4	21	さむらい山脈	山手樹一郎	小説	信濃毎日新聞	〜翌年1月25日
	5	1	酒の肴あれこれ	山手樹一郎	随筆	あじくりげ	180
	6	1	男の星座	山手樹一郎	小説	蚕糸の光	24・6〜26・5
	6	15	推せん文	山手樹一郎	序文	単行本書き下ろし	
	6	17	序	山手樹一郎	序文	単行本書き下ろし	
	7	1	江戸隠密帖	山手樹一郎	小説	小説CLUB	24・7〜25・8
	8	31	玄人はこわい	山手樹一郎	随筆	酒林	随筆特集第2号
	8	?	ステッキと私	山手樹一郎	随筆	随筆手帖	第10号
	12	20	規則正しい生活が一番	山手樹一郎	随筆	産業新潮	21・1
昭和47（1972）	5	1	耄碌除け	山手樹一郎	随筆	あじくりげ	192
	10	?	病気は怖い	山手樹一郎	随筆	随筆手帖	第11号

昭和47（1972）	11	10	浅草の観音さま	山手樹一郎	随筆	毎日新聞	
昭和48（1973）	1	1	漢方薬なら安心して飲める	山手樹一郎	随筆	労働安全衛生広報	83・5
	2	1	四十歳の一本立ち	山手樹一郎	随筆	問題小説	新春特大号
	2	3	あとがき	山手樹一郎	後記	単行本書き下ろし	
	2	20	入院四十八日	山手樹一郎	随筆	単行本書き下ろし	
	7	1	父子三代	山手樹一郎	随筆	随筆手帖	一〇周年記念号
	9	9	句集　冬ごもり	山手樹一郎	俳句	単行本書き下ろし	
	10	20	乱世に備えて	山手樹一郎	推薦文	単行本書き下ろし	
昭和49（1974）	2	2	娯楽のふるさと	山手樹一郎	随筆	浅草	160・4
	9	20	無題［注29］	山手樹一郎	推薦文	単行本書き下ろし	
昭和50（1975）	11	3	古いノートより	山手樹一郎	随筆	単行本書き下ろし	
昭和51（1976）	1	?	無題［注30］	山手樹一郎	推薦文	随筆手帖	第14号
昭和52（1977）	4	1	鮒釣り	山手樹一郎	随筆	大衆文芸	37・4
	5	?	土師先生と俳句	山手樹一郎	随筆	随筆手帖	第16号
	5	?	城さんとお酒	山手樹一郎	随筆	随筆手帖	第16号
発表年月日・発表紙誌不明作品			赤檜武士道	山手樹一郎	小説		
			仇討ちごよみ	山手樹一郎	小説		
			あばれ頭巾	山手樹一郎	台本		
			うちの味噌汁	山手樹一郎	随筆	三井とあなた	
			江戸道中日記	山手樹一郎	小説		
			十六文からす堂綺談	山手樹一郎	小説	読物雑誌	
			元禄いろは硯	山手樹一郎	小説		
			紺屋の月	山手樹一郎	小説		
			ざんげ雨	山手樹一郎	小説		

年	月	日	著作名	執筆名	種類	初出紙誌	巻・号
発表年月日・発表紙誌不明作品							
			青春八景	山手樹一郎	小説	読切小説集	
			手拭浪人	山手樹一郎	小説		
			天保の鬼	山手樹一郎	小説		
			二度目の花嫁	山手樹一郎	小説		
			百姓宗太	山手樹一郎	小説		
			振り出し三両	山手樹一郎	小説		
			屋根の声	山手樹一郎	小説		
			山男が拾った娘	山手樹一郎	小説		
			竜虎少年隊	山手樹一郎	小説		
			浪人若殿	山手樹一郎	小説		

〔注1〕この随筆は、生後間もない長男の井口朝生に向けて送ったもの。山手の死後に見つかった著作で、朝生は『山手樹一郎随筆集 あのことこのこと』（平成二年一二月、光風社）において、「歿後に生前愛用していた仕事机の引出を整理中たまたま発見した生原稿である。東京文房堂で青い罫の四百字詰原稿用紙八枚をかんじ綴で綴じてあった」と書いている。

〔注2〕この小説も、生後間もない長男の朝生に向けて送ったもの。山手の死後に見つかった著作で、朝生は『山手樹一郎随筆集 あのことこのこと』（平成二年一二月、光風社）において、「当時自分が編集者をしていた小学新報社発行の少女雑誌に発表したものを大正十四年十二月十日に清書したらしい」と書いている。実際には大正一五年二月の『少女号』に掲載されていた。

〔注3〕この後記には題名がないので、「無題」とした。

〔注4〕「元禄片恋い娘」は、現在では「白梅紅梅」に改題されている。

〔注5〕「紅だすき一刀流」は、現在では「紅だすき無頼」に改題されている。

［注6］「出世座頭」は、現在では「塙検校」に改題されている。

［注7］「果し状由来」は、現在では「開発奉行」に改題されている。

［注8］「抜かれ剣客」は、現在では「抜かれ剣法」に改題されている。

［注9］「お千加茶屋」は、現在では「お千代茶屋」に改題されている。

［注10］「頑張り武道」は、現在では「げんこつ青春記」に改題されている。

［注11］「戊辰進軍譜」は、現在では「恋風街道」に改題されている。

［注12］「愚直登用」は、現在では「お女房さま」に改題されている。

［注13］「幕末軍艦役」は、現在では「海の恋」に改題されている。

［注14］八木昇「山手樹一郎年譜」(『大衆文学大系』第二七巻、昭和四八年七月、講談社）によると、昭和一七年に『北海道新聞』で連載された「東征序曲」は、現在では「恋天狗」に改題されている。

［注15］「男の槍」は、現在では「槍」に改題されている。

［注16］「明治元年」は、現在では「ぼんくら与力」に改題されている。

［注17］「貞女」は、現在では「貞女ざんげ」に改題されている。

［注18］「新編　八犬伝」は連載当初、覆面作家として目次に明記されている。昭和二五年五月からは、山手の名前が明らかになった。

［注19］「太郎ざむらい」は、昭和二七年六月二〇日～一一月二一日まで『夕刊河北』において「ぼんくら天狗」のタイトルで連載されている。単行本化の際にも同題で収録。

［注20］「むすめ月夜」は、現在では「竹の市の娘」に改題されている。

［注21］「朝寝坊と晩酌」は『山手樹一郎短篇小説全集』(昭和三〇年七月、和同出版）において、「後記　朝寝坊と晩酌の記」に改題されている。

［注22］「念流中興の剣豪」は、現在では「念流中興の人々」に改題されている。

［注23］「青春峠」は、前編が「青春峠」、後編が「青春の風」という別々の題名もついている。

［注24］この後記には題名がないので、「無題」とした。

［注25］「お助け河岸物語」は、現在では「お助け河岸」に改題されている。

［注26］「幸福を売る侍」は、現在では「殿さま浪人」に改題されている。

［注27］「愉しからずや青春」は、現在では「青空の如く」に改題されている。

［注28］「三日女房」は、現在では「江戸へ逃げる女」に改題されている。

［注29］この推薦文は題名がないため、「無題」とした。

［注30］この推薦文は題名がないため、「無題」とした。


【紙誌発行元一覧】

◎新聞

『朝日新聞』（朝日新聞社）／『朝日新聞ジュニア版』（朝日学生新聞社）／『河北新報』（河北新報社）／『合同新聞』（合同新聞社）／『神戸新聞』（神戸新聞社）／『埼玉新聞』（埼玉新聞社）／『産業経済新聞』（産業経済新聞社）／『サンケイスポーツ』（産経新聞社）／『産経時事』（産業経済新聞社）／『山陽新聞』（山陽新聞社）／『時事新報』（時事新報社）／『信濃毎日新聞』（信濃毎日新聞社）／『中部新聞』（中部新聞社）／『東京新聞』（東京新聞社）／『内外タイムス』（内外タイムス社）／『西日本新聞』（西日本新聞社）／『報知新聞』（報知新聞社）／『北海道新聞』（北海道新聞社）／『北国新聞』（北国新聞社）／『毎日新聞』（毎日新聞社）／『都新聞』（都新聞社）／『山梨日日新聞』（山梨日日新聞社）／『夕刊タイムズ』（夕刊タイムズ社）／『夕刊とうほく』（河北新報社）／『読売新聞』（読売新聞社）

◎雑誌

『浅草』（東京宣商出版部）／『朝日』（博文館）／『朝日ジャーナル』（朝日新聞社）／『あじくりげ』（名古屋タイムズ社内東海志にせの会）／『あまカラ』（甘辛社）／『家の光』（家の光協会）／『医家芸術』（日本医家芸術クラブ）／『上野』（上野のれん会編集部）／『潮』（潮出版）／『海』（北海道漁村文化協会）／『海の村』（全国漁業組合連合会）／『映画と演芸』（朝日新聞社）／『映画ファン』（映画世界社）／『エ

ロティック・ミステリー』（宝石社）／『オール講談』（近畿出版）／『オール小説』（江戸書院）／『オール読物』（文芸春秋社）／『面白倶楽部』（光文社）／『面白世界』（面白世界社）／『親と子』（東京民生文化協会）／『温泉』（日本温泉協会）／『科学と国防 譚海』（文京出版）／『仮面』（八千代書院）／『奇譚』（博文館）／『キング』（大日本雄弁会講談社）／『近代将棋』（近代将棋社）／『近代ロマン』（近代ロマン社）／『蜘蛛』（東京防犯連合会）／『クラブ』（世界社）／『暮しの手帖』（暮しの手帖社）／『くろがね会報』（くろがね会）／『芸術新潮』（新潮社）／『芸能文化』（芸能文化協会）／『月刊いけぶくろ』（池袋社）／『月刊岡山』（合同新聞社）／『月刊さきがけ』（秋田魁新報社）／『月刊中国』（広島中国新聞社）／『月刊読売』（読売新聞社）／『傑作倶楽部』（双葉社）／『傑作読切』（石神書店）／『傑作読切集』（東海書院）／『佼成』（佼成出版社）／『郊外』（郊外社）／『好奇読物』（東亜出版社）／『講談界』（良友社）／『講談倶楽部』（大日本雄弁会講談社）／『講談雑誌』（博友社）／『講談世界』（奈良屋書房）／『講談と娯楽』（須田町書房）／『講談と実話』（講談と実話社）／『講談春秋』（講談春秋社）／『講談と小説』（八千代書院）／『講談の泉』（泉社）／『講談読物』（新文庫社）／『国民の友』（社会思潮編集局）／『こども家の光』（家の光協会）／『コドモニッポン』（コドモニッポンクラブ）／『娯楽倶楽部』（娯楽社）／『娯楽よみもの』（娯楽よみもの社）／『酒林』（西野商店）／『サッポロ』（サッポロビール株式会社）／『サロン』（銀座出版社）／『産業新潮』（産業新潮社）／『山紫水明』（山紫会・水明会）／『蚕糸の光』（全国養蚕農業協同組合連合会）／『サンデー毎日』（毎日新聞社）／『サンデー毎日臨時増刊』（毎日新聞社）／『四国春秋』（四国新聞社）／『自然と盆栽』（三友社）／『時代映画』（時代映画社）／『時代読切傑作集』（銀座文庫）／『実話講談の泉』（世界社）／『実話と講談』（土曜文庫）／『実話と読物』（博文閣）／『週刊朝日』（朝日新聞社）／『週刊朝日別冊』（朝日新聞社）／『週刊サンケイ』（サンケイ新聞出版局）／『週刊サンケイ別冊』（サンケイ新聞出版局）／『週刊新潮』（新潮社）／『週刊スポーツマガジン』（ベースボール・マガジン社）／『週刊大衆』（双葉社）／『週刊東京』（東京新聞社）／『週刊文春』（文芸春秋社）／『週刊読売』（読売新聞社）／『主婦と生活』（主婦と生活社）／『主婦の友』（主婦の友社）／『小学画報』（新報社）『少女画報』（新泉社）／『少女号』（小学新報社）／『少女クラブ』（大日本雄弁会講談社）／『少女世界』（博文館）／『少女の友』（実業之日本社）／『少女文芸』（小学新報社）／『小説会議』（小説会議同人会）／『小説現代』（講談社）／『小説倶楽部』（桃園書房）／『小説倶楽部』（洋洋社）／『小説クラブ』（桃園書房）／『小説ＣＬＵＢ』（桃園書房）／『小説公園』（六興出版社）／『小説サロン』（講談社）／『小説春秋』（桃園書房）／『小説新潮』（新潮社）／『小説特集』（牧歌社）／『小説と講談』（双立社）／『小説と読物』（桃園書房）／『小説の泉』（矢貴書店）／『小説の国』（日本雑誌社）／『小説之友』（小説之友社）／『小説の華』（八千代書院）／『小説ファン』（銀座文庫）『小説文庫』（白鴎社）／『小説読物街別冊』（高島屋出版部）／『少年画報』（少年画報社）／『少年倶楽部』（講談社）／『少年世界』（博文館）／『少年少女譚海』（博文館）／『少年少女文庫』（小学新報社）／『旬刊ニュース』（東西出版社）／『旬刊ラジオ』（ラジオ東京）／『新講談』（新講談社）／『新少年』（博文館）／『新演芸』（光友社）／『新青年』（博友館）『新週刊』（新週刊社）／『新少年』（博文館）／

『新風』(大阪新聞社東京支社)／『新文庫』(新文庫社)／『新満州』(満州移住協会)／『新読物』(公友社)／『随筆サンケイ』(産業経済新聞社)／『随筆手帖』(日本作家クラブ)／『ストーリー』(ストーリー社)／『相撲』(大日本相撲協会)／『青春タイムス』(弘和書房)／『青年』(日本青年館)／『戦線文庫』(興亜日本社)／『大衆雑誌』(桃園書房)／『大衆小説』(双夢社)／『大衆小説』(双葉社)／『大衆小説界』(中矢書房)／『大衆文学』(大衆文学社)／『大衆文学研究』(南北社)／『大衆文芸』(新小説社)／『大衆文芸』(新鷹会)／『大衆読物』(創世社)／『大都会』(創成社)／『ダイヤ』(ダイヤ編集局)／『太陽少年』(妙義出版社)／『大陸』(大陸新報社)／『タカラノクニ』(小学新報社)／『旅』(日本交通公社)／『旅の味どころ』(味どころ社)／『探偵よみもの』(国際文化社)／『地上』(家の光協会)／『畜産』(中央畜産会)／『地熱』(雄鶏社)／『茶の間』(茶の間社)／『中央公論』(中央公論社)／『天狗』(岩谷書店)／『特集人物往来』(人物往来社)／『都道府県展望』(全国知事会)／『南海』(愛媛新聞社)／『にっぽん読切小説読物』(日本社)／『日本ユーモア』(日本ユーモア社)／『日本ユーモア別冊』(日本ユーモア社)／『任侠講談』(西銀座出版社)／『人情講談』(サンライズ書房)／『花形講談』(双葉社)／『花形作家傑作集』(石神書店)／『花馬車』(花馬車社)／『PHP』(PHP研究所)／『日の出』(新潮社)／『評判倶楽部』(新小説社)／『評判講談の泉』(矢貴書店)／『肥料』(肥料協会)／『福祉』(信濃衛生会)／『富士』(世界社)／『婦人画報』(東京社)／『婦人公論』(婦人公論社)／『婦人生活社)／『婦女界』(婦女界出版社)／『ふれつしゅ別冊』(近畿出版)／『文芸朝日』(朝日新聞社)／『文芸倶楽部』(博文館)／『文芸春秋』(文芸春秋社)／『平凡』(平凡出版株式会社)／『別冊サンデー毎日』(毎日新聞社)／『別冊小説新潮』(新潮社)／『別冊読物と講談』(公友社)／『冒険少年』(日本正学館)／『冒険とユーモア　奇譚』(奇譚社)／『放送文化』(日本放送出版協会)／『ホープ』(実業之日本社)／『ポケット文庫』(さくら書房)／『毎日グラフ』(毎日新聞社)／『丸』(連合プレス社)／『漫画サンデー』(実業之日本社)／『漫画日本増刊』(大阪新聞社)／『明星』(集英社)／『名作読物』(名作読物社)／『モダン日本』(新太陽社)／『問題小説』(徳間書店)／『野球界』(博友社)／『ユーモア』(春陽堂書店)／『ユーモア』(新春社)／『ゆく春』(ゆく春発行所)／『ようじょ』(大衆倶楽部発行所)／『幼女号』(小学新報社)／『幼年世界』(博文館)／『読切倶楽部』(三世社)／『読切傑作小説』(読切小説社)／『読切講談』(読切講談社)／『読切講談世界』(新樹書房)／『読切雑誌』(雨読書院)／『読切雑誌』(教材社)／『読切小説』(双葉社)／『読切小説倶楽部』(新小説社)／『読切小説集』(荒木書房新社)／『読切小説集』(テラス社)／『読切小説特集』(雄鶏社)／『読切読物』(日本文化出版部)／『読切読物』(読切読物局)／『読切読物倶楽部』(公友社)／『読切ロマンス別冊』(睦書房)／『読物界』(中央文芸社)／『読物街』(東京読物出版社)／『読物娯楽版』(双葉社)／『読物雑誌』(読物雑誌社)／『読物時事』(時事通信社)／『読物時代』(大阪新興出版)／『読物と講談』(公友社)／『読物と漫画』(大阪新聞社)／『読物の泉』(東亜出版社)／『ルビー』(大道書院)／『りべらる』(太虚堂書房)／『歴史読本』(人物往来社)／『労働安全衛生広報』(労働基準調査会)／『労働文化』(労働文化社)

主要参考文献リスト

※原則として本書の執筆にあたって参考にした主要な単行本・論文を掲げる。

【全集・作品集】

『大佛次郎時代小説全集』第二四巻（昭和五二年二月、朝日新聞社）
『昭和国民文学全集』第一五巻（昭和五三年三月、筑摩書房）
『大衆文学大系』第九巻（昭和四六年一二月、講談社）
『大衆文学大系』第二七巻（昭和四八年七月、講談社）
『大衆文学大系』第二八巻（昭和四八年八月、講談社）
『中里介山全集』第三巻（昭和四五年一〇月、筑摩書房）
『日本伝奇名作全集』第八巻（昭和四五年五月、番町書房）
『長谷川伸全集』第一六巻（昭和四七年六月、朝日新聞社）
『山岡荘八全集』第三六巻（昭和五九年一月、講談社）
『山手樹一郎全集』全四〇巻（昭和三五年九月～三七年四月、講談社）
『山手樹一郎全集記念文集』（昭和三七年六月、講談社）
『山手樹一郎短篇時代小説全集』全一二巻（昭和五五年五～一〇月、春陽堂書店）
『山手樹一郎長篇時代小説全集』全八四巻（昭和五二年一一月～五五年三月、春陽堂書店）
『吉川英治全集』第四六巻（昭和五九年二月、講談社）

【単行本】

『池袋名鑑』（昭和四五年二月、池袋東西名店事務局）

『失われた耕地—豊島の農業—』（昭和六二年一二月、豊島区立郷土資料館）
『大橋訥庵先生全集』上巻（昭和一三年六月、至文堂）
『キネマ旬報ベスト・テン八五回全史一九二四→二〇一一』（平成二四年五月、キネマ旬報社）
『出版警察報 複製版』（昭和五七年四月、不二出版）
『出版広告の歴史 一八九五……一九四一年』（平成元年八月、出版ニュース社）
『停車場変遷大事典』（平成一〇年一〇月、ＪＴＢ）
『テレビドラマ原作事典』（平成一三年一月、紀伊国屋書店）
『東京都統計年鑑』（東京都庁）
『東宝七〇年映画・演劇・テレビ・ビデオ作品リスト』（平成一四年一二月、東宝）
『読書世論調査』（毎日新聞社）
『豊島区史』（昭和一六年二月、豊島区区役所）
『豊島区史』（平成四年三月、東京都豊島区）
『日本鉄道史』上編（大正一〇年一〇月、鉄道省）
『普及版 近世日本国民史 文久大勢一変』上篇（昭和一一年六月、明治書院）
『文芸年鑑』（新潮社）
『放送五十年史』（昭和五二年三月、日本放送協会）
『丸善百年史』上巻（昭和五五年九月、丸善）
『明治中学校同窓会員名簿』（昭和一七年一月、明治中学校同窓会）
伊東祐吏『「大菩薩峠」を都新聞で読む』（平成二五年五月、論創社）
井口朝生 編『山手樹一郎随筆集 あのことこのこと』（平成二年一一月、光風社出版）
岩上順一『歴史文学論』（昭和一七年三月、中央公論社）
岩動景爾『東京風物名物誌』（昭和二六年一二月、東京シリーズ刊行会）
上野一雄『聞き書き山手樹一郎』（昭和六〇年六月、大陸書房）
上笙一郎・別府明雄 編『靴が鳴る 清水かつら童謡集』（平成二〇年三月、ネット武蔵野）

遠藤早泉『現今少年読物の研究と批判』（大正一一年五月、開発社）
尾崎秀樹『大衆文学』（昭和三九年四月、紀伊国屋書店）
尾崎秀樹『大衆文学五十年』（昭和四四年一〇月、講談社）
尾崎秀樹『大衆文学の歴史』戦前篇（平成元年七月、講談社）
尾崎秀樹『大衆文学の歴史』戦後篇（平成元年七月、講談社）
小田光雄『古雑誌探究』（平成二一年四月、論創社）
河原和枝『子ども観の近代』（平成一〇年二月、中央公論社）
紅野謙介『検閲と文学 一九二〇年代の攻防』（平成二一年一〇月、河出書房新社）
小嶋洋輔・高橋孝次・西田一豊・牧野悠『中間小説とは何だったのか』（令和六年五月、文学通信）
週刊誌研究会『週刊誌 その新しい知識形態』（昭和三三年一二月、三一書房）
城戸禮『風よこの灯を消さないで』（昭和三八年三月、集英社）
杉原志啓『蘇峰と「近世日本国民史」―大記者の「修史事業」』（平成七年七月、都市出版）
セシル・サカイ『日本の大衆文学』（平成九年二月、平凡社）
筒井清忠『時代劇映画の思想―ノスタルジーのゆくえ』（平成二〇年一〇月、株式会社ウェッジ）
徳富猪一郎『卓上小話』（昭和六年九月、民友社）
冨田美香『千恵プロ時代』（平成九年七月、フィルムアート社）
中川裕美『「少年少女譚海」目次・解題・索引』（平成二二年四月、金沢文圃閣）
野崎六助『捕物帖の百年』（平成二二年七月、彩流社）
平井隆太郎『乱歩の軌跡―父の貼雑帖から』（平成二〇年七月、東京創元社）
平野共余子『天皇と接吻 アメリカ占領下の日本映画検閲』（平成一〇年一月、草思社）
平野謙『昭和文学史』（昭和三八年一二月、筑摩書房）
ビン・シン『評伝 徳富蘇峰』（平成六年七月、岩波書店）
藤井淑禎『高度成長期に愛された本たち』（平成二一年一二月、岩波書店）
藤井淑禎『乱歩とモダン日本 通俗長編の戦略と方法』（令和三年三月、筑摩書房）

松平誠『ヤミ市 東京池袋』（昭和六〇年六月、ドメス出版）
真鍋元之編『増補 大衆文学事典』（昭和四八年一〇月、青蛙房）
三田村鳶魚『時代小説評判記』（昭和一四年四月、梧桐書院）
山本武利『近代日本の新聞読者層』（昭和五六年六月、法政大学出版局）
山本武利『占領期メディア分析』（平成八年三月、法政大学出版局）

【論文】

新井弘城「『少年少女譚海』創刊のころ」（『児童文学への招待』昭和四〇年月、南北社）
荒岸来穂「戦時下の探偵小説とモダニズムの変容」（『ＣＲＩＴＩＣＡ』平成三〇年八月）
石井冨士弥「娯楽小路の物語師（一）山手樹一郎・この作者と読者の共同作業の世界」（『小説会議』昭和五六年一一月）
石川巧「江戸川乱歩所蔵本 海軍外郭団体雑誌『くろがね』解題」（『海軍外郭団体雑誌「くろがね」』別冊、平成三〇年一一月、金沢文圃閣）
石川巧「占領期カストリ雑誌研究の現在」（『Intelligence』平成二九年三月）
大原祐治「『昭和文学史』への切断線—一九三〇年代・四〇年代の日本文学を『研究するために』—」（『学習院高等科紀要』平成一六年六月）
金子明雄「探偵小説のジャンル言説と読者像—江戸川乱歩を中心に」（『江戸川乱歩新世紀—越境する探偵小説』平成三一年二月、ひつじ書房）
紙屋牧子「『明朗』時代劇のポリティックス—『鴛鴦歌合戦』（一九三九年マキノ正博）を中心に」（『演劇映像学』平成二三年一月）
川崎賢子「ＧＨＱ検閲の終焉と冷戦構造浮上のはざまで」（『占領期雑誌資料大系 文学編Ⅳ』平成二二年五月、岩波書店）
川辺久仁「ユーモア小説の歴史的変遷—ジャンルの生成とその消長—」（『国語国文』平成二五年一〇月）
紅野謙介「文芸雑誌の諸相—検閲転換期のなかで」（『占領期雑誌資料大系 文学編Ⅴ』平成二二年八月、岩波書店）
紅野敏郎「昭和十年代の歴史小説」（『国文学　解釈と教材の研究』昭和四一年二月）
社会心理研究所「大衆文学の読まれ方—貸本屋の調査から—」（『文学』昭和三二年一二月）
末永昭二「戦中雑誌と消えた作家たち—雑誌『読物と講談』、『共楽』」（『彷書月刊』平成一三年一一月）

曾根博義「文芸評論と大衆―昭和三〇年代の評論の役割」（『文学』平成二〇年三月）
高森栄次「博文館のころ」（『大衆文芸』昭和四四年六月）
高野悦子「剣豪ブームの社会心理」（『シナリオ』昭和三一年四月）
田中卓也「（東京）新報社発刊雑誌に関する研究―『少女号』を中心に―」（『教育学研究紀要』平成二八年）
田中眞澄「歴史としての『文芸映画』―純文学と映画の接近」（『文学界』平成一三年一一月）
谷口基「山田風太郎と読書文化―戦後派探偵作家の〈教養〉の行方―（『日本近代文学』平成一九年一一月）
十重田裕一「『狂った一頁』の群像序説―新感覚派映画聯盟からの軌跡」（『横断する映画と文学』平成二三年七月、森話社）
中沢忠之「純文学再設定―純文学と大衆文学」（『文学』平成二八年五月）
平浩一「白井喬二と『大衆文学』形成期―石井鶴三宛中里介山書簡の位置」（『信州大学附属図書館研究』平成二八年一月）
藤井淑禎「解説 一九一七（大正六）年の文学」（『編年体大正文学全集』第六巻、平成一三年三月、ゆまに書房）
牧野悠「柴田錬三郎『武蔵・弁慶・狂四郎』論―典拠のコラージュ―」（『千葉大学人文社会科学研究』平成一九年九月）
牧野悠「五味康祐『喪神』から坂口安吾『女剣士』へ―剣豪小説黎明期の典拠と方法―」（『日本近代文学』平成二〇年八月）
牧野悠「円月殺法論Ⅱ―それは、なぜ効くのか―」（『千葉大学人文社会科学研究』平成二〇年九月）
増田周子「『あまカラ』細目（一）」（『関西大学文学論集』平成一七年一〇月）
山岸郁子「『文壇』の喪失と再生―『週刊誌』がもたらしたもの―」（『文学』平成一六年一一月）
芳井先一「貸本屋調査から―公共図書館と民衆を結ぶもの―」（『図書館雑誌』昭和三一年六月）
和田守「蘇峰会の設立と活動」（『大東文化大学紀要〈社会科学編〉』平成二七年三月）

主要人名索引

※本書に登場する人名のなかで、主要なものに限った索引。ただし山手樹一郎と、その親族については省略している。

【著者紹介】

影山 亮（かげやま・りょう）

東京都に生まれる
平成23年３月　二松学舎大学文学部国文学科卒業
令和３年３月　立教大学大学院文学研究科日本文学専攻博士課程後期課程修了

学　　位　博士（文学）
専　　門　日本近代文学・雑誌メディアに関する研究
現　　職　帝京大学文学部日本文化学科専任講師
主要業績　**編著**：『永井荷風』（令和4年9月、さいたま文学館）、『没後55年記念 江戸川乱歩と猟奇耽異（Curiosity Hunting）』（令和3年3月）
論文：「侍と探偵の蜜月―大衆文学ジャンルの再編成における捕物帳」（『大衆文化』 令和2年3月）、「マーケット街の光と闇―同時代の人々の目に映る池袋」（『立教大学日本文学』 平成28年1月）
受賞：第7回あらえびす文化賞特別賞（令和5年6月、一般社団法人日本作家クラブ）、第3回立教大学教育活動特別賞（令和5年7月、立教大学）

「桃《もも》太《た》郎《ろう》侍《ざむらい》」を書《か》いた男《おとこ》

山《やま》手《て》樹《き》一《いち》郎《ろう》と同《どう》時《じ》代《だい》メディア

2025年１月23日　初版第１刷発行

著　　者　影山 亮
発 行 者　関根 正昌
発 行 所　株式会社 埼玉新聞社
〒331-8686 さいたま市北区吉野町2-282-3
電話 048-795-9936（出版担当）
印刷・製本　株式会社 エーヴィスシステムズ

ISBN978-4-87889-558-6 C0095
（定価はカバーに表示）